U0088137

韓語會話
萬用手冊

雅典韓研所 | 企編

一本在手,讓您輕鬆面對各種會話的場合,連韓國人也驚艷的超強韓語會話書!

■ 單元內的各種情境會話,以生動活潑的對話方式,說明每個句子的使用方法,讓讀者更深入了解聊天時該用怎樣的語氣和反應。

■ 單元內的相關例句,針對每一個主題,補充相關的實用短句,只要讀者充分應用這些基礎短句,不管在任何場合中,都可以和韓國人侃侃而談、無往不利。

韓語會話大全

※本書隨附發音會話MP3,讀者可對照書中內容加以練習,同時增進口語及聽力的能力。

韓文字是由基本母音、基本子音、複合母音、氣音和硬音所構成。

其組合方式有以下幾種：

1. 子音加母音，例如：저(我)
2. 子音加母音加子音，例如：밤（夜晚）
3. 子音加複合母音，例如：위（上）
4. 子音加複合母音加子音，例如：관（官）
5. 一個子音加母音加兩個子音，如：값（價錢）

簡易拼音使用方式：

1. 為了讓讀者更容易學習發音，本書特別使用「簡易拼音」來取代一般的羅馬拼音。

   規則如下，

   例如：

   그러면 우리 집에서 저녁을 먹자.

   geu.reo.myeon/u.ri/ji.be.seo/jeo.nyeo.geul/meok.jja

   ----------普遍拼音

   geu.ro*.myo*n/u.ri/ji.be.so*/jo*.nyo*.geul/mo*k.jja

   ------------簡易拼音

   那麼，我們在家裡吃晚餐吧！

   文字之間的空格以「/」做區隔。

   不同的句子之間以「//」做區隔。

基本母音：

	韓國拼音	簡易拼音	注音符號
ㅏ	a	a	ㄚ
ㅑ	ya	ya	一ㄚ
ㅓ	eo	o*	ㄛ
ㅕ	yeo	yo*	一ㄛ
ㅗ	o	o	ㄡ
ㅛ	yo	yo	一ㄡ
ㅜ	u	u	ㄨ
ㅠ	yu	yu	一ㄨ
ㅡ	eu	eu	(ㄜ)
ㅣ	i	i	一

特別提示：

1. 韓語母音「ㅡ」的發音和「ㄜ」發音有差異，但嘴型要拉開，牙齒快要咬住的狀態，才發得準。
2. 韓語母音「ㅓ」的嘴型比「ㅗ」還要大，整個嘴巴要張開成「大O」的形狀，
   「ㅗ」的嘴型則較小，整個嘴巴縮小到只有「小o」的嘴型，類似注音「ㄡ」。
3. 韓語母音「ㅕ」的嘴型比「ㅛ」還要大，整個嘴巴要張開成「大O」的形狀，
   類似注音「一ㄛ」，「ㅛ」的嘴型則較小，整個嘴巴縮小到只有「小o」的嘴型，類似注音「一ㄡ」。

基本子音：

	韓國拼音	簡易拼音	注音符號
ㄱ	g,k	k	ㄎ
ㄴ	n	n	ㄋ
ㄷ	d,t	d,t	ㄊ
ㄹ	r,l	l	ㄌ
ㅁ	m	m	ㄇ
ㅂ	b,p	p	ㄆ
ㅅ	s	s	ㄙ,(ㄒ)
ㅇ	ng	ng	不發音
ㅈ	j	j	ㄗ
ㅊ	ch	ch	ㄘ

特別提示：

1. 韓語子音「ㅅ」有時讀作「ㄙ」的音，有時則讀作「ㄒ」的音。「ㄒ」音是跟母音「ㅣ」搭在一塊時，才會出現。
2. 韓語子音「ㅇ」放在前面或上面不發音；放在下面則讀作「ng」的音，像是用鼻音發「嗯」的音。
3. 韓語子音「ㅈ」的發音和注音「ㄗ」類似，但是發音的時候更輕，氣更弱一些。

氣音：

	韓國拼音	簡易拼音	注音符號
ㅋ	k	k	ㄎ
ㅌ	t	t	ㄊ
ㅍ	p	p	ㄆ
ㅎ	h	h	ㄏ

特別提示:

1. 韓語子音「ㅋ」比「ㄱ」的較重，有用到喉頭的音，音調類似國語的四聲。
   ㅋ＝ㄱ＋ㅎ
2. 韓語子音「ㅌ」比「ㄷ」的較重，有用到喉頭的音，音調類似國語的四聲。
   ㅌ＝ㄷ＋ㅎ
3. 韓語子音「ㅍ」比「ㅂ」的較重，有用到喉頭的音，音調類似國語的四聲。
   ㅍ＝ㅂ＋ㅎ

複合母音：

	韓國拼音	簡易拼音	注音符號
ㅐ	ae	e*	ㄝ
ㅒ	yae	ye*	ㄧㄝ
ㅔ	e	e	ㄟ
ㅖ	ye	ye	ㄧㄟ
ㅘ	wa	wa	ㄨㄚ
ㅙ	wae	we*	ㄨㄝ
ㅚ	oe	we	ㄨㄟ
ㅞ	we	we	ㄨㄟ
ㅝ	wo	wo	ㄨㄛ
ㅟ	wi	wi	ㄨㄧ
ㅢ	ui	ui	ㄜ

特別提示：

1. 韓語母音「ㅐ」比「ㅔ」的嘴型大，舌頭的位置比較下面，發音類似「ae」；「ㅔ」的嘴型較小，舌頭的位置在中間，發音類似「e」。不過一般韓國人讀這兩個發音都很像。
2. 韓語母音「ㅒ」比「ㅖ」的嘴型大，舌頭的位置比較下面，發音類似「yae」；「ㅖ」的嘴型較小，舌頭的位置在中間，發音類似「ye」。不過很多韓國人讀這兩個發音都很像。
3. 韓語母音「ㅚ」和「ㅞ」比「ㅙ」的嘴型小些，「ㅙ」的嘴型是圓的；「ㅚ」、「ㅞ」則是一樣的發音。不過很多韓國人讀這三個發音都很像，都是發類似「we」的音。

硬音：

	韓國拼音	簡易拼音	注音符號
ㄲ	kk	g	ㄍ
ㄸ	tt	d	ㄉ
ㅃ	pp	b	ㄅ
ㅆ	ss	ss	ㄙ
ㅉ	jj	jj	ㄗ

特別提示：

1. 韓語子音「ㅆ」比「ㅅ」用喉嚨發重音，音調類似國語的四聲。
2. 韓語子音「ㅉ」比「ㅊ」用喉嚨發重音，音調類似國語的四聲。

*表示嘴型比較大

序言

你想輕鬆應付各種會話場合嗎？想和韓國人侃侃而談嗎？去韓國旅遊時，你害怕一句話也說不出口嗎？那麼，你絕對不能錯過這一本韓語會話大全。

《我的萬用韓語會話》一書為您整理好一系列日常生活、職場、校園、聊天話題、旅遊等各種主題，以情境會話的形式，提供讀者生動的應答範例，並針對每一個主題補充相關的例句，讓讀者可以應用在日常的會話之中。

單元內的各種情境會話，以生動活潑的對話方式，說明每個句子的使用方法，讓讀者更深入了解聊天時該用怎樣的語氣和反應。

單元內的相關例句，針對每一個主題，補充相關的實用短句，只要讀者充分應用這些基礎短句，不管在任何場合中，都可以和韓國人侃侃而談、無往不利。

另外，本書隨附外籍老師真人發音的會話MP3，讀者可對照書中內容加以練習，同時增進口語及聽力的能力。

Chapter 1 日常禮儀篇

Chapter 2 用餐篇

Chapter 3 購物篇

Chapter 4 生活篇

Chapter 5 聊天話題

Chapter 6 校園職場篇

Chapter 7 旅遊篇

Chapter 8 感情表現

Chapter 1

日常禮儀篇

日常招呼語

情境會話一

Ⓐ 안녕하세요. 어디 가세요?
an.nyo*ng.ha.se.yo//o*.di/ga.se.yo
您好，你要去哪呢？

Ⓑ 출근하는 길이에요.
chul.geun.ha.neun/gi.ri.e.yo
我要去上班。

情境會話二

Ⓐ 오늘 하루는 어땠어요?
o.neul/ha.ru.neun/o*.de*.sso*.yo
你今天一天過得怎麼樣？

Ⓑ 전 늘 같아요.
jo*n/neul/ga.ta.yo
我都是一樣啊！

Ⓐ 식사는 하셨어요?
sik.ssa.neun/ha.syo*.sso*.yo
吃過飯了嗎？

Ⓑ 아니요. 아직이요.
a.ni.yo//a.ji.gi.yo
還沒。

相關例句

☞ 안녕!
an.nyo*ng
你好！

☞ 안녕하세요.
an.nyo*ng.ha.se.yo
你好。

☞ 좋은 아침입니다.
jo.eun/a.chi.mim.ni.da
早安。

☞ 잘 다녀오셨어요?
jal/da.nyo*.o.syo*.sso*.yo
您回來啦？

☞ 아침식사 하셨어요?
a.chim.sik.ssa/ha.syo*.sso*.yo
你吃早餐了嗎？

☞ 오늘 바쁘세요?
o.neul/ba.beu.se.yo
今天忙嗎？

☞ 오늘 날씨가 정말 좋죠?
o.neul/nal.ssi.ga/jo*ng.mal/jjo.chyo
今天天氣很好，對吧？

道晚安

情境會話一

Ⓐ 아버님, 많이 피곤하시죠? 어서 주무세요.

a.bo*.nim//ma.ni/pi.gon.ha.si.jyo//o*.so*/ju.mu.se.yo

爸，您累了吧？快就寢吧！

Ⓑ 그래. 너도 빨리 자.

geu.re*//no*.do/bal.li/ja.

好，你也快點睡。

Ⓐ 안녕히 주무세요.

an.nyo*ng.hi/ju.mu.se.yo

晚安。

情境會話二

Ⓐ 잘 잤어요?

jal/jja.sso*.yo

睡得好嗎？

Ⓑ 예, 덕분에 잘 잤어요.

ye//do*k.bu.ne/jal/jja.sso*.yo

託你的福，我睡得很好。

相關例句

☞ 안녕히 주무세요.

an.nyo*ng.hi/ju.mu.se.yo

晚安。（對長輩）

☞ 잘 자.

jal/jja

晚安。（對晚輩）

☞ 편히 쉬세요.
pyo*n.hi/swi.se.yo
請您好好休息。

☞ 좋은 꿈 꾸세요.
jo.eun/gum/gu.se.yo
祝你有個好夢。

☞ 안녕히 주무셨어요?
an.nyo*ng.hi/ju.mu.syo*.sso*.yo
您睡的好嗎?

☞ 덕분에 아주 푹 잘 잤어요.
do*k.bu.ne/a.ju/puk/jal/jja.sso*.yo
托你的福,我睡得很好。

☞ 어제 잠을 못 잤어요.
o*.je/ja.meul/mot/ja.sso*.yo
昨天我睡不好。

☞ 졸려 죽겠어요.
jol.lyo*/juk.ge.sso*.yo
睏死了。

離別招呼語

情境會話一

🅐 저는 이만 가야겠어요.

jo*.neun/i.man/ga.ya.ge.sso*.yo

我該離開了。

🅑 벌써 가려고요?

bo*l.sso*/ga.ryo*.go.yo

這麼快就要走啦？

🅐 집에 중요한 일이 있어서 빨리 돌아가 야 해요.

ji.be/jung.yo.han/i.ri/i.sso*.so*/bal.li/do.ra.ga. ya/he*.yo

因為家裡有重要的事情，必須要快點回去。

🅑 그렇군요. 그럼 조심해서 가요.

geu.ro*.ku.nyo//geu.ro*m/jo.sim.he*.so*/ga.yo

這樣啊！那一路小心。

情境會話二

🅐 오늘은 정말 재미있었어요. 나중에 다 시 만납시다.

o.neu.reun/jo*ng.mal/jje*.mi.i.sso*.sso*.yo// na.jung.e/da.si/man.nap.ssi.da

今天真的很好玩，我們以後再見吧！

🅑 네. 그럼 다음에 뵙겠습니다.

ne//geu.ro*m/da.eu.me/bwep.get.sseum.ni.da

好，那麼下次見。

相關例句

☞ 안녕히 가세요.
an.nyo*ng.hi/ga.se.yo
再見。（向離開要走的人）

☞ 안녕히 계세요.
an.nyo*ng.hi/gye.se.yo
再見。（向留在原地的人）

☞ 내일 봐요.
ne*.il/bwa.yo
明天見。

☞ 또 봐요. 연락할게요.
do/bwa.yo//yo*l.la.kal.ge.yo
再見，我會打電話給你。

☞ 별일 없으면 이만 가보겠습니다.
byo*.ril/o*p.sseu.myo*n/i.man/ga.bo.get.
sseum.ni.da
沒什麼事的話，我先走了。

☞ 회사에 다시 들어가야 할 시간이에요.
hwe.sa.e/da.si/deu.ro*.ga.ya/hal/ssi.ga.ni.e.yo
我該回公司了。

☞ 다음에 다시 만나자.
da.eu.me/da.si/man.na.ja
我們下次再見吧！

☞ 종종 연락할게요.
jong.jong/yo*l.la.kal.ge.yo
我會經常連絡你的。

☞ 가끔 전화 주세요.
ga.geum/jo*n.hwa/ju.se.yo
請常打電話給我。

☞ 시간이 늦었습니다. 우린 이만 갈까요?
si.ga.ni/neu.jo*t.sseum.ni.da//u.rin/i.man/gal.
ga.yo
時間不早了。我們走吧，好不好？

☞ 안녕히 가세요. 잘 지내세요.
an.nyo*ng.hi/ga.se.yo//jal/jji.ne*.se.yo
再見，保重。

☞ 그럼 잘 있어요.
geu.ro*m/jal/i.sso*.yo
保重。

☞ 운전 조심해서 가세요.
un.jo*n/jo.sim.he*.so*/ga.se.yo
小心開車喔！

☞ 또 올게.
do/ol.ge
我會再來的。

初次見面

情境會話一

A 처음 뵙겠습니다. 저는 박연희입니다.
cho*.eum/bwep.get.sseum.ni.da//jo*.neun/ba.
gyo*n.hi.im.ni.da
初次見面，我是朴妍熙。

B 안녕하세요. 저는 김준영입니다. 만나서 반갑습니다!
an.nyo*ng.ha.se.yo//jo*.neun/gim.ju.nyo*ng.
im.ni.da//man.na.so*/ban.gap.sseum.ni.da
您好，我是金俊英。很高興見到您。

情境會話二

A 실례지만, 성함이 어떻게 되십니까?
sil.lye.ji.man//so*ng.ha.mi/o*.do*.ke/dwe.sim.
ni.ga
請問您貴姓大名？

B 저는 김영은이라고 합니다.
jo*.neun/gi.myo*ng.eu.ni.ra.go/ham.ni.da
我名叫金英恩。

A 성함은 많이 들었습니다. 뵙게 되어 영광입니다.
so*ng.ha.meun/ma.ni/deu.ro*t.sseum.ni.da//
bwep.ge/dwe.o*/yo*ng.gwang.im.ni.da
久仰大名，很榮幸見到您。

相關例句

☞ 만나게 되어 반갑습니다.
man.na.ge/dwe.o*/ban.gap.sseum.ni.da
很高興見到您。

☞ 성함을 여쭤 봐도 될까요?
so*ng.ha.meul/yo*.jjwo/bwa.do/dwel.ga.yo
請問您貴姓大名？

☞ 앞으로 잘 부탁드립니다.
a.peu.ro/jal/bu.tak.deu.rim.ni.da
往後請多多指教。

☞ 성이 뭐라고 했죠?
so*ng.i/mwo.ra.go/he*t.jjyo
您說您貴姓？

☞ 전부터 만나 뵙고 싶었습니다.
jo*n.bu.to*/man.na/bwep.go/si.po*t.sseum.ni.da
我之前就想見您了。

☞ 명함 한 장 주시겠어요?
myo*ng.ham/han/jang/ju.si.ge.sso*.yo
可以給我一張名片嗎？

☞ 이건 제 명함입니다.
i.go*n/je/myo*ng.ha.mim.ni.da
這是我的名片。

☞ 당신의 이름은 무엇입니까?
dang.si.nui/i.reu.meun/mu.o*.sim.ni.ga
你的名字是什麼？

☞ 성씨가 어떻게 되세요?
so*ng.ssi.ga/o*.do*.ke/dwe.se.yo
您貴姓？

遇到久未相見的朋友

情境會話一

Ⓐ 오랜만이군요. 잘 지내세요?
o.re*.n.ma.ni.gu.nyo//jal/jji.ne*.se.yo
好久不見，你過得好嗎？

Ⓑ 저는 잘 지냈어요. 정말 오랫동안 보지
못했네요.
jo*.neun/jal/jji.ne*.sso*.yo//jo*ng.mal/o.re*t.
dong.an/bo.ji/mo.te*n.ne.yo
我過得很好，真的很久沒見到你了呢！

Ⓐ 다시 만나서 정말 반가워요.
da.si/man.na.so*/jo*ng.mal/ban.ga.wo.yo
真的很高興再見到你。

情境會話二

Ⓐ 정말 오래간만이에요. 어떻게 지냈어요?
jo*ng.mal/o.re*.gan.ma.ni.e.yo//o*.do*.ke/ji.
ne*.sso*.yo
真的好久不見，你過得怎麼樣？

Ⓑ 늘 그렇지요 뭐. 당신은요?
neul/geu.ro*.chi.yo/mwo//dang.si.neu.nyo
我都是那樣啊！你呢？

Ⓐ 저는 바쁘지만 잘 지내요.
jo*.neun/ba.beu.ji.man/jal/jji.ne*.yo
我雖然很忙，但過得很好。

相關例句

☞ 잘 있니?
  jal/in.ni
  過得好嗎?

☞ 응, 잘 있어.
  eung//jal/i.sso*
  恩,過得很好。

☞ 잘 지내셨어요?
  jal/jji.ne*.syo*.sso*.yo
  您過得好嗎?

☞ 네, 덕분에 잘 지냈어요.
  ne//do*k.bu.ne/jal/jji.ne*.sso*.yo
  託您的福,我過得很好。

☞ 요즘 어떻게 지내고 계세요?
  yo.jeum/o*.do*.ke/ji.ne*.go/gye.se.yo
  您最近過得怎麼樣?

☞ 일은 여전히 바쁘세요?
  i.reun/yo*.jo*n.hi/ba.beu.se.yo
  工作還很忙嗎?

☞ 아직 거기에 살아요?
  a.jik/go*.gi.e/sa.ra.yo
  你還在那裡住嗎?

☞ 많이 변하셨군요.
  ma.ni/byo*n.ha.syo*t.gu.nyo
  你變很多呢!

☞ 전혀 변하지 않았구나.
  jo*n.hyo*/byo*n.ha.ji/a.nat.gu.na
  你一點也沒變呢!

☞ 많이 예뻐졌네요.
ma.ni/ye.bo*.jo*n.ne.yo
你變得漂亮多了。

☞ 보고 싶었어요.
bo.go/si.po*.sso*.yo
很想念你。

☞ 요즘은 통 못 뵈었네요.
yo.jeu.meun/tong/mot/bwe.o*n.ne.yo
最近一直沒看到你呢！

☞ 오랜만입니다. 몇 년 만이죠?
o.re*n.ma.nim.ni.da//myo*t/nyo*n/ma.ni.jyo
好久不見了，這有幾年了？

☞ 여전하군요.
yo*.jo*n.ha.gu.nyo
你還是老樣子呢！

☞ 많이 날씬해졌네요.
ma.ni/nal.ssin.he*.jo*n.ne.yo
你變得苗條多了。

詢問他人近況

情境會話一

Ⓐ 미연이는 잘 지내요?
mi.yo*.ni.neun/jal/jji.ne*.yo
美妍過得好嗎？

Ⓑ 여전히 잘 지내고 있어요.
yo*.jo*n.hi/jal/jji.ne*.go/i.sso*.yo
依然過得很好。

Ⓐ 미연이는 지금 어디서 살아요?
mi.yo*.ni.neun/ji.geum/o*.di.so*/sa.ra.yo
美妍現在住在哪裡？

Ⓑ 아직도 학교 근처에 살아요.
a.jik.do/hak.gyo/geun.cho*.e/sa.ra.yo
還住在學校附近。

情境會話二

Ⓐ 가족 모두 안녕하시지요?
ga.jok/mo.du/an.nyo*ng.ha.si.ji.yo
你的家人都還好嗎？

Ⓑ 모두 잘 있습니다.
mo.du/jal/it.sseum.ni.da
都很好。

Ⓐ 가족들에게 제 안부 전해 주세요.
ga.jok.deu.re.ge/je/an.bu/jo*n.he*/ju.se.yo
替我向你家人問好。

相關例句

☞ 그는 요즘 뭐하고 지내요?
geu.neun/yo.jeum/mwo.ha.go/ji.ne*.yo
他最近在做什麼呢？

☞ 김선생님 소식 들었어요?
gim.so*n.se*ng.nim/so.sik/deu.ro*.sso*.yo
金老師的消息你聽說了嗎？

☞ 따님이 결혼했어요?
da.ni.mi/gyo*l.hon.he*.sso*.yo
你女兒結婚了嗎？

☞ 부모님이 건강하세요?
bu.mo.ni.mi/go*n.gang.ha.se.yo
父母親還健康嗎？

☞ 교수님께 안부 전해 주세요.
gyo.su.nim.ge/an.bu/jo*n.he*/ju.se.yo
請代我向教授問好。

☞ 그의 사업은 잘 되세요?
geu.ui/sa.o*.beun/jal/dwe.se.yo
他的事業順利嗎？

☞ 민종씨는 항상 바빠요?
min.jong.ssi.neun/hang.sang/ba.ba.yo
民鐘經常很忙嗎？

情境會話一

🅐 저는 김현중입니다. 한국에서 왔습니다.
jo*.neun/gim.hyo*n.jung.im.ni.da//han.gu.ge.
so*/wat.sseum.ni.da

我是金賢重，從韓國來的。

🅑 안녕하세요. 저는 진숙미라고 합니다.
an.nyo*ng.ha.se.yo//jo*.neun/jin.sung.mi.ra.
go/ham.ni.da

你好，我名叫陳淑美。

🅐 당신을 만나서 반갑습니다.
dang.si.neul/man.na.so*/ban.gap.sseum.ni.da

很高興見到你。

情境會話二

🅐 나경미씨, 간단한 자기소개 부탁드려요!
na.gyo*ng.mi.ssi//gan.dan.han/ja.gi.so.ge*/bu.
tak.deu.ryo*.yo

羅京美小姐，麻煩你做簡單的自我介紹。

🅑 네. 저는 나경미라고 합니다. 한국에서
온 유학생입니다. 앞으로 잘 부탁합니다.
ne//jo*.neun/na.gyo*ng.mi.ra.go/ham.ni.da//
han.gu.ge.so*/on/yu.hak.sse*ng.im.ni.da//a.
peu.ro/jal/bu.ta.kam.ni.da

好的。我名叫羅京美，是從韓國來的留學生。
往後請多多指教。

相關例句

☞ 먼저 제 소개를 하겠습니다.
mo*n.jo*/je/so.ge*.reul/ha.get.sseum.ni.da
我先做自我介紹。

☞ 제 이름은 김나나입니다.
je/i.reu.meun/gim.na.na.im.ni.da
我的名字是金娜娜。

☞ 저는 미국 사람입니다.
jo*.neun/mi.guk/sa.ra.mim.ni.da
我是美國人。

☞ 한국에 온 지 반년이 됐습니다.
han.gu.ge/on/ji/ban.nyo*.ni/dwe*t.sseum.ni.da
我來韓國已經半年了。

☞ 대학에서 경영학을 전공하고 있습니다.
de*.ha.ge.so*/gyo*ng.yo*ng.ha.geul/jjo*n.
gong.ha.go/it.sseum.ni.da
我在大學主修經營學。

☞ 회계를 담당할 이민영입니다.
hwe.gye.reul/dam.dang.hal/i.mi.nyo*ng.im.ni.da
我是即將擔任會計的李敏英。

☞ 저는 회사원입니다.
jo*.neun/hwe.sa.wo.nim.ni.da
我是上班族。

☞ 교육 관련 일을 하고 있어요.
gyo.yuk/gwal.lyo*n/i.reul/ha.go/i.sso*.yo
我從事和教育有關的工作。

☞ 식당에서 아르바이트를 하고 있습니다.
sik.dang.e.so*/a.reu.ba.i.teu.reul/ha.go/it.
sseum.ni.da
我在餐廳打工。

☞ 서울 대학에 다니고 있습니다.
so*.ul/de*.ha.ge/da.ni.go/it.sseum.ni.da
我就讀首爾大學。

☞ 저는 일하러 여기에 왔습니다.
jo*.neun/il.ha.ro*/yo*.gi.e/wat.sseum.ni.da
我來這裡工作的。

☞ 저는 놀러 여기에 왔습니다.
jo*.neun/nol.lo*/yo*.gi.e/wat.sseum.ni.da
我來這裡玩的。

☞ 대학에서 영어를 공부하고 있습니다.
de*.ha.ge.so*/yo*ng.o*.reul/gong.bu.ha.go/it.
sseum.ni.da
我在大學讀英文。

☞ 저희 집은 대가족입니다.
jo*.hi/ji.beun/de*.ga.jo.gim.ni.da
我家是個大家族。

☞ 저는 독자입니다.
jo*.neun/dok.jja.im.ni.da
我是獨生子。

☞ 전 아직 독신입니다.
jo*n/a.jik/dok.ssi.nim.ni.da
我還是單身。

介紹他人

情境會話一

A 이쪽은 제 친구 홍수아입니다. 수아씨, 이분은 김선생입니다. 서로 인사하시지요.

i.jjo.geun/je/chin.gu/hong.su.a.im.ni.da//su.a. ssi/i.bu.neun/gim.so*n.se*ng.im.ni.da//so*.ro/ in.sa.ha.si.ji.yo

這位是我的朋友洪秀兒。秀兒小姐,這位是金先生。你們互相認識一下吧!

B 처음 뵙겠습니다. 말씀 많이 들었습니다.

cho*.eum/bwep.get.sseum.ni.da//mal.sseum/ ma.ni/deu.ro*t.sseum.ni.da

初次見面,久仰大名。

情境會話二

A 제가 두 분을 소개하겠습니다. 헤선씨, 이분이 제 아내입니다.

je.ga/du/bu.neul/sso.ge*.ha.get.sseum.ni.da// he.so*n.ssi/i.bu.ni/je/a.ne*.im.ni.da

我來介紹兩位。惠善小姐,這位是我的妻子。

B 안녕하세요. 만나서 반갑습니다.

an.nyo*ng.ha.se.yo//man.na.so*/ban.gap. sseum.ni.da

你好,很高興見到你。

相關例句

☞ 제가 소개할게요.

je.ga/so.ge*.hal.ge.yo

我來介紹一下。

☞ 제 동료인 강민지입니다.
je/dong.nyo.in/gang.min.ji.im.ni.da
這是我同事姜旼志。

☞ 이쪽은 제 동생인 한채영입니다.
i.jjo.geun/je/dong.se*ng.in/han.che*.yo*ng.im.
ni.da
這是我妹妹韓彩英。

☞ 이분은 이선생이고, 이분은 박선생입
니다.
i.bu.neun/i.so*n.se*ng.i.go//i.bu.neun/bak.sso*
n.se*ng.im.ni.da
這位是李先生，這位是朴先生。

☞ 제 언니인데, 대학교에서 한국어를 가
르치고 있습니다.
je/o*n.ni.in.de//de*.hak.gyo.e.so*/han.gu.go*.
reul/ga.reu.chi.go/it.sseum.ni.da
這是我姊姊，在大學教韓國語。

☞ 이쪽은 제 여동생이고, 간호사입니다.
i.jjo.geun/je/yo*.dong.se*ng.i.go//gan.ho.sa.
im.ni.da
這是我的妹妹，她是護士。

☞ 이분은 저의 아버님이세요.
i.bu.neun/jo*.ui/a.bo*.ni.mi.se.yo
這位是我的父親。

☞ 이분은 업무부의 이홍기 씨입니다.
i.bu.neun/o*m.mu.bu.ui/i.hong.gi/ssi.im.ni.da
這位是業務部的李弘基。

約定下次見面

情境會話一

Ⓐ 우린 언제 다시 만날까요?
u.rin/o*n.je/da.si/man.nal.ga.yo
我們何時再見面呢？

Ⓑ 다음주 월요일에 만날까요? 우리 영화
보러 갈까요?
da.eum.ju/wo.ryo.i.re/man.nal.ga.yo//u.ri/yo*
ng.hwa/bo.ro*/gal.ga.yo
要不要下星期一見面？我們去看電影，好嗎？

Ⓐ 좋아요. 그럼 그때 만나요.
jo.a.yo//geu.ro*m/geu.de*/man.na.yo
好啊！那到時候見。

情境會話二

Ⓐ 이번 주말에 시간이 있어요? 저희 집
으로 초대하고 싶은데요.
i.bo*n/ju.ma.re/si.ga.ni/i.sso*.yo//jo*.hi/ji.beu.
ro/cho.de*.ha.go/si.peun.de.yo
這個周末你有時間嗎？我想招待你來我家。

Ⓑ 초대해 주셔서 감사합니다. 꼭 가겠습
니다.
cho.de*.he*/ju.syo*.so*/gam.sa.ham.ni.da//
gok/ga.get.sseum.ni.da
謝謝你的招待，我一定會去。

相關例句

☞ 다시 만날 수 있을까요?
da.si/man.nal/ssu/i.sseul.ga.yo
我們可以再見面嗎？

☞ 조만간 다시 만납시다.
jo.man.gan/da.si/man.nap.ssi.da
我們這幾天再見面吧！

☞ 이따가 봐요.
i.da.ga/bwa.yo
待會見！

☞ 내일 학교에서 만나요.
ne*.il/hak.gyo.e.so*/man.na.yo
明天學校見吧！

☞ 우리 좀 더 자주 만나요.
u.ri/jom/do*/ja.ju/man.na.yo
我們經常見面吧！

☞ 나중에 또 봐요.
na.jung.e/do/bwa.yo
改天見！

☞ 기회가 있으면 다시 만날 수 있기를
바랍니다.
gi.hwe.ga/i.sseu.myo*n/da.si/man.nal/ssu/it.gi.
reul/ba.ram.ni.da
有機會的話，我希望可以再見面。

保持聯絡

情境會話一

A 무슨 일 생기면 언제든지 연락하세요.
mu.seun/il/se*ng.gi.myo*n/o*n.je.deun.ji/yo*l.
la.ka.se.yo
如果發生什麼事，隨時聯絡我。

B 네. 걱정하지 마세요.
ne//go*k.jjo*ng.ha.ji/ma.se.yo
好的，別擔心。

A 그럼 연락 기다릴게요.
geu.ro*m/yo*l.lak/gi.da.ril.ge.yo
那我等你的聯絡。

情境會話二

A 한국에 도착하면 꼭 전화 주세요.
han.gu.ge/do.cha.ka.myo*n/gok/jo*n.hwa/ju.
se.yo
到韓國的時候，一定要打電話給我。

B 알았어요. 그럼 전 갈게요.
a.ra.sso*.yo//geu.ro*m/jo*n/gal.ge.yo
我知道了，那我走了。

A 즐거운 여행이 되세요.
jeul.go*.un/yo*.he*ng.i/dwe.se.yo
祝你旅遊愉快！

相關例句

☞ 연락하고 지내요.
yo*l.la.ka.go/ji.ne*.yo
保持聯絡。

☞ 나중에 한 번 전화해 주세요.
na.jung.e/han/bo*n/jo*n.hwa.he*/ju.se.yo
改天給我打個電話。

☞ 여기에 오면 꼭 연락해 주세요.
yo*.gi.e/o.myo*n/gok/yo*l.la.ke*/ju.se.yo
來這裡時，請一定要聯絡我。

☞ 연락드릴게요.
yo*l.lak.deu.ril.ge.yo
我會連絡你。

☞ 이메일 기다릴게요.
i.me.il/gi.da.ril.ge.yo
我等你的 mail。

☞ 가끔 메일이라도 보내 주세요.
ga.geum/me.i.ri.ra.do/bo.ne*/ju.se.yo
請偶爾寄個電子郵件給我。

☞ 또 전화해도 되겠습니까?
do/jo*n.hwa.he*.do/dwe.get.sseum.ni.ga
我可以再打電話給你嗎？

表達感謝

情境會話一

Ⓐ 이렇게 도와줘서 감사합니다.
i.ro*.ke/do.wa.jwo.so*/gam.sa.ham.ni.da
謝謝你這樣幫我。

Ⓑ 고맙긴요. 도움이 되어 다행입니다.
go.map.gi.nyo//do.u.mi/dwe.o*/da.he*ng.im.ni.da
不用謝。我很高興能幫得上忙。

情境會話二

Ⓐ 준수씨, 이번에 고마워요.
jun.su.ssi//i.bo*.ne/go.ma.wo.yo
俊秀，這次謝謝你。

Ⓑ 별것 아니에요.
byo*l.go*t/a.ni.e.yo
沒什麼。

Ⓐ 제가 식사 대접 할게요.
je.ga/sik.ssa/de*.jo*p/hal.ge.yo
我請你吃飯。

相關例句

☞ 정말 고마워.
jo*ng.mal/go.ma.wo
真的謝謝你。

☞ 대단히 감사합니다.
de*.dan.hi/gam.sa.ham.ni.da
非常謝謝你。

☞ 은혜를 잊지 않을게요.
eun.hye.reul/it.jji/a.neul.ge.yo
我不會忘記你的恩情。

☞ 당신의 도움에 감사드립니다.
dang.si.nui/do.u.me/gam.sa.deu.rim.ni.da
謝謝你的幫助。

☞ 당신 덕분이에요. 감사합니다.
dang.sin/do*k.bu.ni.e.yo//gam.sa.ham.ni.da
托你的福，謝謝。

☞ 어떻게 감사드려야 할지 모르겠군요.
o*.do*.ke/gam.sa.deu.ryo*.ya/hal.jji/mo.reu.
get.gu.nyo
不知道該怎樣感謝你。

☞ 나에게 기회를 줘서 고마워.
na.e.ge/gi.hwe.reul/jjwo.so*/go.ma.wo
謝謝你給我機會。

☞ 고맙습니다. 이게 모두 여러분의 공로
입니다.
go.map.sseum.ni.da//i.ge/mo.du/yo*.ro*.bu.
nui/gong.no.im.ni.da
謝謝，這都是各位的功勞。

表達歉意

情境會話一

Ⓐ 정말 죄송합니다. 제가 많이 늦었습니다. 많이 기다렸어요?

jo*ng.mal/jjwe.song.ham.ni.da//je.ga/ma.ni/neu.jo*t.sseum.ni.da//ma.ni/gi.da.ryo*.sso*.yo

真的很抱歉，我來晚了。你等很久了嗎？

Ⓑ 괜찮습니다. 저도 방금 왔어요.

gwe*n.chan.sseum.ni.da//jo*.do/bang.geum/wa.sso*.yo

沒關係，我也剛到。

情境會話二

Ⓐ 약속을 지키지 못 해서 정말 미안해요. 용서해 주세요.

yak.sso.geul/jji.ki.ji/mot/he*.so*/jo*ng.mal/mi.an.he*.yo//yong.so*.he*/ju.se.yo

沒遵守約定，真的對不起。原諒我吧！

Ⓑ 이번이 마지막이에요. 알았죠?

i.bo*.ni/ma.ji.ma.gi.e.yo//a.rat.jjyo

這次是最後一次了，知道嗎？

Ⓐ 네. 다시는 이런 일이 없을 거예요.

ne//da.si.neun/i.ro*n/i.ri/o*p.sseul/go*.ye.yo

好啦！我以後再也不會了。

相關例句

☞ 아까는 실례가 많았습니다. 죄송합니다.

a.ga.neun/sil.lye.ga/ma.nat.sseum.ni.da//jwe.song.ham.ni.da

剛才失禮了，對不起。

☞ 내가 잘못했어. 미안해.
ne*.ga/jal.mo.te*.sso*//mi.an.he*
我錯了，對不起。

☞ 폐를 끼쳐서 죄송합니다.
pye.reul/gi.cho*.so*/jwe.song.ham.ni.da
給你添麻煩了，對不起。

☞ 미안합니다, 제가 다른 사람으로 착각
했어요.
mi.an.ham.ni.da//je.ga/da.reun/sa.ra.meu.ro/
chak.ga.ke*.sso*.yo
不好意思，我認錯人了。

☞ 제 사과를 받아주십시오.
je/sa.gwa.reul/ba.da.ju.sip.ssi.o
請接受我的道歉。

☞ 당신께 사과드립니다.
dang.sin.ge/sa.gwa.deu.rim.ni.da
我向您道歉。

☞ 오래 기다리시게 해서 미안합니다.
o.re*/gi.da.ri.si.ge/he*.so*/mi.an.ham.ni.da
讓您久等了，對不起。

☞ 한 번 봐 주십시오.
han/bo*n/bwa/ju.sip.ssi.o
請你原諒我這一次。

祝賀

情境會話一

Ⓐ 당신 대학원을 졸업했다고 들었어요. 축하해요.

dang.sin/de*.ha.gwo.neul/jjo.ro*.pe*t.da.go/deu.ro*.sso*.yo//chu.ka.he*.yo

聽說你研究所畢業了，恭喜你。

Ⓑ 고마워요.

go.ma.wo.yo

謝謝。

情境會話二

Ⓐ 승진했다고 들었어요. 축하드립니다.

seung.jin.he*t.da.go/deu.ro*.sso*.yo//chu.ka.deu.rim.ni.da

聽說你升職了，恭喜你。

Ⓑ 감사합니다. 이게 다 과장님덕분이에요.

gam.sa.ham.ni.da//i.ge/da/gwa.jang.nim.do*k.bu.ni.e.yo

謝謝，這都是托課長你的福氣。

情境會話三

Ⓐ 결혼을 축하합니다. 행복하시길 바랍니다.

gyo*l.ho.neul/chu.ka.ham.ni.da//he*ng.bo.ka.si.gil/ba.ram.ni.da

恭喜你結婚，祝你們幸福！

Ⓑ 고맙습니다.

go.map.sseum.ni.da

謝謝。

相關例句

☞ 축하합니다!
chu.ka.ham.ni.da
恭喜你！

☞ 생일 축하합니다.
se*ng.il/chu.ka.ham.ni.da
生日快樂！

☞ 취직을 축하합니다.
chwi.ji.geul/chu.ka.ham.ni.da
恭喜你找到工作。

☞ 합격한 것을 축하합니다.
hap.gyo*.kan/go*.seul/chu.ka.ham.ni.da
恭喜你合格。

☞ 새해 복 많이 받으십시오.
se*.he*/bok/ma.ni/ba.deu.sip.ssi.o
新年快樂！

☞ 메리 크리스마스!
me.ri/keu.ri.seu.ma.seu
聖誕快樂！

☞ 따님의 결혼을 축하합니다.
da.ni.mui/gyo*l.ho.neul/chu.ka.ham.ni.da
恭喜你女兒結婚。

☞ 성공을 축하드립니다.
so*ng.gong.eul/chu.ka.deu.rim.ni.da
恭喜你成功。

情境會話一

Ⓐ 올해 크리스마스는 어떻게 지낼 거예요?
ol.he*/keu.ri.seu.ma.seu.neun/o*.do*.ke/ji.ne*
l/go*.ye.yo
今年的聖誕節你要怎麼過？

Ⓑ 여자친구와 같이 식사도 하고 영화도
볼거예요.
yo*.ja.chin.gu.wa/ga.chi/sik.ssa.do/ha.go/yo*
ng.hwa.do/bol.go*.ye.yo
要和女朋友一起吃飯一起看電影。

Ⓐ 부러워요. 그럼 멋진 크리스마스를 보
내길 바라요.
bu.ro*.wo.yo//geu.ro*m/mo*t.jjin/keu.ri.seu.
ma.seu.reul/bo.ne*.gil/ba.ra.yo
真羨慕。祝你有個美好的聖誕節。

情境會話二

Ⓐ 회사 면접을 통과했다면서요.
hwe.sa/myo*n.jo*.beul/tong.gwa.he*t.da.myo*
n.so*.yo
聽說你通過公司面試了。

Ⓑ 네, 필기 시험만 남았어요.
ne//pil.gi/si.ho*m.man/na.ma.sso*.yo
對啊！只剩下筆試了。

Ⓐ 꼭 합격 되길 바랍니다.
gok/hap.gyo*k/dwe.gil/ba.ram.ni.da
祝你錄取。

相關例句

☞ 행운을 빕니다.
he*ng.u.neul/bim.ni.da
祝你好運！

☞ 하시는 일 순조롭기를 바랍니다.
ha.si.neun/il/sun.jo.rop.gi.reul/ba.ram.ni.da
祝你工作順利！

☞ 새해에는 모든 소망이 다 이루어지길
바랍니다.
se*.he*.e.neun/mo.deun/so.mang.i/da/i.ru.o*.
ji.gil/ba.ram.ni.da
但願新的一年，所有的願望都能實現。

☞ 부디 건강하시고 행복하세요.
bu.di/go*n.gang.ha.si.go/he*ng.bo.ka.se.yo
祝您幸福健康。

☞ 넌 반드시 행복해야해.
no*n/ban.deu.si/he*ng.bo.ke*.ya.he*
你一定要幸福。

☞ 모든 소원이 이루어지기를 바랍니다.
mo.deun/so.wo.ni/i.ru.o*.ji.gi.reul/ba.ram.ni.da
祝您願望都能實現。

☞ 사업이 성공하시기를 바랍니다.
sa.o*.bi/so*ng.gong.ha.si.gi.reul/ba.ram.ni.da
祝你生意興隆！

☞ 두 분 영원히 행복하세요.
du/bun/yo*ng.won.hi/he*ng.bo.ka.se.yo
祝你們永遠幸福。

Chapter 2

用餐篇

找好吃的餐館

情境會話一

Ⓐ 이 근처에 맛있게 하는 음식점은 없어요?

i/geun.cho*.e/ma.sit.ge/ha.neun/eum.sik.jjo*.meun/o*p.sso*.yo

這附近有好吃的餐飲店嗎？

Ⓑ 비빔밥 좋아해요? 제가 아는 한국 음식점이 있는데 좋아하실 거예요.

bi.bim.bap/jo.a.he*.yo//je.ga/a.neun/han.guk/eum.sik.jjo*.mi/in.neun.de/jo.a.ha.sil/go*.ye.yo

你喜歡吃拌飯嗎？我有認識的韓國餐館，你一定會喜歡的。

Ⓐ 그럼 저녁식사는 거기에서 먹어요.

geu.ro*m/jo*.nyo*k.ssik.ssa.neun/go*.gi.e.so*/mo*.go*.yo

那我們晚餐在那裡吃吧。

情境會話二

Ⓐ 이 지방의 명물요리를 먹고 싶어요.

i/ji.bang.ui/myo*ng.mu.ryo.ri.reul/mo*k.go/si.po*.yo

我想吃這地方的特色菜。

Ⓑ 그럼 우리 집 근처에 와요. 맛있는 집이 많아요.

geu.ro*m/u.ri/jip/geun.cho*.e/wa.yo//ma.sin.neun/ji.bi/ma.na.yo

那來我家附近吧！有很多好吃的店。

相關例句

☞ 좋은 식당을 알고 계십니까?

jo.eun/sik.dang.eul/al.go/gye.sim.ni.ga

你知道哪裡有不錯的餐廳嗎？

☞ 서울 시내에 어느 곳이 음식점이 가장 많습니까?

so*.ul/si.ne*.e/o*.neu/go.si/eum.sik.jjo*.mi.ga.jang/man.sseum.ni.ga

首爾市區哪裡有最多的餐館？

☞ 이 식당은 어디에 있습니까?

i/sik.dang.eun/o*.di.e/it.sseum.ni.ga

這家餐館在哪裡？

☞ 이곳에 한국 식당은 있습니까?

i.go.se/han.guk/sik.dang.eun/it.sseum.ni.ga

這裡有韓式餐館嗎？

☞ 좋은 음식점을 추천해 주세요.

jo.eun/eum.sik.jjo*.meul/chu.cho*n.he*/ju.se.yo

請推薦不錯的餐館。

☞ 근처에 유명한 일식 음식점이 있습니까?

geun.cho*.e/yu.myo*ng.han/il.sik/eum.sik.jjo*.mi/it.sseum.ni.ga

附近有沒有知名的日本料理店？

☞ 이 부근에는 식당이 없어요.

i/bu.geu.ne.neun/sik.dang.i/o*p.sso*.yo

這附近沒有餐館。

☞ 이곳 사람들이 많이 가는 식당은 있습니까?

i.got/sa.ram.deu.ri/ma.ni/ga.neun/sik.dang.eun/it.sseum.ni.ga

有沒有這個地方的人常去的餐飲店？

● track 040

情境會話一

Ⓐ 점심은 뭘 먹고 싶어요?
jo*m.si.meun/mwol/mo*k.go/si.po*.yo
你午餐想吃什麼?

Ⓑ 햄버거를 먹고 싶어요.
he*m.bo*.go*.reul/mo*k.go/si.po*.yo
我想吃漢堡。

情境會話二

Ⓐ 한국 요리를 먹어 본 적이 있습니까?
han.guk/yo.ri.reul/mo*.go*/bon/jo*.gi/it.
sseum.ni.ga
你吃過韓國料理嗎?

Ⓑ 네. 저는 한국 요리를 아주 좋아합니다.
ne//jo*.neun/han.guk/yo.ri.reul/a.ju/jo.a.ham.
ni.da
吃過了,我非常喜歡韓國料理。

Ⓐ 그럼 대만 요리를 좋아합니까?
geu.ro*m/de*.man/yo.ri.reul/jjo.a.ham.ni.ga
那你也喜歡台菜嗎?

Ⓑ 대만 요리도 아주 맛있습니다.
de*.man/yo.ri.do/a.ju/ma.sit.sseum.ni.da
台菜也很好吃。

相關例句

☞ 저녁은 칼국수를 먹자.
jo*.nyo*.geun/kal.guk.ssu.reul/mo*k.jja
我們晚餐吃刀切麵吧!

☞ 회를 먹고 싶어요. 일본음식점에 가요.
hwe.reul/mo*k.go/si.po*.yo//il.bo.neum.sik.
jjo*.me/ga.yo
我想吃生魚片，我們去日本料理店吧！

☞ 대만요리를 먹고 싶어요? 아니면 일본
요리를 먹고 싶어요?
de*.ma.nyo.ri.reul/mo*k.go/si.po*.yo//a.ni.
myo*n/il.bo.nyo.ri.reul/mo*k.go/si.po*.yo
你想吃台灣菜，還是日本料理呢？

☞ 갑자기 한국전통요리를 먹고 싶어요.
gap.jja.gi/han.guk.jjo*n.tong.yo.ri.reul/mo*k.
go/si.po*.yo
我突然想吃韓國傳統料理。

☞ 불고기를 먹고 싶어요.
bul.go.gi.reul/mo*k.go/si.po*.yo
我想吃烤肉。

☞ 낫또는 잘 못 먹습니다.
nat.do.neun/jal/mot/mo*k.sseum.ni.da
我不太敢吃納豆。

☞ 단 것을 좋아하시는군요.
dan/go*.seul/jjo.a.ha.si.neun.gu.nyo
原來您喜歡吃甜食啊！

邀請他人一起用餐

情境會話一

Ⓐ 같이 식사하러 갈까요?
ga.chi/sik.ssa.ha.ro*/gal.ga.yo
你想和我們一起用餐嗎？

Ⓑ 저는 벌써 먹었어요.
jo*.neun/bo*l.sso*/mo*.go*.sso*.yo
我已經吃過了。

Ⓐ 뭘 먹었어요?
mwol/mo*.go*.sso*.yo
你吃了什麼？

Ⓑ 라면을 끓여 먹었어요.
ra.myo*.neul/geu.ryo*/mo*.go*.sso*.yo
我煮泡麵吃。

情境會話二

Ⓐ 내일 점심 식사 같이 하러 가실래요?
ne*.il/jo*m.sim/sik.ssa/ga.chi/ha.ro*/ga.sil.le*.
yo
明天要不要一起去吃午餐？

Ⓑ 정말 같이 가고 싶은데 다른 약속이 있
어요.
jo*ng.mal/ga.chi/ga.go/si.peun.de/da.reun/yak.
sso.gi/i.sso*.yo
雖然很想一起去，但我有其他的約會。

相關例句

☞ 점심 먹으러 갑시다.
jo*m.sim/mo*.geu.ro*/gap.ssi.da
一起去吃午餐吧!

☞ 배가 고파요. 점심 먹으러 갈까요?
be*.ga/go.pa.yo//jo*m.sim/mo*.geu.ro*/gal.ga.
yo
肚子餓了,要不要一起去吃午餐?

☞ 식사 같이 하시겠어요?
sik.ssa/ga.chi/ha.si.ge.sso*.yo
您要一起用餐嗎?

☞ 이제 밥 먹으러 갈까요?
i.je/bap/mo*.geu.ro*/gal.ga.yo
現在一起去吃飯,好嗎?

☞ 저 식당의 음식이 맛있어요. 저기로
갈까요?
jo*/sik.dang.ui/eum.si.gi/ma.si.sso*.yo//jo*.gi.
ro/gal.ga.yo
那餐廳的料理很好吃,要不要去那裡?

☞ 맛있는 식당을 알고 있는데요. 같이
가지 않으실래요?
ma.sin.neun/sik.dang.eul/al.go/in.neun.de.yo//
ga.chi/ga.ji/a.neu.sil.le*.yo
我知道有不錯的餐館,要不要一起去吃?

☞ 같이 점심 식사를 합시다.
ga.chi/jo*m.sim/sik.ssa.reul/hap.ssi.da
一起吃午餐吧!

餐廳營業時間

情境會話一

Ⓐ 식당은 몇 시에 시작합니까?

sik.dang.eun/myo*t/si.e/si.ja.kam.ni.ga

餐廳幾點開始營業?

Ⓑ 오전 열시반부터 시작합니다.

o.jo*n/yo*l.si.ban.bu.to*/si.ja.kam.ni.da

上午十點半開始營業。

情境會話二

Ⓐ 영업시간은 몇 시부터 몇 시까지입니까?

yo*ng.o*p.ssi.ga.neun/myo*t/si.bu.to*/myo*t/
si.ga.ji.im.ni.ga

營業時間是從幾點到幾點呢?

Ⓑ 이 식당의 영업시간은 아침 열한시부터
밤 열시까지 입니다.

i/sik.dang.ui/yo*ng.o*p.ssi.ga.neun/a.chim/yo*
l.han.si.bu.to*/bam/yo*l.si.ga.ji/im.ni.da

這餐廳的營業時間是從早上十一點到晚上十
點。

相關例句

☞ 몇 시부터 엽니까?

myo*t/si.bu.to*/yo*m.ni.ga

幾點開門呢?

☞ 밤 11시에 영업을 마칩니다.

bam/yo*l.han.si.e/yo*ng.o**.beul/ma.chim.ni.
da

晚上十一點打烊。

事先訂位

情境會話

Ⓐ 여기 예약이 필요합니까?
yo*.gi/ye.ya.gi/pi.ryo.ham.ni.ga
這裡需要預約嗎？

Ⓑ 저녁 시간에 손님이 많기 때문에 예약
하시는 게 좋습니다.
jo*.nyo*k/si.ga.ne/son.ni.mi/man.ki/de*.mu.
ne/ye.ya.ka.si.neun/ge/jo.sseum.ni.da
因為晚餐時間客人比較多，最好是先預約。

Ⓐ 그럼 오늘 저녁 7 시에 예약을 부탁합
니다.
geu.ro*m/o.neul/jjo*.nyo*k/il.gop.ssi.e/ye.ya.
geul/bu.ta.kam.ni.da
那我要預約今天晚上 7 點。

Ⓑ 모두 몇 분이세요?
mo.du/myo*t/bu.ni.se.yo
總共幾位呢？

Ⓐ 다섯명정도입니다.
da.so*n.myo*ng.jo*ng.do.im.ni.da
大約五位。

相關例句

☞ 전에 예약했습니다. 제 이름은 이은선
입니다.
jo*.ne/ye.ya.ke*t.sseum.ni.da//je/i.reu.meun/i.
eun.so*.nim.ni.da
之前預約過了。我的名字是李恩善。

☞ 미리 자리를 예약했습니까?

mi.ri/ja.ri.reul/ye.ya.ke*t.sseum.ni.ga

有事先預約嗎？

☞ 자리 예약하려고 해요.

ja.ri/ye.ya.ka.ryo*.go/he*.yo

我想要預約。

☞ 몇 시에 원하십니까?

myo*t/si.e/won.ha.sim.ni.ga

您要預約幾點呢？

☞ 몇 시에 예약이 가능합니까?

myo*t/si.e/ye.ya.gi/ga.neung.ham.ni.ga

幾點可以預約呢？

☞ 예약하려는 데 빈자리가 있습니까?

ye.ya.ka.ryo*.neun/de/bin.ja.ri.ga/it.sseum.ni.
ga

我想要預約，有位子嗎？

☞ 손님은 몇 분이십니까?

son.ni.meun/myo*t/bu.ni.sim.ni.ga

有幾位客人？

☞ 죄송합니다. 예약을 취소하고 싶습니다.

jwe.song.ham.ni.da//ye.ya.geul/chwi.so.ha.go/
sip.sseum.ni.da

對不起，我想取消預約。

☞ 룸으로 예약을 부탁합니다.

ru.meu.ro/ye.ya.geul/bu.ta.kam.ni.da

我要預定包廂。

☞ 몇 시에 오시겠습니까?

myo*t/si.e/o.si.get.sseum.ni.ga

請問您幾點會來？

☞ 예약을 안 했어요. 빈 자리가 있어요?
ye.ya.geul/an/he*.sso*.yo//bin/ja.ri.ga/i.sso*.
yo
我沒有預約，有空位嗎？

☞ 어제 이미 예약했습니다.
o*.je/i.mi/ye.ya.ke*t.sseum.ni.da
我昨天已經預約過了。

☞ 몇 시라면 자리가 남니까?
myo*t/si.ra.myo*n/ja.ri.ga/nam.ni.ga
幾點有位子呢？

☞ 오늘 예약할 수 있나요?
o.neul/ye.ya.kal/ssu/in.na.yo
今天可以預約嗎？

無法訂位

情境會話

A 예약을 부탁합니다.

ye.ya.geul/bu.ta.kam.ni.da

我要定位。

B 몇 시로 하시겠습니까?

myo*t/si.ro/ha.si.get.sseum.ni.ga

您要預約幾點的呢？

A 저녁 6시에 예약하고 싶은데요.

jo*.nyo*k/yo*.so*t.ssi.e/ye.ya.ka.go/si.peun.
de.yo

我想預約傍晚 6 點。

B 죄송합니다만, 그시간에는 예약이 다 차
있습니다.

jwe.song.ham.ni.da.man//geu.si.ga.ne.neun/ye.
ya.gi/da/cha/it.sseum.ni.da

對不起，那個時間已經預約滿了。

A 몇 시에 가능합니까?

myo*t/si.e/ga.neung.ham.ni.ga

幾點可以呢？

B 7 시반 이후에 자리를 마련해 드릴 수
있습니다.

il.gop.ssi.ban/i.hu.e/ja.ri.reul/ma.ryo*n.he*/
deu.ril/su/it.sseum.ni.da

七點半以後可以幫您預約位子。

相關例句

☞ 죄송하지만, 오늘 예약이 꽉 차 있습니다.

jwe.song.ha.ji.man//o.neul/ye.ya.gi/gwak/cha/it.sseum.ni.da

對不起，今天預約已經滿了。

☞ 죄송합니다만, 8시 이후라면 가능합니다.

jwe.song.ham.ni.da.man//yo*.do*p.ssi/i.hu.ra.myo*n/ga.neung.ham.ni.da

對不起，八點以後才可以預約。

☞ 정말 죄송합니다. 그 시간에 자리가 없습니다.

jo*ng.mal/jjwe.song.ham.ni.da//geu/si.ga.ne/ja.ri.ga/o*p.sseum.ni.da

真的很抱歉，那個時間沒有位子。

☞ 손님, 죄송합니다. 자리가 다 찼습니다.

son.nim//jwe.song.ham.ni.da//ja.ri.ga/da.chat.sseum.ni.da

先生（小姐），對不起，已經客滿了。

☞ 다른 시간에 예약해 드려도 괜찮겠습니까?

da.reun/si.ga.ne/ye.ya.ke*/deu.ryo*.do/gwe*n.chan.ket.sseum.ni.ga

可以幫您預約其他的時間嗎？

餐廳客滿

情境會話

Ⓐ 어서 오십시오. 예약은 하셨습니까?

o*.so*/o.sip.ssi.o//ye.ya.geun/ha.syo*t.sseum.
ni.ga

歡迎光臨，您預約了嗎？

Ⓑ 예약 안 했습니다. 지금 빈자리가 있습니까?

ye.yak/an/he*t.sseum.ni.da//ji.geum/bin.ja.ri.
ga/it.sseum.ni.ga

我沒有預約，現在有位子嗎？

Ⓐ 죄송합니다만 지금 빈자리가 없습니다.

jwe.song.ham.ni.da.man/ji.geum/bin.ja.ri.ga/o*
p.sseum.ni.da

很抱歉，現在沒有空位子。

Ⓑ 얼마나 기다려야 되나요?

o*l.ma.na/gi.da.ryo*.ya/dwe.na.yo

要等多久呢？

Ⓐ 적어도 20분정도 기다리셔야 할 것 같
은데 기다리시겠습니까?

jo*.go*.do/i.sip.bun.jo*ng.do/gi.da.ri.syo*.ya/
hal/go*t/ga.teun.de/gi.da.ri.si.get.sseum.ni.ga

至少要等 20 分鐘，您要等嗎？

Ⓑ 네, 기다리겠습니다.

ne//gi.da.ri.get.sseum.ni.da

好，我要等。

（相關例句）

☞ 죄송합니다. 오늘은 예약이 너무 많아서 자리가 없습니다.
jwe.song.ham.ni.da//o.neu.reun/ye.ya.gi/no*.mu/ma.na.so*/ja.ri.ga/o*p.sseum.ni.da
對不起，今天預約太多所以沒有位子。

☞ 어느 정도 기다려야 되나요?
o*.neu/jo*ng.do/gi.da.ryo*.ya/dwe.na.yo
要等多久呢？

☞ 언제쯤 자리가 날까요?
o*n.je.jjeum/ja.ri.ga/nal.ga.yo
何時會有位子呢？

☞ 죄송하지만 지금 당장 자리가 없습니다. 여기서 기다려 주시겠습니까?
jwe.song.ha.ji.man/ji.geum/dang.jang/ja.ri.ga/o*p.sseum.ni.da//yo*.gi.so*/gi.da.ryo*/ju.si.get.sseum.ni.ga
對不起，現在還沒有位子。您可以在這裡等嗎？

☞ 자리가 있을 때까지 기다려도 되겠습니까?
ja.ri.ga/i.sseul/de*.ga.ji/gi.da.ryo*.do/dwe.get.sseum.ni.ga
我可以等到有位子嗎？

☞ 손님, 여기 앉아서 기다리세요.
son.nim//yo*.gi/an.ja.so*/gi.da.ri.se.yo
先生（小姐），請坐在這裡等候。

進入餐廳

情境會話一

Ⓐ 지금 빈 자리가 있나요?
ji.geum/bin/ja.ri.ga/in.na.yo
現在還有空位嗎？

Ⓑ 있습니다. 이쪽으로 오십시오.
it.sseum.ni.da//i.jjo.geu.ro/o.sip.ssi.o
有位子，請跟我來。

情境會話二

Ⓐ 어서 오세요. 몇 분이세요?
o*.so*/o.se.yo//myo*t/bu.ni.se.yo
歡迎光臨！請問幾位。

Ⓑ 네 명이에요.
ne/myo*ng.i.e.yo
四位。

情境會話三

Ⓐ 모두 두 분이세요?
mo.du/du/bu.ni.se.yo
總共兩位嗎？

Ⓑ 아니요, 한 사람이 더 올 거예요.
a.ni.yo//han/sa.ra.mi/do*/ol/go*.ye.yo
不是，還會再來一位。

相關例句

☞ 이쪽으로 오세요. 안내해 드리겠습니다.
i.jjo.geu.ro/o.se.yo//an.ne*.he*/deu.ri.get.
sseum.ni.da
請往這裡走，我為您帶路。

☞ 이쪽으로 오세요. 여기가 손님이 예약
한 자리입니다.
i.jjo.geu.ro/o.se.yo//yo*.gi.ga/son.ni.mi/ye.ya.
kan/ja.ri.im.ni.da
請往這裡走，這裡是客人您預約的位子。

☞ 룸으로 모실까요? 홀로 모실까요?
ru.meu.ro/mo.sil.ga.yo//hol.lo/mo.sil.ga.yo
您要坐包廂呢？還是坐廳裡？

☞ 제 친구가 좀 이따가 올 거예요.
je/chin.gu.ga/jom/i.da.ga/ol/go*.ye.yo
我朋友等一下會過來。

☞ 잠시만 기다리세요. 사람이 바로 올
거예요.
jam.si.man/gi.da.ri.se.yo//sa.ra.mi/ba.ro/ol/
go*.ye.yo
請稍等，人馬上就到。

要求指定座位

情境會話一

Ⓐ 아가씨, 여기 너무 시끄러워요. 좀 더 조용한 곳으로 바꿀 수 있습니까?
a.ga.ssi//yo*.gi/no*.mu/si.geu.ro*.wo.yo//jom/do*/jo.yong.han/go.seu.ro/ba.gul/su/it.sseum.ni.ga
小姐，這裡太吵了。我可以換到安靜一點的地方嗎？

Ⓑ 네. 물론입니다.
ne//mul.lo.nim.ni.da
是的，當然可以。

情境會話二

Ⓐ 미안하지만 이 자리가 마음에 안 드는데요. 다른 자리로 옮기고 싶어요.
mi.an.ha.ji.man/i/ja.ri.ga/ma.eu.me/an/deu.neun.de.yo//da.reun/ja.ri.ro/om.gi.go/si.po*.yo
很抱歉，我不喜歡這個位子。我想換到其他位子。

Ⓑ 어디로 바꾸겠습니까?
o*.di.ro/ba.gu.get.sseum.ni.ga
你想換到哪裡呢？

Ⓐ 창가 쪽 좌석으로 부탁합니다.
chang.ga/jjok/jwa.so*.geu.ro/bu.ta.kam.ni.da
請幫我換到靠窗的位子。

Ⓑ 알겠습니다. 바로 바꿔 드리겠습니다.
al.get.sseum.ni.da//ba.ro/ba.gwo/deu.ri.get.sseum.ni.da
知道了，馬上幫您更換。

相關例句

☞ 고객님, 이 자리가 마음에 드십니까?

go.ge*ng.nim//i/ja.ri.ga/ma.eu.me/deu.sim.ni.
ga

先生（小姐），您喜歡這個位子嗎？

☞ 통로 쪽 자리 말고 창가 자리로 주세
요.

tong.no/jjok/ja.ri/mal.go/chang.ga/ja.ri.ro/ju.
se.yo

不要靠近走道的位子，請給我窗邊的位子。

☞ 이 자리는 다른 분들이 먼저 예약했
습니다.

i/ja.ri.neun/da.reun/bun.deu.ri/mo*n.jo*/ye.ya.
ke*t.sseum.ni.da

這個位子已經有其他人預約了。

☞ 원하시는 자리가 있습니까?

won.ha.si.neun/ja.ri.ga/it.sseum.ni.ga

您有想要的位子嗎？

☞ 손님, 이 자리가 어떻습니까? 여기 경
치가 아주 좋습니다.

son.nim//i/ja.ri.ga/o*.do*.sseum.ni.ga//yo*.gi/
gyo*ng.chi.ga/a.ju/jo.sseum.ni.da

先生（小姐），這個位子如何？這裡的風景很
棒。

☞ 다른 자리로 바꿀 수 있습니까?

da.reun/ja.ri.ro/ba.gul/su/it.sseum.ni.ga

我們可不可以換到其他的座位？

☞ 좀 더 시원한 자리를 선택해도 되겠
습니까?

jom/do*/si.won.han/ja.ri.reul/sso*n.te*.ke*.do/

dwe.get.sseum.ni.ga
我可以選涼快一點的位子嗎？

☞ 저기요. 좌석을 바꾸고 싶은데요.
jo*.gi.yo//jwa.so*.geul/ba.gu.go/si.peun.de.yo
服務員，我要換位子。

☞ 위층에 앉고 싶은데요.
wi.cheung.e/an.go/si.peun.de.yo
我想坐樓上。

☞ 저기로 옮겨도 될까요?
jo*.gi.ro/om.gyo*.do/dwel.ga.yo
我可以換到那裡嗎？

☞ 금연석을 원하십니까?
geu.myo*n.so*.geul/won.ha.sim.ni.ga
您要禁菸席嗎？

☞ 4명이 앉을 자리가 있어요?
ne.myo*ng.i/an.jeul/jja.ri.ga/i.sso*.yo
有四個人坐的位子嗎？

☞ 6인용 식탁으로 찾아주세요.
yu.gi.nyong/sik.ta.geu.ro/cha.ja.ju.se.yo
請給我 6 人用的餐桌。

詢問餐點

情境會話一

A 점심 메뉴는 무엇이 있습니까?

jo*m.sim/me.nyu.neun/mu.o*.si/it.sseum.ni.ga

中午的菜單有什麼？

B 알밥, 김치찌개, 순두부찌개, 만두국 등이 있습니다.

al.bap/gim.chi.jji.ge*/sun.du.bu.jji.ge*/man.du.guk/deung.i/it.sseum.ni.da

有魚卵拌飯、泡菜鍋、嫩豆腐鍋、水餃湯等。

A 뭐가 제일 맛있어요?

mwo.ga/je.il/ma.si.sso*.yo

什麼最好吃？

B 저희 집 순두부찌개가 아주 유명합니다. 한번 드셔 보세요.

jo*.hi/jip/sun.du.bu.jji.ge*.ga/a.ju/yu.myo*ng.ham.ni.da//han.bo*n/deu.syo*/bo.se.yo

我們店裡的嫩豆腐鍋很有名。請品嚐看看。

情境會話二

A 뭘 먹어야 할지 모르겠어요. 추천해 주세요.

mwol/mo*.go*.ya/hal.jji/mo.reu.ge.sso*.yo//chu.cho*n.he*/ju.se.yo

我不知道要吃什麼，請推薦一下。

B 오늘의 특별 요리는 불고기입니다. 드실래요?

o.neu.rui/teuk.byo*l/yo.ri.neun/bul.go.gi.im.ni.da//deu.sil.le*.yo

今天的特別料理是烤肉。要吃嗎？

相關例句

☞ 메뉴판 좀 주시겠어요?

me.nyu.pan/jom/ju.si.ge.sso*.yo

可以給我菜單嗎？

☞ 메뉴판 좀 가져다 주세요.

me.nyu.pan/jom/ga.jo*.da/ju.se.yo

請拿菜單給我。

☞ 여기서 제일 잘하는 요리는 무엇입니까?

yo*.gi.so*/je.il/jal.ha.neun/yo.ri.neun/mu.o*. sim.ni.ga

這裡最棒的菜是什麼呢？

☞ 여기의 감자탕이 유명하거든요.

yo*.gi.ui/gam.ja.tang.i/yu.myo*ng.ha.go*.deu. nyo

這裡的馬鈴薯豬骨湯很有名喔！

☞ 전 잘 모르겠어요. 무슨 종류의 음식 이 있어요?

jo*n/jal/mo.reu.ge.sso*.yo//mu.seun/jong.nyu. ui/eum.si.gi/i.sso*.yo

我還不知道，有什麼種類的菜呢？

☞ 오늘의 수프는 뭡니까?

o.neu.rui/su.peu.neun/mwom.ni.ga

今天的湯是什麼？

☞ 오늘의 추천 요리는 무엇입니까?

o.neu.rui/chu.cho*n/yo.ri.neun/mu.o*.sim.ni. ga

今天的推薦料理是什麼？

☞ 이 요리는 어떻게 먹는 거죠?

i/yo.ri.neun/o*.do*.ke/mo*ng.neun/go*.jyo

這道菜要怎麼吃？

☞ 이 요리는 매운가요?
i/yo.ri.neun/me*.un.ga.yo
這道菜會辣嗎？

☞ 이 지방의 명물요리는 있습니까?
i/ji.bang.ui/myo*ng.mu.ryo.ri.neun/it.sseum.ni.
ga
有這地方的特色料理嗎？

☞ 이 요리는 이름이 뭐죠?
i/yo.ri.neun/i.reu.mi/mwo.jyo
這道菜叫什麼名字？

☞ 이건 양이 많나요?
i.go*n/yang.i/man.na.yo
這個量很多嗎？

☞ 어떤 음식이 제일 빨리 됩니까?
jom/do*/si.won.han/ja.ri.reul/sso*n.te*.ke*.do/
dwe.get.sseum.ni.ga
哪道菜最快煮好？

☞ 야채요리에는 어떤 것이 있습니까?
ya.che*.yo.ri.e.neun/o*.do*n/go*.si/it.sseum.
ni.ga
素食料理有哪些呢？

● track 060

尚未決定餐點

情境會話一

Ⓐ 주문하시겠어요?

ju.mun.ha.si.ge.sso*.yo

您要點餐嗎?

Ⓑ 죄송합니다만 좀 이따가 주문해도 되겠습니까?

jwe.song.ham.ni.da.man/jom/i.da.ga/ju.mun.he*.do/dwe.get.sseum.ni.ga

對不起,我可以等一下再點餐嗎?

Ⓐ 네. 결정하셨으면 저를 부르십시오.

ne//gyo*l.jo*ng.ha.syo*.sseu.myo*n/jo*.reul/bu.reu.sip.ssi.o

好的。如果決定好,請叫我。

情境會話二

Ⓐ 뭘 드시겠습니까?

mwol/deu.si.get.sseum.ni.ga

您要吃什麼?

Ⓑ 아직 결정을 못했습니다. 잠시후 다시 와 주세요.

a.jik/gyo*l.jo*ng.eul/mo.te*t.sseum.ni.da//jam.si.hu/da.si/wa/ju.se.yo

我還沒決定,請您待會再來。

Ⓐ 알겠습니다.

al.get.sseum.ni.da

我知道了。

(相關例句)

☞ 미안하지만 더 생각해 볼게요.
mi.an.ha.ji.man/do*/se*ng.ga.ke*/bol.ge.yo
對不起，再讓我想想。

☞ 잠시 후에 주문할게요.
jam.si/hu.e/ju.mun.hal.ge.yo
我待會再點。

☞ 아직 주문준비가 안 됐어요.
a.jik/ju.mun.jun.bi.ga/an/dwe*.sso*.yo
我還沒準備好要點菜。

☞ 좀 있다가 주문하겠습니다.
jom/it.da.ga/ju.mun.ha.get.sseum.ni.da
我待會在點餐。

☞ 사람이 다 온 다음에 주문하죠.
sa.ra.mi/da/on/da.eu.me/ju.mun.ha.jyo
等人都來後再點。

☞ 주문할게요.
ju.mun.hal.ge.yo
我要點菜了。

☞ 사람이 아직 오지 않았습니다. 좀 있
다가 주문하죠.
sa.ra.mi/a.jik/o.ji/a.nat.sseum.ni.da//jom/it.da.
ga/ju.mun.ha.jyo
人還沒有來，等一下再點。

● track 062

開始點餐

情境會話一

Ⓐ 지금 주문하시겠습니까?

ji.geum/ju.mun.ha.si.get.sseum.ni.ga

您現在要點餐嗎？

Ⓑ 스테이크 부탁합니다. 디저트는 뭐가 있나요?

seu.te.i.keu/bu.ta.kam.ni.da//di.jo*.teu.neun/mwo.ga/in.na.yo

我要牛排，有什麼點心？

Ⓐ 딸기 케이크와 아이스크림이 있습니다.

dal.gi/ke.i.keu.wa/a.i.seu.keu.ri.mi/it.sseum.ni.da

有草莓蛋糕和冰淇淋。

Ⓑ 그럼 딸기 케이크로 주세요.

geu.ro*m/dal.gi/ke.i.keu.ro/ju.se.yo

那請給我草莓蛋糕。

情境會話二

Ⓐ 뭘 드릴까요?

mwol/deu.ril.ga.yo

為您送上什麼餐點呢？

Ⓑ 김치복음밥과 된장찌개 부탁 드립니다.

gim.chi.bo.geum.bap.gwa/dwen.jang.jji.ge*/bu.tak/deu.rim.ni.da

請給我泡菜炒飯和味增湯。

相關例句

☞ 지금 주문해도 되나요?
ji.geum/ju.mun.he*.do/dwe.na.yo
我們現在可以點菜嗎？

☞ 스파게티 하나 주세요.
seu.pa.ge.ti/ha.na/ju.se.yo
請給我一份義大利麵。

☞ 자장면 일인분과 탕수육 부탁 드립니다.
ja.jang.myo*n/i.rin.bun.gwa/tang.su.yuk/bu.tak/deu.rim.ni.da
請給我一人份的炸醬麵和糖醋肉。

☞ 그걸로 하겠습니다.
geu.go*l.lo/ha.get.sseum.ni.da
請給我那個。

☞ 이걸로 주세요.
i.go*l.lo/ju.se.yo
請給我這個。

☞ 주문을 바꿔도 되겠습니까?
ju.mu.neul/ba.gwo.do/dwe.get.sseum.ni.ga
可以更改餐點嗎？

☞ 샐러드 하나 주세요.
se*l.lo*.deu/ha.na/ju.se.yo
請給我一份沙拉。

☞ 저도 같은 것으로 하겠습니다.
jo*.do/ga.teun/go*.seu.ro/ha.get.sseum.ni.da
我也要一樣的餐點。

☞ 와인은 식사와 함께 주세요.
wa.i.neun/sik.ssa.wa/ham.ge/ju.se.yo
紅酒請和餐點一起送上來。

●track 064

☞ 다른 주문은 없으십니까?

da.reun/ju.mu.neun/o*p.sseu.sim.ni.ga

還需要別的菜嗎？

☞ 밥을 드시겠어요, 아니면 국수를 드시
겠어요?

ba.beul/deu.si.ge.sso*.yo//a.ni.myo*n/guk.ssu.
reul/deu.si.ge.sso*.yo

您要吃飯，還是要吃麵？

☞ 저기요, 치킨 한 마리 주세요.

jo*.gi.yo//chi.kin/han/ma.ri/ju.se.yo

服務員，請給我一隻炸雞。

☞ 오늘의 특별 요리를 먹겠습니다.

o.neu.rui/teuk.byo*l/yo.ri.reul/mo*k.get.
sseum.ni.da

我要吃今天的特別料理。

☞ 주문하고 싶습니다.

ju.mun.ha.go/sip.sseum.ni.da

我想點餐。

說明自己的餐點

情境會話一

Ⓐ 손님, 스테이크를 어떻게 익혀 드릴까요?
son.nim/seu.te.i.keu.reul/o*.do*.ke/i.kyo*/
deu.ril.ga.yo
先生(小姐),您牛排要幾分熟?

Ⓑ 스테이크는 반만 익혀주세요.
seu.te.i.keu.neun/ban.man/i.kyo*.ju.se.yo
牛排要五分熟。

情境會話二

Ⓐ 이 요리는 조금 맵습니다.
i/yo.ri.neun/jo.geum/me*p.sseum.ni.da
這道菜有點辣。

Ⓑ 저는 매운 걸 좋아하지 않아요. 너무
맵지 않게 해 주세요.
jo*.neun/me*.un/go*l/jo.a.ha.ji/a.na.yo//no*.
mu/me*p.jji/an.ke/he*/ju.se.yo
我不喜歡吃辣,請不要太辣。

情境會話三

Ⓐ 제가 마늘 알레르기가 있어요. 마늘을
넣지 마세요.
je.ga/ma.neul/al.le.reu.gi.ga/i.sso*.yo//ma.neu.
reul/no*.chi/ma.se.yo
我對蒜過敏。請不要放蒜。

Ⓑ 네, 알겠습니다.
ne//al.get.sseum.ni.da
好的。

相關例句

☞ 너무 짜지 않게 해 주세요.
no*.mu/jja.ji/an.ke/he*/ju.se.yo
請不要太鹹。

☞ 요리에 양파나 마늘을 넣으세요?
yo.ri.e/yang.pa.na/ma.neu.reul/no*.eu.se.yo
菜裡頭會放洋蔥或蒜嗎？

☞ 이 요리에는 파를 넣지 마세요.
i/yo.ri.e.neun/pa.reul/no*.chi/ma.se.yo
這道菜請不要放蔥。

☞ 고추를 너무 많이 넣지 마세요.
go.chu.reul/no*.mu/ma.ni/no*.chi/ma.se.yo
請不要放太多辣椒。

☞ 제 스테이크는 완전히 익혀주세요.
je/seu.te.i.keu.neun/wan.jo*n.hi/i.kyo*/ju.se.yo
我的牛排要全熟。

☞ 드레싱은 무엇으로 하시겠습니까?
deu.re.sing.eun/mu.o*.seu.ro/ha.si.get.sseum.ni.ga
您要什麼調料？

☞ 담백하게 해주세요. 너무 짠 것은 안 좋아합니다.
dam.be*.ka.ge/he*.ju.se.yo//no*.mu/jjan.go*.seun/an.jo.a.ham.ni.da
請做得清淡一點，我不喜歡吃太鹹。

☞ 이 요리는 어떻게 해 드릴까요?
i/yo.ri.neun/o*.do*.ke/he*/deu.ril.ga.yo
這道菜要幫您怎麼做呢？

☞ 좀 달게 해주세요
jom/dal.ge/he*.ju.se.yo
請幫我做得甜一點。

☞ 맵게 해 주세요.
me*p.ge/he*/ju.se.yo
請幫我弄辣一點。

☞ 디저트 말고 과일을 줄 수 있나요?
di.jo*.teu/mal.go/gwa.i.reul/jjul/su/in.na.yo
我不要甜點，可以給我水果嗎？

☞ 디저트로 치즈 케이크와 주스를 주세요.
di.jo*.teu.ro/chi.jeu/ke.i.keu.wa/ju.seu.reul/jju.
se.yo
甜點請給我起司蛋糕和果汁。

☞ 빵을 살짝 구워 주세요.
bang.eul/ssal.jjak/gu.wo/ju.se.yo
麵包請稍微烤過。

☞ 저는 완전히 구운 것을 좋아해요.
jo*.neun/wan.jo*n.hi/gu.un/go*.seul/jjo.a.he*.
yo
我喜歡全熟。

● track 068

點飲料

情境會話一

Ⓐ 어떤 음료수를 원하십니까?
o*.do*n/eum.nyo.su.reul/won.ha.sim.ni.ga
您要喝什麼飲料呢？

Ⓑ 홍차로 주세요.
hong.cha.ro/ju.se.yo
請給我紅茶。

情境會話二

Ⓐ 마실 것은 뭘로 하시겠습니까?
ma.sil/go*.seun/mwol.lo/ha.si.get.sseum.ni.ga
喝的您要點什麼？

Ⓑ 음료수 말고 물 좀 주시겠어요?
eum.nyo.su/mal.go/mul/jom/ju.si.ge.sso*.yo
我不要飲料，可以給我水嗎？

情境會話三

Ⓐ 마실 건 어떤 게 있습니까?
ma.sil/go*n/o*.do*n/ge/it.sseum.ni.ga
喝的有哪些呢？

Ⓑ 녹차, 커피, 맥주, 주스 등이 있습니다.
nok.cha/ko*.pi/me*k.jju/ju.seu/deung.i/it.sseum.ni.da
有綠茶、咖啡、啤酒和果汁等。

相關例句

☞ 식사 후에 음료수가 있습니까?
sik.ssa/hu.e/eum.nyo.su.ga/it.sseum.ni.ga
餐後有飲料嗎？

☞ 커피라떼 있나요?
ko*.pi.ra.de/in.na.yo
有咖啡拿鐵嗎？

☞ 술은 어떤 게 있나요?
su.reun/o*.do*n/ge/in.na.yo
酒有哪些？

☞ 저는 커피를 마시겠습니다.
jo*.neun/ko*.pi.reul/ma.si.get.sseum.ni.da
我要喝咖啡。

☞ 뭘 마시겠습니까?
mwol/ma.si.get.sseum.ni.ga
您要喝什麼？

☞ 우유나 요쿠르트가 있습니까?
u.yu.na/yo.ku.reu.teu.ga/it.sseum.ni.ga
有牛奶或養樂多嗎？

☞ 포도주스 한 잔 주세요.
po.do.ju.seu/han/jan/ju.se.yo
請給我一杯葡萄汁。

☞ 저는 인삼차요.
jo*.neun/in.sam.cha.yo
我要人蔘茶。

☞ 핫 초코 한 잔 주세요.
hat/cho.ko/han/jan/ju.se.yo
請給我一杯熱可可。

☞ 콜라와 사이다가 있습니다. 뭘로 드릴
까요?
kol.la.wa/sa.i.da.ga/it.sseum.ni.da//mwol.lo/
deu.ril.ga.yo
我們有可樂和汽水，您要什麼呢？

☞ 혹시 국화차 있어요?

hok.ssi/gu.kwa.cha/i.sso*.yo

請問這裡有菊花茶嗎？

☞ 어떤 커피를 드릴까요?

o*.do*n/ko*.pi.reul/deu.ril.ga.yo

您要哪種咖啡呢？

☞ 저희 집 밀크홍차를 드셔 보실래요?

jo*.hi/jip/mil.keu.hong.cha.reul/deu.syo*/bo.
sil.le*.yo

您要不要喝喝看我們店裡的奶茶呢？

☞ 우롱차 한잔 주세요.

u.rong.cha/han.jan/ju.se.yo

請給我一杯烏龍茶。

要求服務

情境會話一

Ⓐ 저기요, 젓가락을 바꿔 주세요.

jo*.gi.yo//jo*t.ga.ra.geul/ba.gwo/ju.se.yo

服務員，請幫我換雙筷子。

Ⓑ 네, 잠시만 기다리세요.

ne//jam.si.man/gi.da.ri.se.yo.

好的，等稍等。

情境會話二

Ⓐ 아가씨, 커피를 한 잔 더 주시겠습니까?

a.ga.ssi//ko*.pi.reul/han/jan/do*/ju.si.get.

sseum.ni.ga

小姐，可以再給我一杯咖啡嗎？

Ⓑ 뜨거운 걸로 드릴까요? 차가운 걸로 드

릴까요?

deu.go*.un/go*l.lo/deu.ril.ga.yo//cha.ga.un/

go*l.lo/deu.ril.ga.yo

您要熱的，還是冰的？

情境會話三

Ⓐ 저기요, 숟가락을 바닥에 떨어뜨렸습니

다.

jo*.gi.yo//sut.ga.ra.geul/ba.da.ge/do*.ro*.deu.

ryo*t.sseum.ni.da

服務員，我的湯匙掉在地上了。

Ⓑ 잠시만요. 새로운 것을 가져다 드릴게요.

jam.si.ma.nyo//se*.ro.un/go*.seul/ga.jo*.da/

deu.ril.ge.yo

請稍等，我去拿新的給您。

(相關例句)

☞ 소금 좀 갖다 주시겠어요?

so.geum/jom/gat.da/ju.si.ge.sso*.yo

可以拿鹽給我嗎？

☞ 컵이 좀 더럽습니다. 새 것으로 바꿔
주세요.

ko*.bi/jom/do*.ro*p.sseum.ni.da//se*/go*.seu.
ro/ba.gwo/ju.se.yo

杯子有點髒，請換新的給我。

☞ 먹는 법을 가르쳐 주시겠어요?

mo*ng.neun/bo*.beul/ga.reu.cho*/ju.si.ge.
sso*.yo

可以教我吃的方法嗎？

☞ 반찬을 좀 더 주세요.

ban.cha.neul/jjom/do*/ju.se.yo

請再給我一些小菜。

☞ 이건 어떻게 먹어야 돼요?

i.go*n/o*.do*.ke/mo*.go*.ya/dwe*.yo

這個該怎麼吃？

☞ 접시 하나 더 주세요.

jo*p.ssi/ha.na/do*/ju.se.yo

請再給我一個碟子。

☞ 밥 하나 더 주시겠습니까?

bap/ha.na/do*/ju.si.get.sseum.ni.ga

可以再給我一碗飯？

☞ 티슈 좀 갖다 주세요.

ti.syu/jom/gat.da/ju.se.yo

請拿餐巾紙給我。

☞ 남은 것을 가져 가겠습니다.
na.meun/go*.seul/ga.jo*/ga.get.sseum.ni.da
剩下的我要帶走。

☞ 이걸 좀 싸주세요.
i.go*l/jom/ssa.ju.se.yo
這個幫我打包。

☞ 재떨이를 주세요.
je*.do*.ri.reul/jju.se.yo
請給我菸灰缸。

☞ 나이프와 포크를 주시겠습니까?
na.i.peu.wa/po.keu.reul/jju.si.get.sseum.ni.ga
可以拿刀子和叉子給我嗎?

☞ 얼음을 더 주세요.
o*.reu.meul/do*/ju.se.yo
請再給我一點冰塊。

☞ 식탁 좀 치워 주시겠습니까?
sik.tak/jom/chi.wo/ju.si.get.sseum.ni.ga
可以幫我收拾餐桌嗎?

☞ 다 못 먹었으니까 포장해 주세요.
da/mot/mo*.go*.sseu.ni.ga/po.jang.he*/ju.se.
yo
我吃不完,請幫我包起來。

☞ 이 요리를 데워 주세요.
i/yo.ri.reul/de.wo/ju.se.yo
請幫我熱這道菜。

☞ 저기요, 화장실이 어디예요?
jo*.gi.yo//hwa.jang.si.ri/o*.di.ye.yo
小姐,請問化妝室在哪裡?

☞ 손님, 저쪽으로 가시면 화장실입니다.
son.nim//jo*.jjo.geu.ro/ga.si.myo*n/hwa.jang.
si.rim.ni.da

小姐（先生），您往那邊走，就是化妝室了。

☞ 아가씨, 이쑤시개 있습니까?
a.ga.ssi//i.ssu.si.ge*/it.sseum.ni.ga

小姐，這裡有牙籤嗎？

☞ 테이블을 치워주세요.
te.i.beu.reul/chi.wo.ju.se.yo

請清理一下桌子。

☞ 컵 두개 주세요.
ko*p/du.ge*/ju.se.yo

請給我兩個杯子。

☞ 김치 좀 더 주세요.
gim.chi/jom/do*/ju.se.yo

再給我一點泡菜。

☞ 후추가루 좀 주시겠습니까?
hu.chu.ga.ru/jom/ju.si.get.sseum.ni.ga

可以給我胡椒粉嗎？

情境會話一

Ⓐ 부대찌개를 주문하신 분은 어느 분이십
니까?
bu.de*.jji.ge*.reul/jju.mun.ha.sin/bu.neun/o*.
neu/bu.ni.sim.ni.ga
點部隊鍋的客人是哪一位？

Ⓑ 제가 주문했습니다.
je.ga/ju.mun.he*t.sseum.ni.da
是我點的。

Ⓐ 뜨거우니까 조심하세요.
deu.go*.u.ni.ga/jo.sim.ha.se.yo
很燙，請小心。

Ⓑ 고맙습니다.
go.map.sseum.ni.da
謝謝。

情境會話二

Ⓐ 손님, 주문하신 음식은 다 나왔습니까?
son.nim//ju.mun.ha.sin/eum.si.geun/da/na.wat.
sseum.ni.ga
先生（小姐），您點的東西都送到了嗎？

Ⓑ 네, 다 나왔습니다.
ne//da/na.wat.sseum.ni.da
是的，都到了。

相關例句

☞ 식기 전에 빨리 드세요.
sik.gi/jo*.ne/bal.li/deu.se.yo
趁熱快享用。

☞ 볶음밥입니다. 천천히 드세요.
bo.geum.ba.bim.ni.da//cho*n.cho*n.hi/deu.se.
yo
這是炒飯，請慢用。

☞ 손님, 맛이 어떻습니까?
son.nim//ma.si/o*.do*.sseum.ni.ga
先生（小姐），味道怎麼樣？

☞ 손님, 감자탕입니다. 맛있게 드세요.
son.nim//gam.ja.tang.im.ni.da//ma.sit.ge/deu.
se.yo
先生（小姐），這是馬鈴薯排骨湯。請慢用。

☞ 이것은 제가 주문한 요리가 아닙니다.
i.go*.seun/je.ga/ju.mun.han/yo.ri.ga/a.nim.ni.
da
這不是我點的菜。

☞ 이것은 주문하지 않았습니다.
i.go*.seun/ju.mun.ha.ji/a.nat.sseum.ni.da
我沒有點這道菜。

☞ 죄송합니다. 바로 바꿔 드리겠습니다.
jwe.song.ham.ni.da//ba.ro/ba.gwo/deu.ri.get.
sseum.ni.da
對不起，馬上為您做更換。

情境會話一

🅐 아가씨, 제가 주문한 음식이 아직 안
나왔습니다.

a.ga.ssi//je.ga/ju.mun.han/eum.si.gi/a.jik/an.na.

wat.sseum.ni.da

小姐，我點的菜還沒送來耶！

🅑 죄송합니다. 바로 갖다 드리겠습니다.

jwe.song.ham.ni.da//ba.ro/gat.da/deu.ri.get.

sseum.ni.da

很抱歉，馬上為您送上。

情境會話二

🅐 저기요, 이 고기가 상했나 봐요. 다시
바꿔 주시겠습니까?

jo*.gi.yo//i/go.gi.ga/sang.he*n.na/bwa.yo./da.

si/ba.gwo/ju.si.get.seum.ni.ga

服務員，這個肉好像壞掉了。可以換一份給我
嗎？

🅑 네, 죄송합니다.

ne/jwe.song.ham.ni.da

好的，很抱歉。

🅐 그리고 이 빵이 너무 딱딱해요. 좀더
구워 주세요.

geu.ri.go/i/bang.i/no*.mu/dak.da.ke*.yo//jom.

do*/gu.wo/ju.se.yo

還有這麵包太硬了。請再幫我烤一下。

Ⓑ 잠시만 기다리세요. 바로 바꿔 드리겠
습니다.

jam.si.man/gi.da.ri.se.yo//ba.ro/ba.gwo/deu.ri.
get.sseum.ni.da

請您稍等，馬上更換給您。

(相關例句)

☞ 고기가 충분히 익지 않았는데요.

go.gi.ga/chung.bun.hi/ik.jji/a.nan.neun.de.yo

肉沒有全熟。

☞ 차가 식었습니다.

cha.ga/si.go*t.sseum.ni.da

茶冷掉了。

☞ 수프에 머리카락이 들어있어요.

su.peu.e/mo*.ri.ka.ra.gi/deu.ro*.i.sso*.yo

湯裡面有頭髮。

☞ 이 생선은 신선하지 않습니다.

i/se*ng.so*.neun/sin.so*n.ha.ji/an.sseum.ni.da

這海鮮不新鮮。

☞ 이 요리는 너무 짭니다.

i/yo.ri.neun/no*.mu/jjam.ni.da

這料理太鹹了。

☞ 이 음식이 너무 매워요.

i/eum.si.gi/no*.mu/me*.wo.yo

這道菜太辣了。

☞ 이 음식을 다시 한번 데워 주세요.

i/eum.si.geul/da.si/han.bo*n/de.wo/ju.se.yo

這道菜再幫我熱一次。

☞ 우리가 주문한 음식은 언제 나옵니까?

u.ri.ga/ju.mun.han/eum.si.geun/o*n.je/na.om.ni.ga

我們點的菜什麼時候才會送上來？

☞ 이 요리는 냄새가 좀 이상합니다.
i/yo.ri.neun/ne*m.se*.ga/jom/i.sang.ham.ni.da
這道菜的味道有點奇怪。

☞ 이건 맛이 별로 없군요.
i.go*n/ma.si/byo*l.lo/o*p.gu.nyo
這個不怎麼好吃。

☞ 냄새가 이상해요. 상한 거 아닙니까?
ne*m.se*.ga/i.sang.he*.yo./sang.han/go*/a.
nim.ni.ga
味道很奇怪。是不是壞掉了?

☞ 이건 제 입맛에 안 맞아요.
i.go*n/je/im.ma.se/an/ma.ja.yo
這不合我的胃口。

☞ 이건 잘못 시켰네요. 맛이 없어요.
i.go*n/jal.mot/si.kyo*n.ne.yo//ma.si/o*p.sso*.
yo
這個點錯了。不好吃。

☞ 많이 기다렸는데 식사는 왜 아직 안
나와요?
ma.ni/gi.da.ryo*n.neun.de/sik.ssa.neun/we*/a.
jik/an/na.wa.yo
已經等很久了,菜為什麼還沒送上來?

形容食物的美味

情境會話

A 이 요리 맛이 어때요?
i/yo.ri/ma.si/o*.de*.yo
這道菜味道怎麼樣？

B 좀 맵지만 맛있네요.
jom/me*p.jji.man/ma.sin.ne.yo
雖然有點辣，但很好吃呢！

相關例句

☞ 참 맛있겠는데요.
cham/ma.sit.gen.neun.de.yo
看起來真好吃呢！

☞ 정말 맛있습니다.
jo*ng.mal/ma.sit.sseum.ni.da
真的很好吃。

☞ 맛이 별로예요.
ma.si/byo*l.lo.ye.yo
味道一般。

☞ 이 요리 맛 좀 보세요.
i/yo.ri/mat/jom/bo.se.yo
請嚐嚐這道料理。

☞ 와, 좋은 냄새네.
wa//jo.eun/ne*m.se*.ne
哇！味道真棒！

☞ 보기만 해도 군침이 돕니다.
bo.gi.man/he*.do/gun.chi.mi/dom.ni.da
光是看就要流口水了。

☞ 생각보다 맛있군요.
se*ng.gak.bo.da/ma.sit.gu.nyo
比想像得還好吃呢！

☞ 아주 향기로운 냄새가 납니다.
a.ju/hyang.gi.ro.un/ne*m.se*.ga/nam.ni.da
聞起來很香。

☞ 국물이 끝내 줘요.
gung.mu.ri/geun.ne*/jwo.yo
湯頭很棒。

☞ 맛이 하나도 없잖아요.
ma.si/ha.na.do/o*p.jja.na.yo
一點也不好吃嘛！

☞ 음식이 다 식었어요. 맛없어요.
eum.si.gi/da/si.go*.sso*.yo//ma.do*p.sso*.yo
菜都冷了，不好吃。

☞ 맛있는데요!
ma.sin.neun.de.yo
很好吃。

去速食店用餐

情境會話一

Ⓐ 무엇을 시킬까요?
mu.o*.seul/ssi.kil.ga.yo
您要點什麼?

Ⓑ 1번 세트로 주세요.
il.bo*n/se.teu.ro/ju.se.yo
請給我一號餐。

Ⓐ 다른 거요?
da.reun/go*.neu.nyo
還需要其他的嗎?

Ⓑ 그리고 샐러드 하나 주세요.
geu.ri.go/se*l.lo*.deu/ha.na/ju.se.yo
再給我一份沙拉。

情境會話二

Ⓐ 음료수는 무엇을 드릴까요?
eum.nyo.su.neun/mu.o*.seul/deu.ril.ga.yo
您要什麼飲料?

Ⓑ 콜라 큰 컵 한 잔 주세요.
kol.la/keun/ko*p/han/jan/ju.se.yo
請給我一杯大杯的可樂。

相關例句

☞ 햄버거 하나, 그리고 펩시콜라 작은 컵으로 한잔 주세요.
he*m.bo*.go*/ha.na/geu.ri.go/pep.ssi.kol.la/ja.geun/ko*.beu.ro/han.jan/ju.se.yo
請給我一個漢堡,和一杯小杯的百事可樂。

☞ 토마토 케첩 좀 주세요.
to.ma.to/ke.cho*p/jom/ju.se.yo
給我番茄醬。

☞ 후렌치 후라이 큰거, 파인애플 파이
하나, 그리고 샐러드 하나 주세요.
hu.ren.chi/hu.ra.i/keun.go*/pa.i.ne*.peul/pa.i/
ha.na//geu.ri.go/se*l.lo*.deu/ha.na/ju.se.yo
請給我大份的薯條、一個鳳梨派、還有一個沙
拉。

☞ 치즈 버거 하나랑 프라이드 치킨 하
나 주세요.
chi.jeu/bo*.go*/ha.na.rang/peu.ra.i.deu/chi.kin/
ha.na/ju.se.yo
請給我一個起司漢堡和炸雞。

☞ 콜라 작은 것으로 주세요.
kol.la/ja.geun/go*.seu.ro/ju.se.yo
給我一杯小的可樂。

☞ 환타 중간 컵 한잔만 주세요.
hwan.ta/jung.gan/ko*p/han.jan.man/ju.se.yo
請給我一杯中杯的芬達。

☞ 스프라이트 작은 컵 한 잔 주세요.
seu.peu.ra.i.teu/ja.geun/ko*p/han/jan/ju.se.yo
請給我一杯小杯的雪碧。

☞ 오렌지 주스 한 잔 주세요.
o.ren.ji/ju.seu/han/jan/ju.se.yo
請給我一杯柳橙汁。

☞ 핫도그를 주세요.
hat.do.geu.reul/jju.se.yo
請給我熱狗。

☞ 치즈 버거 세트 주세요.

chi.jeu/bo*.go*/se.teu/ju.se.yo

請給我起司漢堡套餐。

☞ 버거 안에는 토마토를 넣지 말아 주
세요.

bo*.go*/a.ne.neun/to.ma.to.reul/no*.chi/ma.ra/
ju.se.yo

請不要在漢堡裡加番茄。

☞ 아이스크림 하나 주세요.

a.i.seu.keu.rim/ha.na/ju.se.yo

請給我一個冰淇淋。

☞ 머스타드 소스를 넣어 주세요.

mo*.seu.ta.deu/so.seu.reul/no*.o*/ju.se.yo

請幫我加芥末醬。

☞ 햄버거와 아이스커피를 주세요.

he*m.bo*.go*.wa/a.i.seu.ko*.pi.reul/jju.se.yo

請給我漢堡和冰咖啡。

外帶或內用

情境會話

Ⓐ 손님, 여기서 드시겠습니까, 아니면 가지고 가시겠습니까?

son.nim//yo*.gi.so*/deu.si.get.sseum.ni.ga//a.ni.myo*n/ga.ji.go/ga.si.get.sseum.ni.ga

先生（小姐），您要內用還是外帶？

Ⓑ 여기서 먹을 겁니다.

yo*.gi.so*/mo*.geul/go*m.ni.da

內用。

Ⓐ 네, 알겠습니다.

ne//al.get.sseum.ni.da

好的。

相關例句

☞ 가지고 갈 겁니다.

ga.ji.go/gal/go*m.ni.da

我要帶走。

☞ 4호 세트메뉴, 가지고 갈 겁니다.

sa.ho/se.teu.me.nyu//ga.ji.go/gal/go*m.ni.da

外帶 4 號餐。

☞ 여기에서 먹겠습니다.

yo*.gi.e.so*/mo*k.get.sseum.ni.da

我要在這裡吃。

情境會話

Ⓐ 제가 내겠습니다.
je.ga/ne*.get.sseum.ni.da
我來付錢。

Ⓑ 아니요. 각자 부담합시다.
a.ni.yo//gak.jja/bu.dam.hap.ssi.da
不了，我們各自分擔吧！

相關例句

☞ 나누어 계산하기로 합시다.
na.nu.o*/gye.san.ha.gi.ro/hap.ssi.da
我們各付各的吧！

☞ 따로따로 지불하고 싶은데요.
da.ro.da.ro/ji.bul.ha.go/si.peun.de.yo
我想分開付款。

☞ 제가 계산할게요.
je.ga/gye.san.hal.ge.yo
我來結帳。

☞ 제가 한턱 낼게요.
je.ga/han.to*k/ne*l.ge.yo
我請客。

☞ 더치 페이로 합시다.
do*.chi/pe.i.ro/hap.ssi.da
我們各自付錢吧！

Chapter 3

購物篇

邀請他人一同逛街

情境會話一

A 태연씨, 우리 쇼핑이나 하러 갈까요?
te*.yo*n.ssi//u.ri/syo.ping.i.na/ha.ro*/gal.ga.yo
泰妍，我們去逛街好不好？

B 어디로 가고 싶어요?
o*.di.ro/ga.go/si.po*.yo
你想去哪裡？

A 지금 많은 백화점들이 세일하고 있어요.
ji.geum/ma.neun/be*.kwa.jo*m.deu.ri/se.il.ha.
go/i.sso*.yo
現在有很多百貨公司在打折。

B 정말요? 빨리 가요.
jo*ng.ma.ryo//bal.li/ga.yo
真的嗎？我們快走吧！

情境會話二

A 시간이 있어요? 저와 함께 쇼핑하러 가
지 않을래요?
si.ga.ni/i.sso*.yo//jo*.wa/ham.ge/syo.ping.ha.
ro*/ga.ji/a.neul.le*.yo
你有時間嗎？要不要和我一起去逛街？

B 좋아요. 저도 사고 싶은 것이 있어요.
jo.a.yo//jo*.do/sa.go/si.peun/go*.si/i.sso*.yo
好啊！我也有想買的東西。

尋找賣場

情境會話一

Ⓐ 가까운 야시장이 있습니까? 내일 한 번
가봅시다.
ga.ga.un/ya.si.jang.i/it.sseum.ni.ga//ne*.il/han/
bo*n/ga.bop.ssi.da
附近有夜市嗎？明天我們一起去吧！

Ⓑ 지하철을 타면 야시장에 갈 수 있어요.
ji.ha.cho*.reul/ta.myo*n/ya.si.jang.e/gal/ssu/i.
sso*.yo
搭地鐵就可以到夜市。

Ⓐ 시간이 얼마나 걸려요?
si.ga.ni/o*l.ma.na/go*l.lyo*.yo
要花多久時間？

Ⓑ 15분쯤 걸려요.
si.bo.bun.jjeum/go*l.lyo*.yo
大概 15 分鐘。

情境會話二

Ⓐ 괜찮은 쇼핑몰을 소개해 주세요.
gwe*n.cha.neun/syo.ping.mo.reul/sso.ge*.he*/
ju.se.yo
請介紹不錯的購物場所給我。

Ⓑ 동대문에 가세요. 거기 백화점이 많거
든요.
dong.de*.mu.ne/ga.se.yo//go*.gi/be*.kwa.jo*.
mi/man.ko*.deu.nyo
你去東大門吧！那裡百貨公司很多。

相關例句

☞ 이 근처에 옷가게가 있나요?

i/geun.cho*.e/ot.ga.ge.ga/in.na.yo

這附近有服飾店嗎？

☞ 여기의 쇼핑가는 어디에 있습니까?

yo*.gi.ui/syo.ping.ga.neun/o*.di.e/it.sseum.ni.ga

這裡的商店街在哪裡？

☞ 이 부근에 슈퍼마켓이 있나요?

i/bu.geu.ne/syu.po*.ma.ke.si/in.na.yo

這附近有超市嗎？

☞ 싼 옷은 어디서 살 수 있나요?

ssan/o.seun/o*.di.so*/sal/ssu/in.na.yo

便宜的衣服在哪裡買呢？

☞ 24시간 영업하는 상점이 있습니까?

i.sip.ssa.si.gan/yo*ng.o*.pa.neun/sang.jo*.mi/it.sseum.ni.ga

有 24 小時營業的商店嗎？

☞ 어느 쇼핑몰이 세일하고 있습니까?

o*.neu/syo.ping.mo.ri/se.il.ha.go/it.sseum.ni.ga

哪家購物場所在打折？

☞ 남성복은 몇 층에 있나요?

nam.so*ng.bo.geun/myo*t/cheung.e/in.na.yo

男性服飾在幾樓？

店員.招呼語

情境會話一

Ⓐ 어서 오세요. 뭘 찾으세요?
o*.so*/o.se.yo//mwol/cha.jeu.se.yo
歡迎光臨,在找什麼嗎?

Ⓑ 반바지를 찾고 있습니다.
ban.ba.ji.reul/chat.go/it.sseum.ni.da
我在找短褲。

情境會話二

Ⓐ 손님, 도움이 필요하시면 저를 불러 주세요.
son.nim//do.u.mi/pi.ryo.ha.si.myo*n/jo*.reul/bul.lo*/ju.se.yo
如果需要幫忙,請叫我來。

Ⓑ 네.
ne
好的。

情境會話三

Ⓐ 뭘 찾으시는 것은 없으세요?
mwol/cha.jeu.si.neun/go*.seun/o*p.sseu.se.yo
您有要找的嗎?

Ⓑ 그저 구경하고 있는 것뿐입니다.
geu.jo*/gu.gyo*ng.ha.go/in.neun/go*t.bu.nim.ni.da
我只是看看而已。

相關例句

☞ 도움이 필요하시면 말씀하세요.
do.u.mi/pi.ryo.ha.si.myo*n/mal.sseum.ha.se.yo
若需要幫忙，就跟我說。

☞ 감사합니다. 또 찾아 주세요.
gam.sa.ham.ni.da//do/cha.ja/ju.se.yo
謝謝，歡迎再次光臨！

☞ 또 오세요.
do/o.se.yo
再來逛逛喔！

☞ 손님, 입어 보세요. 잘 어울릴 거예요.
son.nim/i.bo*/bo.se.yo/jal/o*.ul.lil/go*.ye.yo
先生（小姐），穿看看吧！會很合適的。

☞ 무엇을 도와 드릴까요?
mu.o*.seul/do.wa/deu.ril.ga.yo
有什麼需要幫忙的嗎？

☞ 천천히 구경하세요.
cho*n.cho*n.hi/gu.gyo*ng.ha.se.yo
慢慢看。

☞ 천천히 골라 주세요.
cho*n.cho*n.hi/gol.la/ju.se.yo
請慢慢（盡情）挑選。

☞ 손님, 어떤 것에 관심이 있으세요?
son.nim//o*.do*n/go*.se/gwan.si.mi/i.sseu.se.
yo
先生（小姐），您想看什麼呢？

☞ 제가 소개해 드릴까요?
je.ga/so.ge*.he*/deu.ril.ga.yo
需要為您介紹嗎？

☞ 소개해 드릴 필요가 있으세요?
so.ge*.he*/deu.ril/pi.ryo.ga/i.sseu.se.yo
有需要為您做介紹？

☞ 어떤 종류를 원하십니까?
o*.do*n/jong.nyu.reul/won.ha.sim.ni.ga
您要哪個種類呢？

☞ 어떤 물건을 찾고 계십니까?
o*.do*n/mul.go*.neul/chat.go/gye.sim.ni.ga
您在找什麼東西嗎？

☞ 특별히 좋아하는 유형이 있으세요?
teuk.byo*l.hi/jo.a.ha.neun/yu.hyo*ng.i/i.sseu.
se.yo
您有特別喜歡的類型嗎？

購買特定商品

情境會話

Ⓐ 어서 오세요. 무엇을 찾고 계세요?
o*.so*/o.se.yo//mu.o*.seul/chat.go/gye.se.yo
歡迎光臨，您在找什麼呢？

Ⓑ 모자를 찾고 있습니다.
mo.ja.reul/chat.go/it.sseum.ni.da
我在找帽子。

Ⓐ 누가 쓰실 건데요?
nu.ga/sseu.sil/go*n.de.yo
是誰要戴得呢？

Ⓑ 저희 아버지가 쓰실 것입니다.
jo*.hi/a.bo*.ji.ga/sseu.sil/go*.sim.ni.da
是我爸爸要戴的。

Ⓐ 이것은 어떻습니까?
i.go*.seun/o*.do*.sseum.ni.ga
這個怎麼樣？

Ⓑ 그건 마음에 안 들어요. 저것을 보여 주시겠습니까?
geu.go*n/ma.eu.me/an/deu.ro*.yo//jo*.go*. seul/bo.yo*/ju.si.get.sseum.ni.ga
那個我不喜歡，可以給我看那個嗎？

相關例句

☞ 남자친구에게 줄 선물을 사고 싶은데요.
nam.ja.chin.gu.e.ge/jul/so*n.mu.reul/ssa.go/si. peun.de.yo
我想買送給男朋友的禮物。

☞ 이제 곧 겨울이니까 외투를 사고 싶어요.

i.je/got/gyo*.u.ri.ni.ga/we.tu.reul/ssa.go/si.po*.yo

馬上就要冬天了，所以想買外套。

☞ 목도리를 사고 싶은데 여기 있습니까?

mok.do.ri.reul/ssa.go/si.peun.de/yo*.gi/it.sseum.ni.ga

我想買圍巾，這裡有嗎？

☞ 긴 치마를 찾고 있습니다.

gin/chi.ma.reul/chat.go/it.sseum.ni.da

我在找長裙。

☞ 책가방을 보고 싶은데요.

che*k.ga.bang.eul/bo.go/si.peun.de.yo

我想看書包。

☞ 속옷을 사고 싶어요.

so.go.seul/ssa.go/si.po*.yo

我想買內衣。

☞ 저는 운동화 하나를 사려고 합니다.

jo*.neun/un.dong.hwa/ha.na.reul/ssa.ryo*.go/ham.ni.da

我想買一雙運動鞋。

☞ 이 바지에 어울리는 와이셔츠를 찾고 있습니다.

i/ba.ji.e/o*.ul.li.neun/wa.i.syo*.cheu.reul/chat.go/it.sseum.ni.da

我在找適合這件褲子的襯衫。

☞ 까만색 손가방 몇 개를 보여 주세요.

ga.man.se*k/son.ga.bang/myo*t/ge*.reul/bo.yo*/ju.se.yo

請給我看看幾個黑色手提包。

☞ 선생님께 드릴 선물로 무엇이 좋을까요?
so*n.se*ng.nim.ge/deu.ril/so*n.mul.lo/mu.o*.
si/jo.eul.ga.yo
送給老師的禮物，什麼好呢？

☞ 한국어 공부를 하고 있는데 문법에 관
한 책 몇 권을 보여 주세요.
han.gu.go*/gong.bu.reul/ha.go/in.neun.de/mun.
bo*.be/gwan.han/che*k/myo*t/gwo.neul/bo.
yo*/ju.se.yo
我在學習韓國語，請給我看看幾本有關文法的
書。

☞ 친구 생일 선물을 사고 싶은데 어떤
것이 좋겠습니까?
chin.gu/se*ng.il/so*n.mu.reul/ssa.go/si.peun.
de/o*.do*n/go*.si/jo.ket.sseum.ni.ga
我想買朋友的生日禮物，哪種好呢？

☞ 여기 화장품을 팝니까?
yo*.gi/hwa.jang.pu.meul/pam.ni.ga
這裡有買化妝品嗎？

請求店員協助

情境會話一

Ⓐ 저게 좋군요. 보여 주시겠어요?
jo*.ge/jo.ku.nyo//bo.yo*/ju.si.ge.sso*.yo
那個不錯耶！可以給我看看嗎？

Ⓑ 저 분홍색 짧은 치마입니까?
jo*/bun.hong.se*k/jjal.beun/chi.ma.im.ni.ga
那件粉紅色的短裙嗎？

Ⓐ 아니요. 그 옆에 하얀색 긴 치마입니다.
a.ni.yo//geu/yo*.pe/ha.yan.se*k/gin/chi.ma.im.ni.da
不是，是它旁邊的白色長裙。

情境會話二

Ⓐ 그 안경을 잠깐 착용해 볼 수 있을까요?
geu/an.gyo*ng.eul/jjam.gan/cha.gyong.he*/bol/su/i.sseul.ga.yo
我可以稍微試戴一下那個眼鏡嗎？

Ⓑ 어느 것을 말씀하시는지요?
o*.neu/go*.seul/mal.sseum.ha.si.neun.ji.yo
您說得是哪一個？

相關例句

☞ 요즘 인기 있는 신발이 어떤 것입니까?
yo.jeum/in.gi/in.neun/sin.ba.ri/o*.do*n/go*.sim.ni.ga
最近較受歡迎的鞋子是哪一款？

☞ 다른 디자인으로 된 등산가방을 보고 싶습니다.

da.reun/di.ja.i.neu.ro/dwen/deung.san.ga.bang.
eul/bo.go/sip.sseum.ni.da

我想看別種設計的登山包。

☞ 옷을 갈아입는 곳은 어디예요?

o.seul/ga.ra.im.neun/go.seun/o*.di.ye.yo

換衣服的地方在哪裡？

☞ 이건 어떻게 쓰는 겁니까?

i.go*n/o*.do*.ke/sseu.neun/go*m.ni.ga

這個該怎麼用？

☞ 좋은 전자사전을 소개해 주세요.

jo.eun/jo*n.ja.sa.jo*.neul/sso.ge*.he*/ju.se.yo

請介紹不錯的電子辭典給我。

☞ 고르는 데 도움을 주시겠어요?

go.reu.neun/de/do.u.meul/jju.si.ge.sso*.yo

你能幫我挑選嗎？

店員.介紹商品

情境會話

Ⓐ 손님, 추천해 드릴까요?

son.nim/chu.cho*n.he*/deu.ril.ga.yo

客人,需要為您做推薦嗎?

Ⓑ 네, 예쁜 가방 몇 개를 추천해 주세요.

ne/ye.beun/ga.bang/myo*t/ge*.reul/chu.cho*n.he*/ju.se.yo

好的,請介紹幾個漂亮的包包。

Ⓐ 이거 어떠세요? 이것은 최신 유행상품입니다. 한번 보시죠.

i.go*/o*.do*.se.yo//i.go*.seun/chwe.sin/yu.he*ng.sang.pu.mim.ni.da//han.bo*n/bo.si.jyo

這個怎麼樣?這是最新的流行商品,請您看看。

Ⓐ 디자인도 새롭고 색상도 독특합니다. 색상도 여러 가지가 있습니다.

di.ja.in.do/se*.rop.go/se*k.ssang.do/dok.teu.kam.ni.da//se*k.ssang.do/yo*.ro*/ga.ji.ga/it.sseum.ni.da

不但設計新穎,連顏色也獨特。它也有很多種顏色。

Ⓑ 마음에 들어요. 이걸로 주세요.

ma.eu.me/deu.ro*.yo//i.go*l.lo/ju.se.yo

我很喜歡,我要買這個。

相關例句

☞ 이것이 내구성이 강합니다.
i.go*.si/ne*.gu.so*ng.i/gang.ham.ni.da
這很耐用。

☞ 아마도 이건 맘에 드실 겁니다.
a.ma.do/i.go*n/ma.me/deu.sil/go*m.ni.da
這也許您會喜歡。

☞ 이것이 지금 유행하는 패션입니다.
i.go*.si/ji.geum/yu.he*ng.ha.neun/pe*.syo*.
nim.ni.da
這是現在流行的時裝。

☞ 이것은 미국에서 수입한 것입니다.
i.go*.seun/mi.gu.ge.so*/su.i.pan/go*.sim.ni.da
這是從美國輸入的。

☞ 이것은 실크로 만든 옷입니다.
i.go*.seun/sil.keu.ro/man.deun/o.sim.ni.da
這是用絲綢製作的衣服。

☞ 성능도 좋고 가격도 쌉니다.
so*ng.neung.do/jo.ko/ga.gyo*k.do/ssam.ni.da
性能好，價格也便宜。

☞ 이것은 진짜 가죽입니다.
i.go*.seun/jin.jja/ga.ju.gim.ni.da
這是真皮。

☞ 이 에어컨은 신제품입니다.
i/e.o*.ko*.neun/sin.je.pu.mim.ni.da
這台冷氣是新製品。

☞ 지금은 파란색이 유행이에요.
ji.geu.meun/pa.ran.se*.gi/yu.he*ng.i.e.yo
現在很流行藍色。

☞ 울 100퍼센트입니다.
ul/be*k.po*.sen.teu.im.ni.da
這是百分之百的毛料。

☞ 견본품입니다. 한번 보시죠.
gyo*n.bon.pu.mim.ni.da//han.bo*n/bo.si.jyo
這是樣品，請您看看。

☞ 이 제품은 방수 기능이 매우 좋습니다.
i/je.pu.meun/bang.su/gi.neung.i/me*.u/jo.
sseum.ni.da
此產品的防水機能相當不錯。

說服客人購買

情境會話

Ⓐ 손님, 이것은 가장 잘 팔리는 귀걸이입
니다. 한 번 보시죠.
son.nim/i.go*.seun/ga.jang/jal/pal.li.neun/gwi.
go*.ri.im.ni.da//han/bo*n/bo.si.jyo
客人，這是賣得很好的耳環。您看看吧！

Ⓑ 괜찮네요.
gwe*n.chan.ne.yo
還不錯呢！

Ⓐ 싸게 드릴게요. 하나 사세요.
ssa.ge/deu.ril.ge.yo//ha.na/sa.se.yo
我算您便宜一點，買一個吧！

Ⓑ 저와 잘 어울립니까?
jo*.wa/jal/o*.ul.lim.ni.ga
適合我嗎？

Ⓐ 손님 피부는 하야니까 이 색깔은 딱 어
울립니다.
son.nim/pi.bu.neun/ha.ya.ni.ga/i/se*k.ga.reun/
dak/o*.ul.lim.ni.da
客人您的皮膚白，這個顏色很適合。

相關例句

☞ 이 가격이 적당합니다.
i/ga.gyo*.gi/jo*k.dang.ham.ni.da
這價格很合理。

☞ 이런 물건은 흔치 않아요.
i.ro*n/mul.go*.neun/heun.chi/a.na.yo
這樣的物品不多。

☞ 지금은 세일기간이라서 안 사면 진짜
아깝습니다.

ji.geu.meun/se.il.gi.ga.ni.ra.so*/an/sa.myo*n/
jin.jja/a.gap.sseum.ni.da

現在是特價期間，不買真的可惜。

☞ 이건 마지막이에요. 안 사면 후회하실
겁니다.

i.go*n/ma.ji.ma.gi.e.yo//an/sa.myo*n/hu.hwe.
ha.sil/go*m.ni.da

這是最後一件了，不買會後悔的。

☞ 이 노트북는 2년동안 품질 보증을 해
드립니다.

i/no.teu.bung.neun/i.nyo*n.dong.an/pum.jil/bo.
jeung.eul/he*/deu.rim.ni.da

這台筆電保固兩年。

☞ 어느 것도 손님한테 아주 잘 어울리
네요.

o*.neu/go*t.do/son.nim.han.te/a.ju/jal/o*.ul.li.
ne.yo

每一樣都很適合您呢！

☞ 이것을 가족한테 선물하시면 좋아하실
거예요.

i.go*.seul/ga.jo.kan.te/so*n.mul.ha.si.myo*n/
jo.a.ha.sil/go*.ye.yo

把這送給家人，他們會喜歡的。

提出商品疑問

情境會話一

A 이 청바지를 빨면 색 바래지 않나요?
i/cho*ng.ba.ji.reul/bal.myo*n/se*k/ba.re*.ji/
an.na.yo

這件牛仔褲洗了會退色嗎？

B 색이 조금 바래는 경우가 정상입니다.
se*.gi/jo.geum/ba.re*.neun/gyo*ng.u.ga/jo*ng.
sang.im.ni.da

稍微掉色的情況是正常的。

情境會話二

A 이 옷은 세탁기로 빨아도 괜찮습니까?
i/o.seun/se.tak.gi.ro/ba.ra.do/gwe*n.chan.
sseum.ni.ga

這件衣服可以用洗衣機洗嗎？

B 괜찮습니다. 그런데 세탁망을 사용해 주
세요.
gwe*n.chan.sseum.ni.da//geu.ro*n.de/se.tang.
mang.eul/ssa.yong.he*/ju.se.yo

可以，但請您使用洗衣袋。

A 빨면 줄지는 않아요?
bal.myo*n/jul.ji.neun/a.na.yo

洗的話，衣服不會縮小嗎？

B 냉수로 빨면 줄어들지 않습니다.
ne*ng.su.ro/bal.myo*n/ju.ro*.deul.jji/an.
sseum.ni.da

如果用冷水洗，就不會縮小。

（相關例句）

☞ 요즘은 어떤 스타일이 유행이죠?
yo.jeu.meun/o*.do*n/seu.ta.i.ri/yu.he*ng.i.jyo
最近流行哪種樣式呢？

☞ 이 옷은 손으로 빨아야 합니까?
i/o.seun/so.neu.ro/ba.ra.ya/ham.ni.ga
這衣服必須要用手洗嗎？

☞ 반드시 드라이클리닝을 해야 합니까?
ban.deu.si/deu.ra.i.keul.li.ning.eul/he*.ya/ham.
ni.ga
一定要乾洗嗎？

☞ 옷감 재질이 뭐예요?
ot.gam/je*.ji.ri/mwo.ye.yo
衣料的材質是什麼？

☞ 쉽게 구겨지나요?
swip.ge/gu.gyo*.ji.na.yo
容易皺嗎？

☞ 이 외투는 방풍이 됩니까?
i/we.tu.neun/bang.pung.i/dwem.ni.ga
這外套防風嗎？

☞ 품질은 어떻습니까?
pum.ji.reun/o*.do*.sseum.ni.ga
品質怎麼樣？

☞ 상품권을 사용할 수 있습니까?
sang.pum.gwo.neul/ssa.yong.hal/ssu.it.sseum.
ni.ga
可以使用商品券嗎？

☞ 사이즈가 안 맞으면 교환할 수 있나요?
sa.i.jeu.ga/an.ma.jeu.myo*n/gyo.hwan.hal/ssu/
in.na.yo
如果尺寸不合，可以換嗎？

☞ 품질보증기간은 몇 년입니까?
pum.jil.bo.jeung.gi.ga.neun/myo*t/nyo*.nim.
ni.ga
保固期間幾年？

☞ 이 상품은 언제까지 세일을 하죠?
i/sang.pu.meun/o*n.je.ga.ji/se.i.reul/ha.jyo
這商品打折到什麼時候？

☞ 보증서는 있습니까?
bo.jeung.so*.neun/it.sseum.ni.ga
有保固書嗎？

☞ 이게 진품입니까?
i.ge/jin.pu.mim.ni.ga
這是真貨嗎？

試穿

情境會話一

Ⓐ 이 옷을 입어 보고 싶어요.
i/o.seul/i.bo*/bo.go/si.po*.yo
我想試穿這件衣服。

Ⓑ 탈의실은 저쪽이에요. 저쪽에서 입어 보세요.
ta.rui.si.reun/jo*.jjo.gi.e.yo//jo*.jjo.ge.so*/i.bo*/bo.se.yo
試衣間在那裡。請在那裡試穿。

情境會話二

Ⓐ 저기요, 거울이 어디에 있어요?
jo*.gi.yo//go*.u.ri/o*.di.e/i.sso*.yo
請問鏡子在哪裡？

Ⓑ 문 옆에 있습니다.
mun/yo*.pe/it.sseum.ni.da
在門旁邊。

情境會話三

Ⓐ 와이셔츠를 입어 볼 수 있습니까?
wa.i.syo*.cheu.reul/i.bo*/bol/su/it.sseum.ni.ga
可以試穿襯衫嗎？

Ⓑ 죄송하지만 바지와 치마만 입어 보실 수 있습니다.
jwe.song.ha.ji.man/ba.ji.wa/chi.ma.man/i.bo*/bo.sil/su/it.sseum.ni.da
不好意思，只能試穿褲子和裙子。

相關例句

☞ 입어봐도 됩니까?
i.bo*.bwa.do/dwem.ni.ga
可以試穿嗎？

☞ 아가씨, 마음에 드시면 한번 입어 보
세요.
a.ga.ssi//ma.eu.me/deu.si.myo*n/han.bo*n/i.
bo*/bo.se.yo
小姐，喜歡的話，就試穿看看吧！

☞ 입어 보시겠어요?
i.bo*/bo.si.ge.sso*.yo
您要試穿嗎？

☞ 쇼윈도에 있는 저 바지를 입어봐도 됩
니까?
syo.win.do.e/in.neun/jo*/ba.ji.reul/i.bo*.bwa.
do/dwem.ni.ga
我可以試穿櫥窗裡的那件褲子嗎？

☞ 그 미니스커트는 예쁘네요. 입어 봐도
되나요?
geu/mi.ni.seu.ko*.teu.neun/ye.beu.ne.yo//i.bo*
/bwa.do/dwe.na.yo
那件迷你裙很漂亮耶！可以試穿嗎？

☞ 이거 해 봐도 되겠습니까?
i.go*/he*/bwa.do/dwe.get.sseum.ni.ga
我可以試試這個嗎？

詢問尺寸

情境會話

🅐 이 신발 잘 맞습니까?
i/sin.bal/jjal/mat.sseum.ni.ga
這雙鞋合腳嗎?

🅑 너무 꽉 끼어서 발이 아파요.
no*.mu/gwak/gi.o*.so*/ba.ri/a.pa.yo
太緊了,腳會痛。

🅐 사이즈가 더 큰 걸로 갖다 드릴게요.
sa.i.jeu.ga/do*/keun/go*l.lo/gat.da/deu.ril.ge.
yo
我拿大雙一點的給您。

🅑 이게 괜찮네요. 좀 걸어 봐도 되겠습니
까?
i.ge/gwe*n.chan.ne.yo//jom/go*.ro*/bwa.do/
dwe.get.sseum.ni.ga
這雙可以耶!我可以走走看嗎?

🅐 물론입니다.
mul.lo.nim.ni.da
當然可以。

相關例句

☞ 사이즈가 어떻게 되시죠?
sa.i.jeu.ga/o*.do*.ke/dwe.si.jyo
您的尺寸是多少?

☞ 이 하이힐이 딱 맞습니다.
i/ha.i.hi.ri/dak/mat.sseum.ni.da
這雙高跟鞋很合腳。

☞ 이건 좀 작은데요.
i.go*n/jom/ja.geun.de.yo
這有點小。

☞ 좀 큰 사이즈 좀 갖다 주실래요?
jom/keun/sa.i.jeu/jom/gat.da/ju.sil.le*.yo
可以拿大一點的尺寸給我嗎？

☞ 이 바지 작은 사이즈는 없나요?
i/ba.ji/ja.geun/sa.i.jeu.neun/o*m.na.yo
這褲子沒有小號的嗎？

☞ 이 치수는 저한테 너무 클까요?
i/chi.su.neun/jo*.han.te/no*.mu/keul.ga.yo
這個尺寸對我而言不會太大？

☞ 여기가 좀 꽉 낍니다.
yo*.gi.ga/jom/gwak/gim.ni.da
這裡很緊。

☞ 사이즈는 몇으로 드릴까요?
sa.i.jeu.neun/myo*.cheu.ro/deu.ril.ga.yo
要幫您拿幾號呢？

☞ 너무 작아요. 제게 맞지 않아요.
no*.mu/ja.ga.yo//je.ge/mat.jji/a.na.yo
太小了，不適合我。

☞ 이것보다 더 큰 것은 없습니까?
i.go*t.bo.da/do*/keun/go*.seun/o*p.sseum.ni.
ga
沒有比這個還大件的嗎？

☞ 라지 사이즈가 없어요?
ra.ji/sa.i.jeu.ga/o*p.sso*.yo
沒有大的尺寸嗎？

☞ 이 옷은 표준사이즈입니다. 더 큰 치
수가 없습니다.

i/o.seun/pyo.jun.sa.i.jeu.im.ni.da//do*/keun/
chi.su.ga/o*p.sseum.ni.da

這件衣服是標準尺寸。沒有再大的尺寸了。

☞ 저는 35호 사이즈가 필요합니다.

jo*.neun.sam.si.bo.ho/sa.i.jeu.ga/pi.ryo.ham.ni.
da

我需要 35 號。

☞ 이 옷은 너무 헐렁합니다.

i/o.seun/no*.mu/ho*l.lo*ng.ham.ni.da

這件衣服太寬鬆了。

情境會話一

Ⓐ 이 구두 흰색이 없습니까?
i/gu.du/hin.se*.gi/o*p.sseum.ni.ga
這雙皮鞋沒有白色的嗎？

Ⓑ 회색과 빨간색밖에 없습니다.
hwe.se*k.gwa/bal.gan.se*.gwep.b.a.g.e/o*p.
sseum.ni.da
只有灰色和紅色。

Ⓐ 그럼 회색을 보여 주세요.
geu.ro*m/hwe.se*.geul/bo.yo*/ju.se.yo
那給我看看灰色。

情境會話二

Ⓐ 이 지갑의 디자인은 좀 별로예요. 다른
거 있어요?
i/ji.ga.bui/di.ja.i.neun/jom/byo*l.lo.ye.yo./da.
reun/go*/i.sso*.yo
這皮夾的設計不怎麼樣，有其他的嗎？

Ⓑ 어떤 스타일을 원하십니까?
o*.do*n/seu.ta.i.reul/won.ha.sim.ni.ga
您想要哪種樣式的呢？

Ⓐ 좀 더 화려한 지갑을 보여 주세요.
jom/do*/hwa.ryo*.han/ji.ga.beul/bo.yo*/ju.se.
yo
請給我看華麗一點的皮夾。

相關例句

☞ 이것으로 검은색이 있어요?
i.go*.seu.ro/go*.meun.se*.gi/i.sso*.yo
這個有黑色嗎?

☞ 다른 디자인은 있습니까?
da.reun/di.ja.i.neun/it.sseum.ni.ga
有其他的設計嗎?

☞ 좀 더 짧은 바지는 없나요?
jom/do*/jjal.beun/ba.ji.neun/o*m.na.yo
沒有再短一點的褲子嗎?

☞ 이 옷은 너무 화려하네요. 좀 수수한
건 없어요?
i/o.seun/no*.mu/hwa.ryo*.ha.ne.yo//jom/su.su.
han/go*n/o*p.sso*.yo
這件衣服太華麗了，沒有素一點的嗎?

☞ 이건 좀 그렇네요. 다른 건 없어요?
i.go*n/jom/geu.ro*n.ne.yo//da.reun/go*n/o*p.
sso*.yo
這個有點…，沒有其他的嗎?

☞ 너무 촌스러워요. 좀 더 유행하는 건
없나요?
no*.mu/chon.seu.ro*.wo.yo//jom/do*/yu.he*
ng.ha.neun/go*n/o*m.na.yo
太俗氣了，有流行一點的嗎?

☞ 더 섹시한 하이힐은 없어요?
do*/sek.ssi.han/ha.i.hi.reun/o*p.sso*.yo
沒有更性感一點的高跟鞋嗎?

☞ 다른 모양은 없습니까?
da.reun/mo.yang.eun/o*p.sseum.ni.ga
沒有別的模樣嗎?

☞ 이것 말고 다른 것이 없습니까?
i.go*t/mal.go/da.reun/go*.si/o*p.sseum.ni.ga
我不要這個，沒有別的嗎？

☞ 다른 색깔은 없습니까?
da.reun/se*k.ga.reun/o*p.sseum.ni.ga
沒有其他顏色嗎？

☞ 이런 종류로 갈색이 있나요?
i.ro*n/jong.nyu.ro/gal.sse*.gi/in.na.yo
這種有棕色嗎？

☞ 이 색상이 저한테 잘 어울려요?
i/se*k.ssang.i/jo*.han.te/jal/o*.ul.lyo*.yo
這個顏色適合我嗎？

☞ 무슨 색상으로 드릴까요?
mu.seun/se*k.ssang.eu.ro/deu.ril.ga.yo
要拿什麼顏色給您呢？

☞ 어떤 색깔을 좋아하세요?
o*.do*n/se*k.ga.reul/jjo.a.ha.se.yo
您喜歡哪種顏色呢？

☞ 이 색깔은 저한테는 잘 어울리지 않
는 것 같아요.
i/se*k.ga.reun/jo*.han.te.neun/jal/o*.ul.li.ji/an.
neun/go*t/ga.ta.yo
這個顏色好像不適合我。

☞ 저는 색깔이 좀더 진한 것을 원합니다.
jo*.neun/se*k.ga.ri/jom.do*/jin.han/go*.seul/
won.ham.ni.da
我要顏色較深一點的。

☞ 전 연한 색상을 좋아하지 않아요. 흑
색이 있어요?

jo*n/yo*n.han/se*k.ssang.eul/jjo.a.ha.ji/a.na.
yo//heuk.sse*.gi/i.sso*.yo

我不喜歡淡色，有黑色嗎？

☞ 저는 좀 밝은 색을 좋아해요.

jo*.neun/jom/bal.geun/se*.geul/jjo.a.he*.yo

我喜歡亮一點的顏色。

說明是否喜歡

情境會話

A 손님, 어느 걸 좋아하세요?
son.nim//o*.neu/go*/l/jo.a.ha.se.yo
客人，您喜歡哪一個？

B 둘 다 마음에 듭니다.
dul/da/ma.eu.me/deum.ni.da
我兩個都喜歡。

A 둘 다 사면 싸게 드릴게요.
dul/da/sa.myo*n/ssa.ge/deu.ril.ge.yo
如果您兩個都買，我會便宜給你。

相關例句

☞ 너무 수수하다.
no*.mu/su.su.ha.da
太素了。

☞ 이건 제가 원하던 것이 아닙니다.
i.go*n/je.ga/won.ha.do*n/go*.si/a.nim.ni.da
這不是我想要的。

不良品、換貨

情境會話一

Ⓐ 이것을 환불 받을 수 있을까요?
i.go*.seul/hwan.bul/ba.deul/ssu/i.sseul.ga.yo
這個可以退錢嗎?

Ⓑ 환불은 안 되지만 교환할 수 있습니다.
hwan.bu.reun/an/dwe.ji.man/gyo.hwan.hal/ssu/
it.sseum.ni.da
不可以退費,但可以換貨。

情境會話二

Ⓐ 손님, 왜 교환하시려고 하십니까?
son.nim//we*/gyo.hwan.ha.si.ryo*.go/ha.sim.
ni.ga
客人,您為什麼要換呢?

Ⓑ 저한테 어울리지 않아서 그래요.
jo*.han.te/o*.ul.li.ji/a.na.so*/geu.re*.yo
因為不適合我。

Ⓐ 다른 옷으로 교환하시려고요?
da.reun/o.seu.ro/gyo.hwan.ha.si.ryo*.go.yo
您想換別件衣服嗎?

Ⓑ 네.
ne
是的。

相關例句

☞ 얼룩이 묻어 있어요.
o*l.lu.gi/mu.do*/i.sso*.yo
有汙點。

☞ 결함이 있는 제품인 것 같아요.
gyo*l.ha.mi/in.neun/je.pu.min/go*t/ga.ta.yo.
好像是有瑕疵的製品。

☞ 이 청바지를 다른 걸로 바꿀 수 있습니까?
i/cho*ng.ba.ji.reul/da.reun/go*l.lo/ba.gul/su/it.
sseum.ni.ga
這件牛仔褲可以換成別件嗎？

☞ 품질이 좋지 않아서 교환해 주세요.
pum.ji.ri/jo.chi/a.na.so*/gyo.hwan.he*/ju.se.yo
因為品質不佳，請給我更換。

☞ 이것을 반품할 수 있나요?
i.go*.seul/ban.pum.hal/ssu/in.na.yo
這可以退貨嗎？

☞ 품질이 견본품과 다르니까 교환해 주세요.
pum.ji.ri/gyo*n.bon.pum.gwa/da.reu.ni.ga/gyo.
hwan.he*/ju.se.yo
因為品質和樣品不一樣，請幫我做更換。

☞ 영수증이 있어야 환불할 수 있습니다.
yo*ng.su.jeung.i/i.sso*.ya/hwan.bul.hal/ssu/it.
sseum.ni.da
要有收據，才可以退費。

情境會話

Ⓐ 이 만화책을 팝니까?
i/man.hwa.che*.geul/pam.ni.ga
有賣這本漫畫嗎？

Ⓑ 잠시만 기다리세요. 있는지 없는지 확
인해 볼게요.
jam.si.man/gi.da.ri.se.yo//in.neun.ji/o*m.neun.
ji/hwa.gin.he*/bol.ge.yo
請稍等，我去確認看看還有沒有。

Ⓐ 네.
ne
好的。

Ⓑ 죄송하지만 이미 품절됐습니다. 주문해
드릴까요?
jwe.song.ha.ji.man/i.mi/pum.jo*l.dwe*t.sseum.
ni.da//ju.mun.he*/deu.ril.ga.yo
對不起，已經賣完了。要幫您訂貨嗎？

Ⓐ 네, 다섯권을 부탁합니다.
ne//da.so*t.gwo.neul/bu.ta.kam.ni.da
要，我要定五本。

Ⓑ 여기서 성함과 전화 번호를 적어 주세
요.
yo*.gi.so*//so*ng.ham.gwa/jo*n.hwa/bo*n.ho.
reul/jjo*.go*/ju.se.yo
請您在這裡寫上姓名和電話。

(相關例句)

☞ 물건이 언제쯤 들어옵니까?
mul.go*.ni/o*n.je.jjeum/deu.ro*.om.ni.ga
什麼時候會進貨？

☞ 이 상품은 재고가 없습니다.
i/sang.pu.meun/je*.go.ga/o*p.sseum.ni.da
這件商品沒貨了。

☞ 죄송하지만 물건이 다 팔았습니다.
jwe.song.ha.ji.man/mul.go*.ni/da/pa.rat.sseum.
ni.da
很抱歉，東西全賣完了。

☞ 죄송하지만 저희 가게에는 그런 물건
이 없습니다.
jwe.song.ha.ji.man/jo*.hi/ga.ge.e.neun/geu.ro*
n/mul.go*.ni/o*p.sseum.ni.da
對不起，我們店裡沒有那種物品。

☞ 수량이 한정되어 있어서 미리 주문해
야 살 수 있습니다.
su.ryang.i/han.jo*ng.dwe.o*/i.sso*.so*/mi.ri/
ju.mun.he*.ya/sal/ssu/it.sseup.ni.da
因為數量有限，必須先訂購才買得到。

☞ 지금 재고가 다 떨어졌습니다.
ji.geum/je*.go.ga/da/do*.ro*.jo*t.sseum.ni.da
現在全都沒有庫存了。

詢問售價

情境會話一

Ⓐ 모두 얼마입니까?
mo.du/o*l.ma.im.ni.ga
全部多少錢？

Ⓑ 모두 450원입니다.
mo.du/sa.be*.go.si.bwo.nim.ni.da
總共 450 元。

Ⓐ 여기 있습니다.
yo*.gi/it.sseum.ni.da
錢在這裡。

Ⓑ 500 원 받겠습니다. 50 원 거슬러 드리
겠습니다.
o.be*.gwon/bat.get.sseum.ni.da//o.si.bwon/
go*.seul.lo*/deu.ri.get.sseum.ni.da
收您 500 元。找您 50 元。

情境會話二

Ⓐ 표시된 가격대로입니까?
pyo.si.dwen/ga.gyo*k.de*.ro.im.ni.ga
價格和上面所標示的一樣嗎？

Ⓑ 아니요. 지금은 30프로할인하고 있습니
다.
a.ni.yo//ji.geu.meun/sam.sip.peu.ro.ha.rin.ha.
go/it.sseum.ni.da
不是，現在打 7 折。

(相關例句)

☞ 가격이 얼마죠?
ga.gyo*.gi/o*l.ma.jyo
價格多少？

☞ 여기서는 얼마에 팝니까?
yo*.gi.so*.neun/o*l.ma.e/pam.ni.ga
這裡賣多少？

☞ 정가가 얼마입니까?
jo*ng.ga.ga/o*l.ma.im.ni.ga
定價是多少？

☞ 얼마를 내야 합니까?
o*l.ma.reul/ne*.ya/ham.ni.ga
我要付多少？

☞ 모두 얼마입니까?
mo.du/o*l.ma.im.ni.ga
全部多少錢？

☞ 이건 어떻게 팔아요?
i.go*n/o*.do*.ke/pa.ra.yo
這個怎麼賣？

☞ 이건 세금이 포함된 가격인가요?
i.go*n/se.geu.mi/po.ham.dwen/ga.gyo*.gin.ga.
yo
這是包含稅金的價錢嗎？

殺價

情境會話

Ⓐ 얼마예요?
o*l.ma.ye.yo
多少錢？

Ⓑ 4만원입니다.
sa.ma.nwo.nim.ni.da
4 萬元。

Ⓐ 비싸네요. 좀 싸게 해 주세요.
bi.ssa.ne.yo//jom/ssa.ge/he*/ju.se.yo
很貴呢！算便宜一點吧！

Ⓑ 하나 더 사면 20 프로할인해 드릴 수
있습니다.
ha.na/do*/sa.myo*n/i.sip.peu.ro/ha.rin.he*/
deu.ril/su/it.sseum.ni.da
如果您再買一件，就可以打 8 折。

Ⓐ 아니요. 그냥 3만5천원에 주세요.
a.ni.yo//geu.nyang/sam.ma.no.cho*.nwo.ne/ju.
se.yo
不要拉！就算我 3 萬 5 吧！

Ⓑ 그럼 현금으로 지불하셔야 됩니다.
geu.ro*m/hyo*n.geu.meu.ro/ji.bul.ha.syo*.ya/
dwem.ni.da
那您必須要用現金付款。

相關例句

☞ 싸게 주면 안 돼요?
ssa.ge/ju.myo*n/an.dwe*.yo
不能算便宜一點嗎？

☞ **몇 프로 세일합니까?**

myo*t/peu.ro/se.il.ham.ni.ga

打幾折呢?

☞ **예상보다 비싸네요.**

ye.sang.bo.da/bi.ssa.ne.yo

比預想的還要貴呢!

☞ **좀 깎아 주세요.**

jom/ga.ga/ju.se.yo

算便宜一點吧!

☞ **지금은 세일 기간이라서 더 싸게 드릴 수가 없습니다.**

ji.geu.meun/se.il/gi.ga.ni.ra.so*/do*/ssa.ge/deu.ril/su.ga/o*p.sseum.ni.da

現在是打折期間,所以不能再便宜給您。

☞ **최저 가격이어서 더 이상 할인해 드릴 수 없습니다.**

chwe.jo*/ga.gyo*.gi.o*.so*/do*/i.sang/ha.rin.he*/deu.ril/su.o*p.sseum.ni.da

這是最低價了,沒辦法再折扣給您。

☞ **죄송합니다. 그 정도로 깎아드릴 수 없습니다.**

jwe.song.ham.ni.da//geu/jo*ng.do.ro/ga.ga.deu.ril/su/o*p.sseum.ni.da

對不起,沒辦法便宜這麼多。

☞ **조금만 더 싸면 제가 사겠습니다.**

jo.geum.man/do*/ssa.myo*n/je.ga/sa.get.sseum.ni.da

如果再便宜一點,我就買。

☞ **할인이 가능한가요?**

ha.ri.ni/ga.neung.han.ga.yo

可以打折嗎?

☞ 조금 비싸군요.
jo.geum/bi.ssa.gu.nyo
有點貴耶！

☞ 이건 이미 할인된 가격입니다.
i.go*n/i.mi/ha.rin.dwen/ga.gyo*.gim.ni.da
這已經是打折後的價錢了。

☞ 죄송합니다. 저희는 정찰제로 판매합니다.
jwe.song.ham.ni.da//jo*.hi.neun/jo*ng.chal.jje.ro/pan.me*.ham.ni.da
對不起，我們不二價。

☞ 현금으로 사려고 하는데 최대한 얼마까지 할인이 되나요?
hyo*n.geu.meu.ro/sa.ryo*.go/ha.neun.de/chwe.de*.han/o*l.ma.ga.ji/ha.ri.ni/dwe.na.yo
我要用現金買，最多可以便宜多少？

相關例句

☞ 정말 좋은 날씨군요.
jo*ng.mal.jjo.eun/nal.ssi.gu.nyo
真是個好天氣呢！

☞ 너무 화창한 날씨군요.
no*.mu/hwa.chang.han/nal.ssi.gu.nyo
真是個晴朗的天氣啊！

☞ 밖에 비가 많이 오고 있어요.
ba.ge/bi.ga/ma.ni/o.go/i.sso*.yo
外面正下著大雨。

☞ 환절기에는 날씨가 변덕스러워서 몸
조심해야 됩니다.
hwan.jo*l.gi.e.neun/nal.ssi.ga/byo*n.do*k.sseu.
ro*.wo.so*/mom/jo.sim.he*.ya/dwem.ni.da
換季時天氣變化多端，要注意身體。

☞ 오늘은 비가 내릴까요?
o.neu.reun/bi.ga/ne*.ril.ga.yo
今天會下雨嗎？

☞ 오늘 기온은 몇 도입니까?
o.neul/gi.o.neun/myo*t/do.im.ni.ga
今天氣溫幾度？

☞ 바깥 날씨는 서늘합니다.
ba.gat/nal.ssi.neun/so*.neul.ham.ni.da
外面的天氣涼颼颼的。

☞ 오늘 약간 흐려요.
o.neul/yak.gan/heu.ryo*.yo
今天有點陰。

☞ 점점 추워졌습니다.
jo*m.jo*m/chu.wo.jo*t.sseum.ni.da
慢慢變冷了。

(相關例句)

☞ 경품 추첨 행사가 있습니까?

gyo*ng.pum/chu.cho*m/he*ng.sa.ga/it.sseum.
ni.ga

有抽獎活動嗎？

☞ 재고정리 할인 판매는 언제예요?

je*.go.jo*ng.ni/ha.rin/pan.me*.neun/o*n.je.ye.
yo

清倉大拍賣是什麼時候？

☞ 저희 가게의 상품은 전부 할인해서 판
매합니다.

jo*.hi/ga.ge.ui/sang.pu.meun/jo*n.bu/ha.rin.
he*.so*/pan.me*.ham.ni.da

我們店的商品全部打折出售。

☞ 이 쿠폰을 사용할 수 있습니까?

i/ku.po.neul/ssa.yong.hal/ssu/it.sseum.ni.ga

可以使用這張優惠券嗎？

☞ 하나 사면 덤으로 하나 더 드립니다.

ha.na/sa.myo*n/do*.meu.ro/ha.na/do*/deu.rim.
ni.da

買一個就送一個。

☞ 지금 의류를 세일하고 있습니다.

ji.geum/ui.ryu.reul/sse.il.ha.go/it.sseum.ni.da

現在服飾特價中。

結帳

情境會話一

A 이걸로 주세요.
i.go*l.lo/ju.se.yo
我要買這個。

B 네. 결제는 카드로 하실 겁니까? 현금
으로 하실 겁니까?
ne//gyo*l.je.neun/ka.deu.ro/ha.sil/go*m.ni.ga//
hyo*n.geu.meu.ro/ha.sil/go*m.ni.ga
好的。您要用信用卡付款,還是用現金付款?

A 카드로 지불할게요.
ka.deu.ro/ji.bul.hal.ge.yo
我要用信用卡付款。

B 네, 여기서 사인해 주세요.
ne//yo*.gi.so*/sa.in.he*/ju.se.yo
好的,請您在這裡簽名。

情境會話二

A 돈 여기 있습니다. 영수증 주세요.
don/yo*.gi/it.sseum.ni.da//yo*ng.su.jeung/ju.
se.yo
錢在這裡,請給我收據。

B 자, 거스름돈과 영수증 받으세요.
ja//go*.seu.reum.don.gwa/yo*ng.su.jeung/ba.
deu.se.yo
來,請收下找的零錢和收據。

相關例句

☞ 현금으로 지불하겠습니다.

hyo*n.geu.meu.ro/ji.bul.ha.get.sseum.ni.da

我要用現金付款。

☞ 여행자 수표도 사용할 수 있어요?

yo*.he*ng.ja/su.pyo.do/sa.yong.hal/ssu/i.sso*.yo

可以使用旅行支票？

☞ 손님, 카드가 안 됩니다. 현금으로 지불해야 합니다.

son.nim//ka.deu.ga/an/dwem.ni.da//hyo*n.geu.meu.ro/ji.bul.he*.ya/ham.ni.da

先生（小姐），不能使用信用卡，必須支付現金。

☞ 계산이 잘못된 것 같은데요.

gye.sa.ni/jal.mot.dwen/go*t/ga.teun.de.yo

我覺得好像計算錯誤。

☞ 어디에서 계산하나요?

o*.di.e.so*/gye.san.ha.na.yo

在哪結帳呢？

☞ 분할 지불은 안 됩니다.

bun.hal/jji.bu.reun/an/dwem.ni.da

不可以分期付款。

☞ 현금인가요, 카드인가요?

hyo*n.geu.min.ga.yo//ka.deu.in.ga.yo

您要付現金還是刷卡呢？

☞ 합계가 얼마입니까?

hap.gye.ga/o*l.ma.im.ni.ga

合計多少錢？

☞ 신용카드로 지불해도 될까요?
si.nyong.ka.deu.ro/ji.bul.he*.do/dwel.ga.yo
可以用信用卡付款嗎？

☞ 할부는 가능합니까?
hal.bu.neun/ga.neung.ham.ni.ga
可以分期付款嗎？

☞ 달러로 지불할 수 있습니까?
dal.lo*.ro/ji.bul.hal/ssu/it.sseum.ni.ga
可以用美金付款嗎？

☞ 지불은 같이 하시겠습니까? 아니면 따로따로 하시겠습니까?
ji.bu.reun/ga.chi/ha.si.get.sseum.ni.ga//a.ni.myo*n/da.ro.da.ro/ha.si.get.sseum.ni.ga
您要一起付，還是分開付？

☞ 우리는 현금만 받습니다.
u.ri.neun/hyo*n.geum.man/bat.sseum.ni.da
我們只收現金。

☞ 카운터는 어디에 있습니까?
ka.un.to*.neun/o*.di.e/it.sseum.ni.ga
收銀台在哪裡？

要求包裝

情境會話

A 포장을 해 줄 수 있어요?
po.jang.eul/he*/jul/su/i.sso*.yo
可以幫我包裝嗎？

B 어떻게 포장해 드릴까요?
o*.do*.ke/po.jang.he*/deu.ril.ga.yo
要怎麼幫您包裝呢？

A 제 여동생에게 선물할 거니까 리본을 달아 주세요.
je/yo*.dong.se*ng.e.ge/so*n.mul.hal/go*.ni.ga/ri.bo.neul/da.ra/ju.se.yo
因為是要送給妹妹的禮物，請你幫我繫上蝴蝶結。

B 네, 여기서 5분 기다려 주세요.
ne//yo*.gi.so*/o.bun/gi.da.ryo*/ju.se.yo
好的，請在這裡等五分鐘。

A 와, 예쁘네요.
wa//ye.beu.ne.yo
哇！很漂亮呢！

B 고맙습니다. 또 오세요.
go.map.sseum.ni.da//do/o.se.yo
謝謝！歡迎再次光臨。

相關例句

☞ 따로따로 포장해 주세요.
da.ro.da.ro/po.jang.he*/ju.se.yo
請幫我分開包裝。

☞ 예쁘게 포장해 주세요.
ye.beu.ge/po.jang.he*/ju.se.yo
請幫我包漂亮一點。

☞ 포장해 드릴까요?
po.jang.he*/deu.ril.ga.yo
需要為您包裝嗎？

☞ 종이 봉투 좀 주시겠어요?
jong.i/bong.tu/jom/ju.si.ge.sso*.yo
可以給我個紙袋嗎？

☞ 선물용이십니까?
so*n.mu.ryong.i.sim.ni.ga
您要送人嗎？

☞ 제가 쓸 거예요. 포장을 안 하셔도 됩니다.
je.ga/sseul/go*.ye.yo//po.jang.eul/an/ha.syo*.do/dwem.ni.da
是我自己要用的，不需要包裝。

其他

情境會話一

Ⓐ 배달해 줍니까?
be*.dal.he*/jum.ni.ga
幫忙送貨嗎？

Ⓑ 네, 댁으로 우송해 드릴 수 있습니다.
ne//de*.geu.ro/u.song.he*/deu.ril/su/it.sseum.
ni.da
是的，可以運送到您的家裡。

Ⓐ 따로 배달료는 있나요?
da.ro/be*.dal.lyo.neun/in.na.yo
需要另外負擔運費嗎？

Ⓑ 없습니다. 배달료는 상품 가격 안에 포
함되어 있습니다.
o*p.sseum.ni.da//be*.dal.lyo.neun/sang.pum/
ga.gyo*k/a.ne/po.ham.dwe.o*/it.sseum.ni.da
不需要。運費包含在商品的價格內。

情境會話二

Ⓐ 손님, 사실 겁니까?
son.nim//sa.sil/go*m.ni.ga
先生（小姐），您要買嗎？

Ⓑ 아니요. 생각 좀 해 보고 올게요.
a.ni.yo//se*ng.gak/jom/he*/bo.go/ol.ge.yo
不，我考慮一下再過來。

相關例句

☞ 저기요, 가격표가 안 보이는데요.
jo*.gi.yo//ga.gyo*k.pyo.ga/an/bo.i.neun.de.yo
店員，我沒看到價格牌耶！

☞ 이것 공짜로 받을 수 있습니까?
i.go*t/gong.jja.ro/ba.deul/ssu/it.sseum.ni.ga
這個可以免費索取嗎？

☞ 샘플 있나요?
se*m.peul/in.na.yo
有試用包嗎？

☞ 선불입니다.
so*n.bu.rim.ni.da
請先付款。

☞ 서적 코너는 어딥니까?
so*.jo*k/ko.no*.neun/o*.dim.ni.ga
書籍區在哪裡？

☞ 이것들을 대만으로 보내 주시겠어요?
i.go*t.deu.reul/de*.ma.neu.ro/bo.ne*/ju.si.ge.
sso*.yo
這些可以幫我寄到台灣嗎？

☞ 제가 바로 입을 거예요. 가격표 좀 떼
어주세요.
je.ga/ba.ro/i.beul/go*.ye.yo//ga.gyo*k.pyo/
jom/de.o*.ju.se.yo
我馬上就要穿了，請幫我拆掉價格牌。

Chapter 4

生活篇

時間日期

情境會話一

Ⓐ 지금 몇 시입니까?

ji.geum/myo*t/si.im.ni.ga

現在幾點？

Ⓑ 지금은 오전 9시입니다.

ji.geu.meun/o.jo*n/a.hop.ssi.im.ni.da

現在上午 9 點。

情境會話二

Ⓐ 오늘은 몇 월 며칠입니까?

o.neu.reun/myo*t/wol/myo*.chi.rim.ni.ga

今天幾月幾號？

Ⓑ 오늘은 2월 15일입니다.

o.neu.reun/i.wol/si.bo.i.rim.ni.da

今天 2 月 15 號。

情境會話三

Ⓐ 내일 무슨 요일입니까?

ne*.il/mu.seun/yo.i.rim.ni.ga

明天星期幾？

Ⓑ 내일 수요일입니다.

ne*.il/su.yo.i.rim.ni.da

明天星期三。

相關例句

☞ 다음 주 월요일이 며칠인가요?

da.eum/ju/wo.ryo.i.ri/myo*.chi.rin.ga.yo

下個星期一是幾號呢？

☞ 지금은 밤 10시입니다.
ji.geu.meun/bam/yo*l.si.im.ni.da
現在是晚上 10 點。

☞ 이제 곧 7시입니다.
i.je/got/il.gop.ssi.im.ni.da
馬上就要七點了。

☞ 4시를 지났습니다.
ne.si.reul/jji.nat.sseum.ni.da
過了四點。

☞ 생일은 언제입니까?
se*ng.i.reun/o*n.je.im.ni.ga
生日是什麼時候？

☞ 새일은 7월4일입니다.
se*.i.reun/chi.rwol.sa.i.rim.ni.da
生日是七月四號。

☞ 그 전쟁은 1999년에 일어났습니다.
geu/jo*n.je*ng.eun/cho*n.gu.be*k.gu.sip.gu.
nyo*.ne/i.ro*.nat.sseum.ni.da
那個戰爭發生在 1999 年。

☞ 지금 몇 시인지 알려주시겠습니까?
ji.geum/myo*t/si.in.ji/al.lyo*.ju.si.get.sseum.
ni.ga
可以告訴我現在幾點嗎？

☞ 제 시계는 10분 빠르네요.
je/si.gye.neun/sip.bun/ba.reu.ne.yo
我的錶快了十分鐘耶！

☞ 시계는 5분 늦습니다.
si.gye.neun/o.bun/neut.sseum.ni.da
手錶慢了五分。

☞ 죄송합니다. 15분 늦을 것 같습니다.
jwe.song.ham.ni.da./si.bo.bun/neu.jeul/go*t/
gat.sseum.ni.da
對不起，我好像會遲到 15 分鐘。

☞ 오늘은 토요일입니다.
o.neu.reun/to.yo.i.rim.ni.da
今天是星期六。

☞ 어제는 금요일이었습니다.
o*.je.neun/geu.myo.i.ri.o*t.sseum.ni.da
昨天是星期五。

☞ 화이트 발렌타인은 며칠인가요?
hwa.i.teu/bal.len.ta.i.neun/myo*.chi.rin.ga.yo
白色情人節是幾號？

☞ 8시가 조금 넘었습니다.
yo*.do*p.ssi.ga/jo.geum/no*.mo*t.sseum.ni.da
八點過了一點。

☞ 6시 이후라면 괜찮습니다.
yo*.so*t.ssi/i.hu.ra.myo*n/gwe*n.chan.sseum.
ni.da
六點以後就可以。

☞ 2월초에 한국에 갈 거예요.
i.wol.cho.e/han.gu.ge/gal/go*.ye.yo
我 2 月初要去韓國。

☞ 올해는 2011년입니다.
ol.he*.neun/i.cho*n.si.bil.lyo*.nim.ni.da
今年是 2011 年。

☞ 보고서는 일주일정도 걸립니다.
bo.go.so*.neun/il.ju.il.jo*ng.do/go*l.lim.ni.da
寫報告要花一星期左右的時間。

☞ 여행은 4박5일입니다.
yo*.he*ng.eun/sa.ba.go.i.rim.ni.da
旅行是五天四夜。

☞ 정오가 되었네요.
jo*ng.o.ga/dwe.o*n.ne.yo
正午到了。

☞ 곧 12시가 됩니다.
got/yo*l.du.si.ga/dwem.ni.da
快到 12 點了。

☞ 보통 몇 시에 일어납니까?
bo.tong/myo*t/si.e/i.ro*.nam.ni.ga
通常你幾點起床？

☞ 시간을 얼마나 걸려요?
si.ga.neul/o*l.ma.na/go*l.lyo*.yo
要花多少時間？

☞ 회의는 오후 3시에 시작합니다.
hwe.ui.neun/o.hu/se.si.e/si.ja.kam.ni.da
會議下午 3 點開始。

☞ 시간이 늦었습니다.
si.ga.ni/neu.jo*t.sseum.ni.da
時間不早了。

☞ 몇 시에 저녁을 먹습니까?
myo*t/si.e/jo*.nyo*.geul/mo*k.sseum.ni.ga
幾點吃晚餐？

天氣季節

情境會話一

Ⓐ 밖에 날씨가 어떤가요?
ba.ge/nal.ssi.ga/o*.do*n.ga.yo
外面天氣怎麼樣？

Ⓑ 좀 쌀쌀해요.
jom/ssal.ssal.he*.yo
有點涼颼颼的。

情境會話二

Ⓐ 일기예보에서는 내일 비가 내릴 거라고
했어요.
il.gi.ye.bo.e.so*.neun/ne*.il/bi.ga/ne*.ril/go*.
ra.go/he*.sso*.yo
天氣預報說明天會下雨。

Ⓑ 정말요? 내일 우산을 챙겨야 되군요.
jo*ng.ma.ryo//ne*.il/u.sa.neul/che*ng.gyo*.ya/
dwe.gu.nyo
真的嗎？明天要準備雨傘呢！

情境會話三

Ⓐ 오늘 날씨가 어때요?
o.neul/nal.ssi.ga/o*.de*.yo
今天天氣如何？

Ⓑ 오늘은 날씨가 매우 좋습니다.
o.neu.reun/nal.ssi.ga/me*.u/jo.sseum.ni.da
今天天氣非常好。

相關例句

☞ 정말 좋은 날씨이군요.
jo*ng.mal/jjo.eun/nal.ssi.i.gu.nyo
真是個好天氣呢！

☞ 너무 화창한 날씨군요.
no*.mu/hwa.chang.han/nal.ssi.gu.nyo
真是個晴朗的天氣啊！

☞ 밖에 비가 많이 오고 있어요.
ba.ge/bi.ga/ma.ni/o.go/i.sso*.yo
外面正下著大雨。

☞ 환절기에는 날씨가 변덕스러워서 몸
조심해야 됩니다.
hwan.jo*l.gi.e.neun/nal.ssi.ga/byo*n.do*k.sseu.
ro*.wo.so*/mom/jo.sim.he*.ya/dwem.ni.da
換季時天氣變化多端，要注意身體。

☞ 오늘은 비가 내릴까요?
o.neu.reun/bi.ga/ne*.ril.ga.yo
今天會下雨嗎？

☞ 오늘 기온은 몇 도입니까?
o.neul/gi.o.neun/myo*t/do.im.ni.ga
今天氣溫幾度？

☞ 바깥 날씨는 서늘합니다.
ba.gat/nal.ssi.neun/so*.neul.ham.ni.da
外面的天氣涼颼颼的。

☞ 오늘 약간 흐려요.
o.neul/yak.gan/heu.ryo*.yo
今天有點陰。

☞ 점점 추워졌습니다.
jo*m.jo*m/chu.wo.jo*t.sseum.ni.da
慢慢變冷了。

☞ 날씨가 그리 좋지 않아요.
nal.ssi.ga/geu.ri/jo.chi/a.na.yo
天氣不太好。

☞ 비가 내릴 것 같습니다.
bi.ga/ne*.ril/go*t/gat.sseum.ni.da
好像要下雨了。

☞ 6월은 장마철입니다.
yu.wo.reun/jang.ma.cho*.rim.ni.da
六月是梅雨季。

☞ 태풍이 다시 접근할 것 같아요.
te*.pung.i/da.si/jo*p.geun.hal/go*t/ga.ta.yo
颱風好像又接近了。

☞ 장마에 들어갔습니다.
jang.ma.e/deu.ro*.gat.sseum.ni.da
進入梅雨季了。

☞ 가을 날씨는 아주 시원합니다.
ga.eul/nal.ssi.neun/a.ju/si.won.ham.ni.da
秋天的天氣很涼爽。

☞ 날씨가 따뜻해지기 시작했습니다.
nal.ssi.ga/da.deu.te*.ji.gi/si.ja.ke*t.sseum.ni.da
天氣開始變溫暖了。

☞ 바깥은 아주 덥습니다.
ba.ga.teun/a.ju/do*p.sseum.ni.da
外面很熱。

☞ 밖에 바람이 세차게 불고 있습니다.
ba.ge/ba.ra.mi/se.cha.ge/bul.go/it.sseum.ni.da
外面正在颳強風。

☞ 내일은 눈이 온다고 한다.
ne*.i.reun/nu.ni/on.da.go/han.da
聽説明天會下雪。

☞ 비가 멈췄습니다.
bi.ga/mo*m.chwot.sseum.ni.da
雨停了。

☞ 제가 좋아하는 계절은 봄입니다.
je.ga/jo.a.ha.neun/gye.jo*.reun/bo.mim.ni.da
我喜歡的季節是春天。

☞ 오늘은 더 추워요.
o.neu.reun/do*/chu.wo.yo
今天更冷。

☞ 날씨가 맑아요.
nal.ssi.ga/mal.ga.yo
天氣晴朗。

☞ 안개가 꼈어요.
an.ge*.ga/gyo*.sso*.yo
有霧。

☞ 구름이 많이 꼈어요.
gu.reu.mi/ma.ni/gyo*.sso*.yo
多雲。

☞ 오늘은 별로 춥지 않아요.
o.neu.reun/byo*l.lo/chup.jji/a.na.yo
今天不怎麼冷。

☞ 날씨가 건조해요.
nal.ssi.ga/go*n.jo.he*.yo
天氣很乾燥。

☞ 날씨가 습습해요.
nal.ssi.ga/seup.sseu.pe*.yo
氣候很潮濕。

居住與房子

情境會話一

Ⓐ 집은 어디에 있습니까?

ji.beun/o*.di.e/it.sseum.ni.ga

你家在哪裡?

Ⓑ 집이 타이페이에 있습니다.

ji.bi/ta.i.pe.i.e/it.sseum.ni.da

我家在台北。

情境會話二

Ⓐ 임대할 집을 찾고 있습니다.

im.de*.hal/jji.beul/chat.go/it.sseum.ni.da

我在找要出租的房子。

Ⓑ 어떤 지역에 살고 싶으세요?

o*.do*n/ji.yo*.ge/sal.go/si.peu.se.yo

您想住在哪個地區?

Ⓐ 교통이 편리한 곳에 살고 싶습니다. 지
   금 집을 볼 수 있나요?

gyo.tong.i/pyo*.l.li.han/go.se/sal.go/sip.sseum.
ni.da//ji.geum/ji.beul/bol/su/in.na.yo

我想住在交通便利的地方,現在可以看房子
嗎?

相關例句

☞ 지하철역에서 가까운 곳을 원합니다.

ji.ha.cho*.ryo*.ge.so*/ga.ga.un/go.seul/won.
ham.ni.da

我要租離地鐵站近的房子。

☞ 이 아파트는 방이 몇 개인가요?
i/a.pa.teu.neun/bang.i/myo*t/ge*.in.ga.yo
這間公寓有幾個房間？

☞ 언제 지어진 거예요?
o*n.je/ji.o*.jin/go*.ye.yo
這房子是哪時候蓋的？

☞ 임대료는 얼마예요?
im.de*.ryo.neun/o*l.ma.ye.yo
租金是多少？

☞ 계약 기간은 얼마입니까?
gye.yak/gi.ga.neun/o*l.ma.im.ni.ga
合約要簽多久？

☞ 이 집을 임대하겠습니다.
i/ji.beul/im.de*.ha.get.sseum.ni.da
我要租這個房子。

☞ 이 아파트 마음에 들어요. 예약하겠어요.
i/a.pa.teu/ma.eu.me/deu.ro*.yo//ye.ya.ka.ge.sso*.yo
我喜歡這間公寓，我要簽約。

☞ 언제 입주하고 싶으세요?
o*n.je/ip.jju.ha.go/si.peu.se.yo
您想何時入住呢？

☞ 집 좀 보여 주시겠어요?
jip/jom/bo.yo*/ju.si.ge.sso*.yo
可以給我看看房子嗎？

☞ 주차장이 있습니까?
ju.cha.jang.i/it.sseum.ni.ga
有停車場嗎？

☞ 집 시설은 어떤가요?
  jip/si.so*.reun/o*.do*n.ga.yo
  房子的設施怎麼樣？

☞ 근처에 공원이 있나요?
  geun.cho*.e/gong.wo.ni/in.na.yo
  附近有公園嗎？

☞ 보증금은 얼마를 내야 됩니까?
  bo.jeung.geu.meun/o*l.ma.reul/ne*.ya/dwem.
  ni.ga
  要交多少保證金？

☞ 이 집은 집세가 싸서 마음에 듭니다.
  i/ji.beun/jip.sse.ga/ssa.so*/ma.eu.me/deum.ni.
  da
  這房子房租便宜，我很滿意。

☞ 집세는 싸면 쌀수록 좋겠습니다.
  jip.sse.neun/ssa.myo*n/ssal.ssu.rok/jo.ket.
  sseum.ni.da
  房租越便宜越好。

☞ 이 지역은 안전합니까?
  i/ji.yo*.geun/an.jo*n.ham.ni.ga
  這個地區安全嗎？

☞ 월세는 어떻게 지불합니까?
  wol.se.neun/o*.do*.ke/ji.bul.ham.ni.ga
  要怎麼付房租？

☞ 당신은 어디서 삽니까?
  dang.si.neun/o*.di.so*/sam.ni.ga
  你住在哪裡？

☞ 집은 학교에서 멀어요?
  ji.beun/hak.gyo.e.so*/mo*.ro*.yo
  你家離學校遠嗎？

☞ 우리 집은 방2개, 화장실 1개, 거실
하나입니다.
u.ri/ji.beun/bang/du.ge*/hwa.jang.sil/han.ge*/
go*.sil/ha.na.im.ni.da
我們家有兩個房間、一個廁所和一個客廳。

☞ 서울 근교에 살고 있습니다.
so*.ul/geun.gyo.e/sal.go/it.sseum.ni.da
我住在首爾近郊。

跟朋友約時間

情境會話一

Ⓐ 전 다른 일이 있어서 먼저 가야 돼요.
jo*n/da.reun/i.ri/i.sso*.so*/mo*n.jo*/ga.ya/
dwe*.yo
我有其他的事，要先走了。

Ⓑ 무슨 일로 그렇게 급해요?
mu.seun/il.lo/geu.ro*.ke/geu.pe*.yo
什麼事情那麼匆忙？

Ⓐ 친구랑 약속이 있는데 빨리 가지 않으
면 늦을 거예요.
chin.gu.rang/yak.sso.gi/in.neun.de/bal.li/ga.ji/
a.neu.myo*n/neu.jeul/go*.ye.yo
和朋友有約，不快點去的話會遲到。

Ⓑ 그럼 얼른 가세요.
geu.ro*m/o*l.leun/ga.se.yo
那你快去吧！

情境會話二

Ⓐ 내일 만날 수 있어?
ne*.il/man.nal/ssu/i.sso*
明天可以見面嗎？

Ⓑ 미안해. 내일 시간이 없는데.
mi.an.he*//ne*.il/si.ga.ni/o*m.neun.de
對不起，明天我沒時間。

相關例句

☞ 언제 한번 만나요.
o*n.je/han.bo*n/man.na.yo
找個時間見面吧！

☞ 잠깐 만날 수 있을까요?
jam.gan/man.nal/ssu/i.sseul.ga.yo
可以見一下面嗎？

☞ 죄송해요. 다른 계획이 있어요.
jwe.song.he*.yo//da.reun/gye.hwe.gi/i.sso*.yo
對不起，我有其他計畫。

☞ 갑자기 다른 일이 생기기 때문에 갈
수가 없어요.
gap.jja.gi/da.reun/i.ri/se*ng.gi.gi/de*.mu.ne/
gal/ssu.ga/o*p.sso*.yo
因為突然有其他事情，所以沒辦法去。

☞ 다음주로 하면 어때요?
da.eum.ju.ro/ha.myo*n/o*.de*.yo
改到下禮拜，如何？

☞ 미안해요. 밤에 다른 약속이 있거든요.
mi.an.he*.yo//ba.me/da.reun/yak.sso.gi/it.go*.
deu.nyo
對不起，我晚上有其他的約。

☞ 내일 약속 있으세요?
ne*.il/yak.ssok/i.sseu.se.yo
明天你有約嗎？

☞ 무슨 일로 저를 만나자는 거죠?
mu.seun/il.lo/jo*.reul/man.na.ja.neun/go*.jyo
為了什麼事情要見我呢？

☞ 이번 금요일에 시간이 있으세요?
i.bo*n/geu.myo.i.re/si.ga.ni/i.sseu.se.yo
這星期五你有時間嗎？

☞ 약속시간을 조금 앞당겨 주실 수 없
겠습니까?
yak.ssok.ssi.ga.neul/jjo.geum/ap.dang.gyo*/ju.

sil/su/o*p.get.sseum.ni.ga
可以將約定的時間稍微提早一點嗎？

☞ 장소는 어디가 좋을까요?
jang.so.neun/o*.di.ga/jo.eul.ga.yo
在哪見面好呢？

☞ 내 집으로 올 수 있나?
ne*/ji.beu.ro/ol/su/in.na
你可以來我家嗎？

☞ 날짜를 변경해 주시겠습니까?
nal.jja.reul/byo*n.gyo*ng.he/ju.si.get.sseum.
ni.ga
可以更改日期嗎？

☞ 이번 주말에 뭐하세요?
i.bo*n/ju.ma.re/mwo.ha.se.yo
這個周末你要做什麼？

☞ 몇 시에 만날까요?
myo*t/si.e/man.nal.ga.yo
幾點見面呢？

☞ 다음 주 목요일에 만납시다.
da.eum/ju/mo.gyo.i.re/man.nap.ssi.da
下禮拜四見面吧！

☞ 우리 어디서 만날까요?
u.ri/o*.di.so/man.nal.ga.yo
我們在哪裡碰面？

☞ 내일 지하철역에서 만납시다.
ne*.il/ji.ha.cho*.ryo*.ge.so*/man.nap.ssi.da
明天在地鐵站見吧！

☞ 잠깐 시간을 내주실 수 있습니까?
jam.gan/si.ga.neul/ne*.ju.sil/su/it.sseum.ni.ga
可以抽點時間給我嗎？

☞ 오후 2시 괜찮아요?
o.hu/du.si/gwe*n.cha.na.yo
下午兩點可以嗎？

☞ 언제든 괜찮습니다.
o*n.je.deun/gwe*n.chan.sseum.ni.da
什麼時候都可以。

☞ 내일 약속 안 잊었죠?
ne*.il/yak.ssok/an/i.jo*t.jjyo
明天的約會你沒忘記吧？

☞ 미안합니다. 약속을 취소할 수 있어요?
mi.an.ham.ni.da./yak.sso.geul/chwi.so.hal/ssu/
i.sso*.yo
對不起，可以取消約會嗎？

☞ 만남을 다음 기회로 미룰 수 있을까요?
man.na.meul/da.eum/gi.hwe.ro/mi.rul/su/i.
sseul.ga.yo
可以延到下次再見面嗎？

☞ 주말이라면 언제라도 괜찮습니다.
ju.ma.ri.ra.myo*n/o*n.je.ra.do/gwe*n.chan.
sseum.ni.da
若是周末，什麼時間都可以。

☞ 오늘 약속을 미루고 싶은데요.
o.neul/yak.sso.geul/mi.ru.go/si.peun.de.yo
我想推延今天的約會。

☞ 미안합니다. 제가 중요한 약속이 있습
니다.
mi.an.ham.ni.da.//je.ga/jung.yo.han/yak.sso.gi/
it.sseum.ni.da
對不起，我有重要的約會。

朋友的招待

情境會話一

Ⓐ 오늘 저녁에 우리 집에 올까요? 저녁 식사를 대접하고 싶은데요.
o.neul/jjo*.nyo*.ge/u.ri/ji.be/ol.ga.yo//jo*. nyo*k.ssik.ssa.reul/de*.jo*.pa.go/si.peun.de.yo
今天晚上要不要來我家？我想招待你吃晚餐。

Ⓑ 좋습니다. 기꺼이 가겠습니다.
jo.sseum.ni.da//gi.go*.i/ga.get.sseum.ni.da
好啊！我很樂意去。

情境會話二

Ⓐ 얼른 들어 오세요. 와 주신 걸 환영합니다.
o*l.leun/deu.ro*/o.se.yo//wa.ju.sin/go*l/hwa. nyo*ng.ham.ni.da
快快請進！謝謝你的光臨。

Ⓑ 절 초대해 주셔서 감사합니다.
jo*l/cho.de*.he*/ju.syo*.so*/gam.sa.ham.ni.da
謝謝你的招待。

Ⓐ 커피 한 잔 하시겠어요?
ko*.pi/han/jan/ha.si.ge.sso*.yo
要不要來杯咖啡？

相關例句

☞ 당신을 저희 집에 초대하고 싶습니다.
dang.si.neul/jjo*.hi/ji.be/cho.de*.ha.go/sip. sseum.ni.da
我想邀請您來我們家。

☞ 제 생일 파티에 오실래요?
je/se*ng.il/pa.ti.e/o.sil.le*.yo
你要來我的生日派對嗎？

☞ 오늘 저녁에 회식이 있는데, 오실래요?
o.neul/jjo*.nyo*.ge/hwe.si.gi/in.neun.de//o.sil.
le*.yo
今天傍晚有聚餐，你要來嗎？

☞ 좋습니다. 재미있겠어요.
jo.sseum.ni.da//je*.mi.it.ge.sso*.yo
好啊！一定很好玩。

☞ 꼭 갈게.
gok/gal.ge
我一定會去。

☞ 죄송하지만, 참석하지 못할 것 같군요.
jwe.song.ha.ji.man//cham.so*.ka.ji/mo.tal/go*
t/gat.gu.nyo
對不起，我可能不能參加。

☞ 초대는 고맙지만, 해야 할 일이 있습
니다.
cho.de*.neun/go.map.jji.man//he*.ya/hal/i.ri/it.
sseum.ni.da
謝謝你的招待，但是我還要事情要處理。

☞ 이번 토요일에 제 졸업식이 있는데,
오실 수 있습니까?
i.bo*n/to.yo.i.re/je/jo.ro*p.ssi.gi/in.neun.de//o.
sil/su/it.sseum.ni.ga
這星期六有我的畢業典禮，你可以來嗎？

☞ 정말 가고 싶지만 다른 약속이 있습
니다.
jo*ng.mal/ga.go/sip.jji.man/da.reun/yak.sso.gi/
it.sseum.ni.da
我真的很想去，但我有其他的約會。

• track 152

☞ 기꺼이 방문하겠습니다.
gi.go*.i/bang.mun.ha.get.sseum.ni.da
我很樂意去拜訪您。

☞ 퇴근 후에 시간이 있습니까? 술을 대
접하고 싶습니다.
twe.geun/hu.e/si.ga.ni/it.sseum.ni.ga//su.reul/
de*.jo*.pa.go/sip.sseum.ni.da
下班後有時間嗎？我想請你喝酒。

☞ 이번 주말에 우리 집에 놀러 오세요.
i.bo*n/ju.ma.re/u.ri/ji.be/nol.lo*/o.se.yo
這個周末來我家玩吧！

☞ 와 주셔서 감사합니다.
wa/ju.syo*.so*/gam.sa.ham.ni.da
歡迎光臨。

☞ 들어와서 편히 앉으십시오.
deu.ro*.wa.so*/pyo*n.hi/an.jeu.sip.ssi.o
進來隨便坐。

☞ 마실 걸 좀 드시겠어요?
ma.sil/go*l/jom/deu.si.ge.sso*.yo
你要喝點什麼嗎？

☞ 차 드세요.
cha/deu.se.yo
請喝茶。

☞ 식기 전에 드세요.
sik.gi/jo*.ne/deu.se.yo
趁熱吃吧！

☞ 마음껏 많이 드세요.
ma.eum.go*t/ma.ni/deu.se.yo
請盡情享用。

☞ 저녁이 준비됐습니다. 여기 앉으세요.
jo*.nyo*.gi/jun.bi.dwe*t.sseum.ni.da//yo*.gi/
an.jeu.se.yo
晚餐準備好了，請坐這裡。

☞ 오늘 대접에 감사드립니다. 집에 가야
겠습니다.
o.neul/de*.jo*.be/gam.sa.deu.rim.ni.da//ji.be/
ga.ya.get.sseum.ni.da
謝謝你今天的招待，我該回家了。

☞ 조심히 가세요. 시간이 있으면 또 놀
러 오세요.
jo.sim.hi/ga.se.yo//si.ga.ni/i.sseu.myo*n/do/
nol.lo*/o.se.yo
小心慢走，有時間再來玩喔！

和朋友喝酒

情境會話一

Ⓐ 시험 끝난 후 어디서 맥주나 한잔 해요.
si.ho*m/geun.nan/hu/o*.di.so*/me*k.jju.na/
han.jan/he*.yo
考完試後，我們去喝一杯吧！

Ⓑ 좋은 생각이에요.
jo.eun/se*ng.ga.gi.e.yo
真是個好主意。

情境會話二

Ⓐ 자, 모두들 건배합시다.
ja//mo.du.deul/go*n.be*.hap.ssi.da
來，大家一起乾杯。

Ⓑ 우리의 승리를 위하여!
u.ri.ui/seung.ni.reul/wi.ha.yo*
為了我們的勝利乾杯！

情境會話三

Ⓐ 이선생, 제가 한 잔 따라 드리겠습니다.
i.so*n.se*ng//je.ga/han/jan/da.ra/deu.ri.get.
sseum.ni.da
李先生，我敬你一杯。

Ⓑ 아닙니다. 제가 더 이상 못 마시겠습니
다.
a.nim.ni.da//je.ga/do*/i.sang/mot/ma.si.get.
sseum.ni.da
不了，我不能再喝了。

(相關例句)

☞ 건배!
　go*n.be*
　乾杯！

☞ 한잔 어때?
　han.jan/o*.de*
　來一杯如何？

☞ 술 한 잔 하시죠?
　sul/han/jan/ha.si.jyo
　來一杯如何？

☞ 자, 한 잔 합시다.
　ja//han/jan/hap.ssi.da
　來！我們喝一杯！

☞ 맥주 두 잔 주세요.
　me*k.jju/du/jan/ju.se.yo
　請給我兩杯啤酒。

☞ 맥주 안에 얼음을 넣어 주세요.
　me*k.jju/a.ne/o*.reu.meul/no*.o*/ju.se.yo
　請在啤酒內加冰塊。

☞ 칵테일 있습니까?
　kak.te.il/it.sseum.ni.ga
　有雞尾酒嗎？

☞ 소주 한 병 더 주세요.
　so.ju/han/byo*ng/do*/ju.se.yo
　請再給我一瓶燒酒。

☞ 안주는 뭘로 하시겠어요?
　an.ju.neun/mwol.lo/ha.si.ge.sso*.yo
　您要什麼下酒菜？

☞ 다른 곳으로 가서 더 마실까요?
da.reun/go.seu.ro/ga.so*/do*/ma.sil.ga.yo
要不要再去其他地方喝？

☞ 김선생은 취한 것 같습니다.
gim.so*n.se*ng.eun/chwi.han/go*t/gat.sseum.
ni.da
金先生好像醉了。

☞ 아니오. 됐어요. 과음했습니다.
a.ni.o//dwe*.sso*.yo./gwa.eum.he*t.sseum.ni.
da
不用了，我喝多了。

☞ 술 메뉴 좀 볼 수 있을까요?
sul/me.nyu/jom/bol/su/i.sseul.ga.yo
我可以看酒單嗎？

☞ 술 마시는 걸 좋아하세요?
sul/ma.si.neun/go*l/jo.a.ha.se.yo
你喜歡喝酒嗎？

☞ 어떤 종류의 와인이 있습니까?
o*.do*n/jong.nyu.ui/wa.i.ni/it.sseum.ni.ga
有什麼種類的紅酒？

☞ 원 샷! 원 샷!
won.syat//won.syat
一口氣喝光吧！

☞ 두 분의 결혼을 축하하며, 건배!
du/bu.nui/gyo*l.ho.neul/chu.ka.ha.myo*//go*n.
be*
祝賀兩位結婚，乾杯！

☞ 소주보다 맥주를 더 좋아합니다.
so.ju.bo.da/me*k.jju.reul/do*/jo.a.ham.ni.da
比起燒酒，我更喜歡啤酒。

☞ 난 술을 잘 못해.
nan/su.reul/jjal/mo.te*
我不太會喝酒。

☞ 벌써 술을 끊었습니다.
bo*l.sso*/su.reul/geu.no*t.sseum.ni.da
我已經戒酒了。

☞ 넌 취했어. 내가 운전할게.
no*n/chwi.he*.sso*//ne*.ga/un.jo*n.hal.ge
你醉了，我來開車。

電話溝通

情境會話一

Ⓐ 여보세요, 서울 호텔이죠?
yo*.bo.se.yo//so*.ul/ho.te.ri.jyo
喂,請問是首爾飯店嗎?

Ⓑ 네, 뭘 도와 드릴까요?
ne//mwol/do.wa/deu.ril.ga.yo
是的,有什麼需要幫忙嗎?

Ⓐ 방 예약을 하고 싶은데요.
bang/ye.ya.geul/ha.go/si.peun.de.yo
我想預約房間。

情境會話二

Ⓐ 여보세요, 김선생 계세요?
yo*.bo.se.yo//gim.so*n.se*ng/gye.se.yo
喂,金先生在家嗎?

Ⓑ 전데요. 누구십니까?
jo*n.de.yo//nu.gu.sim.ni.ga
就是我,請問哪位?

相關例句

☞ 여보세요. 거기 은행인가요?
yo*.bo.se.yo//go*.gi/eun.he*ng.in.ga.yo
喂,那裡是銀行嗎?

☞ 여보세요, 누굴 찾으세요?
yo*.bo.se.yo//nu.gul/cha.jeu.se.yo
喂,請問找哪位?

☞ 여보세요, 혹시 이영애님 맞죠?
yo*.bo.se.yo//hok.ssi/i.yo*ng.e*.nim/mat.jjyo
喂，你是李英愛小姐吧？

☞ 실례하지만 누구십니까?
sil.lye.ha.ji.man/nu.gu.sim.ni.ga
不好意思，請問您是哪位？

☞ 여보세요, 김선생님 댁이지요?
yo*.bo.se.yo//gim.so*n.se*ng.nim/de*.gi.ji.yo
喂，是金老師的家嗎？

☞ 미안하지만 김선생님 좀 바꿔 주세요.
mi.an.ha.ji.man/gim.so*n.se*ng.nim/jom/ba.
gwo/ju.se.yo
不好意思，麻煩請金老師聽電話。

☞ 안녕하세요. 김사장님 부탁드립니다.
an.nyo*ng.ha.se.yo//gim.sa.jang.nim/bu.tak.
deu.rim.ni.da
您好，我想找金社長。

☞ 210호실로 연결해 주세요.
i.be*k.ssi.po.sil.lo/yo*n.gyo*l.he*/ju.se.yo
請幫我連接 210 號房。

☞ 전화 왔어요. 얼른 받으세요.
jo*n.hwa/wa.sso*.yo//o*l.leun/ba.deu.se.yo
電話響了，快接。

☞ 전화는 제가 받을게요.
jo*n.hwa.neun/je.ga/ba.deul.ge.yo
我來接電話。

☞ 전화 주셔서 감사합니다.
jo*n.hwa/ju.syo*.so*/gam.sa.ham.ni.da
謝謝您的來電。

☞ 나나는 방금 나갔는데 무슨 일로 찾
으세요?

na.na.neun/bang.geum/na.gan.neun.de/mu.
seun/il.lo/cha.jeu.se.yo

娜娜剛才出門了，請問找她什麼事？

☞ 잠시만 기다리세요. 금방 연결해 드릴
게요.

jam.si.man/gi.da.ri.se.yo//geum.bang/yo*n.
gyo*l.he*/deu.ril.ge.yo

請稍等，馬上幫您轉接。

☞ 통화중입니다.

tong.hwa.jung.im.ni.da

占線中。

☞ 몇 번 거셨어요?

myo*t/bo*n/go*.syo*.sso*.yo

你撥幾號？

☞ 거기 2956-7431 아니예요?

hwe.ui.neun/o.hu/se.si.e/si.ja.kam.ni.da

那裡是 2956-7431 嗎？

☞ 잘못 거셨습니다.

jal.mot/go*.syo*t.sseum.ni.da

你打錯了。

☞ 죄송합니다. 차대리님이 방금 나가셨
습니다.

jwe.song.ham.ni.da//cha.de*.ri.ni.mi/bang.
geum/na.ga.syo*t.sseum.ni.da

很抱歉，車代理剛才出去了。

☞ 이따가 다시 전화 하겠습니다.

i.da.ga/da.si/jo*n.hwa/ha.get.sseum.ni.da

待會我再打電話。

☞ 죄송한데요, 잘 안 들려요. 좀 크게
말씀해 주세요.
jwe.song.han.de.yo//jal/an/deul.lyo*.yo//jom/
keu.ge/mal.sseum.he*/ju.se.yo
抱歉，我聽不太清楚，請您講大聲一點。

☞ 지금 자리를 비우셨는데요.
ji.geum/ja.ri.reul/bi.u.syo*n.neun.de.yo
他現在不在位子上。

☞ 메시지를 남기시겠어요?
me.si.ji.reul/nam.gi.si.ge.sso*.yo
您要留言嗎？

☞ 여기서 국제전화를 할 수 있나요?
yo*.gi.so*/guk.jje.jo*n.hwa.reul/hal/ssu/in.na.yo
這裡可以打國際電話嗎？

☞ 전화번호가 어떻게 됩니까?
jo*n.hwa.bo*n.ho.ga/o*.do*.ke/dwem.ni.ga
電話號碼是多少？

☞ 급한 일이 있으면 그의 핸드폰으로 거
세요.
geu.pan/i.ri/i.sseu.myo*n/geu.ui/he*n.deu.po.
neu.ro/go*.se.yo
如果有急事，請打他的手機。

☞ 공중전화는 어디에 있습니까?
gong.jung.jo*n.hwa.neun/o*.di.e/it.sseum.ni.ga
公共電話在哪裡？

☞ 당신 전화번호는 몇 번입니까?
dang.sin/jo*n.hwa.bo*n.ho.neun/myo*t/bo*.
nim.ni.ga
你的電話號碼幾號？

☞ 제 전화번호는 010-3214-5668입니다.
je/jo*n.hwa.bo*n.ho.neun/gong.il.gong/sa.mi.
il.sa.e.o.yu.gyuk.pa.rim.ni.da

我的電話號碼是 010-3214-5668。

電腦與網路

情境會話一

Ⓐ 보통 주말에 뭘 하세요?
bo.tong/ju.ma.re/mwol/ha.se.yo
通常周末都做什麼？

Ⓑ 집에서 인터넷 게임을 합니다. 당신은요?
ji.be.so*/in.to*.net/ge.i.meul/ham.ni.da//dang.si.neu.nyo
在家裡玩網路遊戲。你呢？

Ⓐ 전 한가할 때 보통 인터넷에서 채팅을 합니다.
jo*n/han.ga.hal/de*/bo.tong/in.to*.ne.se.so*/che*.ting.eul/ham.ni.da
我空閒的時候，通常會上網聊天。

情境會話二

Ⓐ 제가 보낸 이메일을 받았어요?
je.ga/bo.ne*n/i.me.i.reul/ba.da.sso*.yo
我寄的電子郵件你收到了嗎？

Ⓑ 받았는데 이메일에 첨부된 파일을 열 수 없어요.
ba.dan.neun.de/i.me.i.re/cho*m.bu.dwen/pa.i.reul/yo*l/su/o*p.sso*.yo
收到了，但是我打不開電子郵件上的附加文件。

相關例句

☞ 컴퓨터에 대해 잘 아세요?
ko*m.pyu.to*.e/de*.he*/jal/a.se.yo
你熟悉電腦嗎？

☞ 인터넷은 자주 합니까?
in.to*.ne.seun/ja.ju/ham.ni.ga
你經常上網嗎？

☞ 그 회사의 인터넷 사이트 주소를 알
려 주세요.
geu/hwe.sa.ui/in.to*.net/sa.i.teu/ju.so.reul/al.
lyo*/ju.se.yo
請告訴我那間公司的網址。

☞ 인터넷 쇼핑을 자주 이용합니다. 매우
편리합니다.
in.to*.net/syo.ping.eul/jja.ju/i.yong.ham.ni.da//
me*.u/pyo*l.li.ham.ni.da
我常上網購物，很方便。

☞ 자세한 내용은 이메일로 보내드릴게요.
ja.se.han/ne*.yong.eun/i.me.il.lo/bo.ne*.deu.
ril.ge.yo
詳細的內容我寄電子郵件給你。

☞ 제 시스템이 바이러스에 걸렸습니다.
je/si.seu.te.mi/ba.i.ro*.seu.e/go*l.lyo*t.sseum.
ni.da
我的系統中毒了。

☞ 개인 사이트를 만들고 싶습니다.
ge*.in/sa.i.teu.reul/man.deul.go/sip.sseum.ni.
da
我想建立個人網站。

☞ 컴퓨터를 배우고 싶습니다. 가르쳐 주
시겠어요?
ko*m.pyu.to*.reul/be*.u.go/sip.sseum.ni.da//
ga.reu.cho*/ju.si.ge.sso*.yo
我想學電腦，可以教我嗎？

☞이메일 함이 꽉 찼습니다. 지워야겠어요.
i.me.il/ha.mi/gwak/chat.sseum.ni.da//ji.wo.ya.ge.sso*.yo
信箱滿了，該刪了。

☞제가 인터넷 채팅을 통해 많은 친구를 사귀었어요.
je.ga/in.to*.net/che*.ting.eul/tong.he*/ma.neun/chin.gu.reul/ssa.gwi.o*.sso*.yo
透過網路聊天，我交了很多朋友。

☞그는 컴퓨터 도사입니다. 문제가 있으면 그에게 물어 보세요.
geu.neun/ko*m.pyu.to*/do.sa.im.ni.da//mun.je.ga/i.sseu.myo*n/geu.e.ge/mu.ro*/bo.se.yo
他是電腦高手，如果有問題，請去問他。

☞구글 사이트 많이 이용합니다.
gu.geul/ssa.i.teu/ma.ni/i.yong.ham.ni.da
我常利用 Google 網站。

☞제 컴퓨터가 다운됐어요.
je/ko*m.pyu.to*.ga/da.un.dwe*.sso*.yo
我電腦當機了。

☞이 사이트에 들어가면 더 자세한 내용을 알 수 있습니다.
i/sa.i.teu.e/deu.ro*.ga.myo*n/do*/ja.se.han/ne*.yong.eul/al/ssu/it.sseup.ni.da
如果進入這個網站，就可以知道更詳細的內容。

情境會話

Ⓐ 어디가 아프세요?
o*.di.ga/a.peu.se.yo
您哪裡不舒服？

Ⓑ 계속 기침이 나요. 그리고 목이 아파요.
gye.sok/gi.chi.mi/na.yo//geu.ri.go/mo.gi/a.pa.
yo
一直咳嗽，還會喉嚨痛。

Ⓐ 감기에 걸리셨습니다. 약을 지어드릴 테
니 그걸 드시면 나아지실 겁니다.
gam.gi.e/go*l.li.syo*t.sseum.ni.da//ya.geul/jji.
o*.deu.ril/te.ni/geu.go*l/deu.si.myo*n/na.a.ji.
sil/go*m.ni.da
你感冒了，我會開藥給你，吃了之後會好轉。

Ⓑ 하루에 몇 번 먹습니까?
ha.ru.e/myo*t/bo*n/mo*k.sseum.ni.ga
一天要吃幾次。

Ⓐ 식후 하루에 3번입니다.
si.ku/ha.ru.e/se.bo*.nim.ni.da
飯後一天三次。

相關例句

☞ 몸이 약해졌어요.
mo.mi/ya.ke*.jo*.sso*.yo
身體變得虛弱。

☞ 저는 지쳤습니다.
jo*.neun/ji.cho*t.sseum.ni.da
我累了。

☞ 몸이 아픕니다.
mo.mi/a.peum.ni.da
我身體不舒服。

☞ 거의 먹지 못하고 있습니다.
go*.ui/mo*k.jji/mo.ta.go/it.sseum.ni.da
幾乎不能吃東西。

☞ 어떡해요? 배가 너무 아파요.
o*.do*.ke*.yo//be*.ga/no*.mu/a.pa.yo
怎麼辦，我肚子好痛。

☞ 저는 멀미가 좀 있습니다.
jo*.neun/mo*l.mi.ga/jom/it.sseum.ni.da
我覺得有點暈機。

☞ 머리가 아파요.
mo*.ri.ga/a.pa.yo
頭痛。

☞ 발을 삐었어요.
ba.reul/bi.o*.sso*.yo
腳扭到了。

☞ 다리를 다쳤어요.
da.ri.reul/da.cho*.sso*.yo
腿受傷了。

☞ 제가 조심하지 않아서 넘어졌어요.
je.ga/jo.sim.ha.ji/a.na.so*/no*.mo*.jo*.sso*.yo
我不小心摔倒了。

☞ 칼에 손을 베었어요.
ka.re/so.neul/be.o*.sso*.yo
手被刀劃傷了。

☞ 피가 나요.
pi.ga/na.yo
流血了。

☞ 다리 뼈가 부러졌어요.
　da.ri/byo*.ga/bu.ro*.jo*.sso*.yo
　腿骨折了。

☞ 화상을 입었어요.
　hwa.sang.eul/i.bo*.sso*.yo
　燙傷了。

☞ 물집이 생겼어요.
　mul.ji.bi/se*ng.gyo*.sso*.yo
　起水泡了。

☞ 이빨이 아파요.
　i.ba.ri/a.pa.yo
　牙痛。

☞ 머리가 어지러워요.
　mo*.ri.ga/o*.ji.ro*.wo.yo
　頭暈。

☞ 두통이 심해요.
　du.tong.i/sim.he*.yo
　頭痛很嚴重。

☞ 콧물이 나요.
　kon.mu.ri/na.yo
　流鼻涕。

☞ 코가 간지러워요.
　ko.ga/gan.ji.ro*.wo.yo
　鼻子很癢。

☞ 코가 막혔어요.
　ko.ga/ma.kyo*.sso*.yo
　鼻塞了。

☞ 계속 열이 나요.
　gye.sok/yo*.ri/na.yo
　一直發燒。

☞ 코피가 나요.
ko.pi.ga/na.yo
流鼻血。

☞ 제가 계속 설사를 해요.
je.ga/gye.sok/so*l.sa.reul/he*.yo
我一直拉肚子。

☞ 다리가 골절됐어요.
da.ri.ga/gol.jo*l.dwe*.sso*.yo
腳骨折了。

☞ 토할 것 같아요.
to.hal/go*t/ga.ta.yo
我快吐了。

☞ 충치로 인해 많이 아픕니다.
chung.chi.ro/in.he*/ma.ni/a.peum.ni.da
因為蛀牙的關係，很不舒服。

☞ 무릎을 삐었습니다.
mu.reu.peul/bi.o*t.sseum.ni.da
扭傷了膝蓋。

情境會話一

Ⓐ 이 약을 어떻게 먹으면 됩니까?

i/ya.geul/o*.do*.ke/mo*.geu.myo*n/dwem.ni.
ga

這藥該怎麼吃？

Ⓑ 식후에 2알씩 드시면 됩니다.

si.ku.e/du.al.ssik/deu.si.myo*n/dwem.ni.da

飯後吃兩粒就可以了。

情境會話二

Ⓐ 약에 대한 알레르기가 있나요?

ya.ge/de*.han/al.le.reu.gi.ga/in.na.yo

你對藥物過敏嗎？

Ⓑ 없습니다.

o*p.sseum.ni.da

沒有。

情境會話三

Ⓐ 약은 하루 세번, 그리고 물을 많이 마
시도록 하세요.

ya.geun/ha.ru/se.bo*n//geu.ri.go/mu.reul/ma.
ni/ma.si.do.rok/ha.se.yo

藥一天三次，還有盡量多喝水。

Ⓑ 알았습니다. 지시대로 하겠습니다.

a.rat.sseum.ni.da//ji.si.de*.ro/ha.get.sseum.ni.
da

我知道了，我會按照指示做。

相關例句

☞ 감기에 걸린 것 같아요.
gam.gi.e/go*l.lin/go*t/ga.ta.yo
我好像感冒了。

☞ 멀미약 좀 주시겠어요?
mo*l.mi.yak/jom/ju.si.ge.sso*.yo
可以給我一點暈車藥嗎？

☞ 감기에 좋은 약이 있어요?
gam.gi.e/jo.eun/ya.gi/i.sso*.yo
有治感冒效果很好的藥嗎？

☞ 제게 반창고를 주세요.
je.ge/ban.chang.go.reul/jju.se.yo
給我ＯＫ繃。

☞ 제시간에 약을 복용하시면 나아지실
　 겁니다.
je.si.ga.ne/ya.geul/bo.gyong.ha.si.myo*n/na.a.
ji.sil/go*m.ni.da
如果按時服藥，會好轉的。

☞ 머리가 많이 아파요. 약을 먹어야 겠
　 어요.
mo*.ri.ga/ma.ni/a.pa.yo//ya.geul/mo*.go*.ya/
ge.sso*.yo
我頭很痛，該吃藥了。

☞ 어떤 증상이 있어요?
o*.do*n/jeung.sang.i/i.sso*.yo
有什麼症狀？

☞ 가장 가까운 약국은 어디입니까?
ga.jang/ga.ga.un/yak.gu.geun/o*.di.im.ni.ga
最近的藥局在哪裡？

☞ 수면제를 좀 주십시오.
su.myo*n.je.reul/jjom/ju.sip.ssi.o
請給我安眠藥。

☞ 얼음 찜질이 도움이 됩니다.
o*.reum/jjim.ji.ri/do.u.mi/dwem.ni.da
冰敷很有效。

☞ 통증이 시작되면 이 알약을 드세요.
tong.jeung.i/si.jak.dwe.myo*n/i/a.rya.geul/deu.se.yo
如果疼痛，就吃個藥丸。

☞ 여덟시간마다 이 약을 복용하세요.
yo*.do*p.ssi.gan.ma.da/i/ya.geul/bo.gyong.ha.se.yo
每八小時服用這個藥。

☞ 약 먹으면 졸릴까요?
yak/mo*.geu.myo*n/jol.lil.ga.yo
吃藥會想睡覺嗎？

☞ 몇 알씩 복용해야 합니까?
myo*t/al.ssik/bo.gyong.he*.ya/ham.ni.ga
該服用幾粒呢？

☞ 부작용은 전혀 없습니까?
bu.ja.gyong.eun/jo*n.hyo*/o*p.sseum.ni.ga
完全沒有副作用嗎？

☞ 처방전이 필요합니까?
cho*.bang.jo*.ni/pi.ryo.ham.ni.ga
需要處方籤嗎？

☞ 위장약을 주세요.
wi.jang.ya.geul/jju.se.yo
請給我胃腸藥。

☞ 저는 알레르기 체질입니다.
jo*.neun/al.le.reu.gi/che.ji.rim.ni.da
我是過敏體質。

☞ 진통제가 있습니까?
jin.tong.je.ga/it.sseum.ni.ga
有止痛藥嗎?

☞ 처방대로 약을 조제해 주세요.
cho*.bang.de*.ro/ya.geul/jjo.je.he*/ju.se.yo
請按照處方幫我配藥。

情境會話

Ⓐ 이 엽서를 부치고 싶은데요.
i/yo*p.sso*.reul/bu.chi.go/si.peun.de.yo
我要寄這張明信片。

Ⓑ 어디로 부치시는 거지요?
o*.di.ro/bu.chi.si.neun/go*.ji.yo
您要寄到哪裡？

Ⓐ 대만으로요. 시간이 얼마나 걸릴까요?
de*.ma.neu.ro.yo//si.ga.ni/o*l.ma.na/go*l.lil.
ga.yo
寄到台灣，要花多久時間？

Ⓑ 일주일정도 걸립니다.
il.ju.il.jo*ng.do/go*l.lim.ni.da
大概一星期。

Ⓐ 요금은 얼마인가요?
yo.geu.meun/o*l.ma.in.ga.yo
郵資是多少？

Ⓑ 500원입니다.
o.be*.gwo.nim.ni.da
500韓圓。

相關例句

☞ 가장 가까운 우체국이 어디입니까?
ga.jang/ga.ga.un/u.che.gu.gi/o*.di.im.ni.ga
最近的郵局在哪裡？

☞ 우체통은 어디에 있습니까?
u.che.tong.eun/o*.di.e/it.sseum.ni.ga
請問郵筒在哪裡？

☞ 우표는 어디에서 삽니까?
u.pyo.neun/o*.di.e.so*/sam.ni.ga
郵票要在哪裡買？

☞ 이 편지는 우표를 얼마짜리 붙여야 합니까?
i/pyo*n.ji.neun/u.pyo.reul/o*l.ma.jja.ri/bu.tyo*.ya/ham.ni.ga
這封信要貼多少錢的郵票？

☞ 항공우편으로 하실 거예요, 아니면 일반편지로 하실 거예요?
hang.gong.u.pyo*.neu.ro/ha.sil/go*.ye.yo//a.ni.myo*n/il.ban.pyo*n.ji.ro/ha.sil/go*.ye.yo
您要寄航空信，還是平信？

☞ 소포를 부치고 싶은데요.
so.po.reul/bu.chi.go/si.peun.de.yo
我想寄包裹。

☞ 대만까지 선편으로 보내 주세요.
de*.man.ga.ji/so*n.pyo*.neu.ro/bo.ne*/ju.se.yo
請用船運寄到台灣。

☞ 목적지까지 며칠 걸립니까?
mok.jjo*k.jji.ga.ji/myo*.chil/go*l.lim.ni.ga
到目的地要花幾天的時間？

☞ 빠른 우편으로 보내려고 하는데요.
ba.reun/u.pyo*.neu.ro/bo.ne*.ryo*.go/ha.neun.de.yo
我要寄快件。

☞ 이 소포를 속달로 보내 주세요.
i/so.po.reul/ssok.dal.lo/bo.ne*/ju.se.yo
請將這個包裹用快遞寄出。

☞ 이 편지를 등기로 해주세요.
i/pyo*n.ji.reul/deung.gi.ro/he*.ju.se.yo
這封信請以掛號寄出。

☞ 여기에 우편번호를 기입해 주세요.
yo*.gi.e/u.pyo*n.bo*n.ho.reul/gi.i.pe*/ju.se.yo
請在這裡寫上郵政編號。

☞ 국제우편 창구는 어디입니까?
guk.jje.u.pyo*n/chang.gu.neun/o*.di.im.ni.ga
國際郵件的窗口在哪裡？

☞ 등기로 부탁합니다.
deung.gi.ro/bu.ta.kam.ni.da
請用掛號寄出。

☞ 기념 우표를 사고 싶습니다.
gi.nyo*m/u.pyo.reul/ssa.go/sip.sseum.ni.da
我想買紀念郵票。

☞ 어떤 방법으로 보내는 것이 제일 쌉니까?
o*.do*n/bang.bo*.beu.ro/bo.ne*.neun/go*.si/je.il/ssam.ni.ga
用什麼方法寄最便宜呢？

☞ 소포의 내용물은 무엇입니까?
so.po.ui/ne*.yong.mu.reun/mu.o*.sim.ni.ga
包裹的內容物為何？

☞ 이 편지를 한국으로 보내려고 하는데요. 얼마짜리 우표를 붙여야 합니까?
i/pyo*n.ji.reul/han.gu.geu.ro/bo.ne*.ryo*.go/ha.neun.de.yo//o*l.ma.jja.ri/u.pyo.reul/bu.tyo*.ya/ham.ni.ga
我想寄這封信到韓國，該貼多少錢的郵票？

☞ 이 소포를 속달로 보내면 비용이 얼마입니까?

i/so.po.reul/ssok.dal.lo/bo.ne*.myo*n/bi.yong.i/o*l.ma.im.ni.ga

這包裹用快遞寄出的費用是多少？

☞ 대만까지 며칠이면 도착합니까?

de*.man.ga.ji/myo*.chi.ri.myo*n/do.cha.kam.ni.ga

寄到台灣要幾天？

情境會話一

Ⓐ 이 수표를 현금으로 바꿀 수 있을까요?

i/su.pyo/reul/hyo*n.geu.meu.ro/ba.gul/su/i.
sseul.ga.yo

這張支票可以換成現金嗎？

Ⓑ 저희 은행 통장을 가져 오셨습니까?

jo*.hi/eun.he*ng/tong.jang.eul/ga.jo*/o.syo*t.
sseum.ni.ga

您有帶我們銀行的存款簿嗎？

Ⓐ 네, 여기 있습니다.

ne//yo*.gi/it.sseum.ni.da

有，在這裡。

情境會話二

Ⓐ 오늘 환율이 얼마입니까?

o.neul/hwa.nyu.ri/o*l.ma.im.ni.ga

今天的匯率多少？

Ⓑ 1달러에 1100원입니다.

il.dal.lo*.e/cho*n.be*.gwo.nim.ni.da

1 美元 1100 圓韓幣。

相關例句

☞ 환전해 주세요.

hwan.jo*n.he*/ju.se.yo

請幫我換錢。

☞ 이 지폐를 잔돈으로 바꿔 주세요.

i/ji.pye.reul/jjan.do.neu.ro/ba.gwo/ju.se.yo

請將這張鈔票換成零錢。

☞ 계좌를 개설하고 싶은데요.
gye.jwa.reul/ge*.so*l.ha.go/si.peun.de.yo
我想開戶。

☞ 인감과 신분증을 가져 오셨습니까?
in.gam.gwa/sin.bun.jeung.eul/ga.jo*/o.syo*t.
sseum.ni.ga
您有帶印章和身分證嗎？

☞ 현금 카드도 만드시겠습니까?
hyo*n.geum/ka.deu.do/man.deu.si.get.sseum.
ni.ga
您也要辦現金卡嗎？

☞ 비밀번호를 여기에 기입해 주십시오.
bi.mil.bo*n.ho.reul/yo*.gi.e/gi.i.pe*/ju.sip.ssi.o
請在這裡寫上密碼。

☞ 이율은 얼마입니까?
i.yu.reun/o*l.ma.im.ni.ga
利率是多少？

☞ 이 서식을 작성해 주세요.
i/so*.si.geul/jjak.sso**ng.he*/ju.se.yo
請填寫這份表格。

☞ 수수료가 얼마입니까?
su.su.ryo.ga/o*l.ma.im.ni.ga
手續費多少錢？

☞ 신용카드를 만드고 싶습니다.
si.nyong.ka.deu.reul/man.deu.go/sip.sseum.ni.
da
我想申請信用卡。

☞ 카드 분실을 신고하려고 합니다.
ka.deu/bun.si.reul/ssin.go.ha.ryo*.go/ham.ni.da
我要申請信用卡掛失。

☞ 비밀번호를 바꾸고 싶은데요.
bi.mil.bo*n.ho.reul/ba.gu.go/si.peun.de.yo
我想更改密碼。

☞ 달러로 바꿔 주세요.
dal.lo*.ro/ba.gwo/ju.se.yo
請換成美金。

☞ 대출을 받고 싶습니다.
de*.chu.reul/bat.go/sip.sseum.ni.da
我想貸款。

☞ 저금하러 왔는데요.
jo*.geum.ha.ro*/wan.neun.de.yo
我來存錢。

☞ 환전은 5번 창구로 가주세요.
hwan.jo*.neun/o.bo*n/chang.gu.ro/ga.ju.se.yo
換錢請到 5 號窗口辦理。

☞ 송금하고 싶은데요.
song.geum.ha.go/si.peun.de.yo
我想匯錢。

☞ 예금하려고 해요.
ye.geum.ha.ryo*.go/he*.yo
我要存款。

☞ 이 여행자수표를 현금으로 바꾸고 싶어요.
i/yo*.he*ng.ja.su.pyo.reul/hyo*n.geu.meu.ro/
ba.gu.go/si.po*.yo
我想將這旅行支票換成現金。

☞ 근처에 은행이 있나요?
geun.cho*.e/eun.he*ng.i/in.na.yo
這附近有銀行嗎？

☞ 대만돈을 한국돈으로 바꾸고 싶은데요.
de*.man.do.neul/han.guk.do.neu.ro/ba.gu.go/
si.peun.de.yo
我想將台幣換成韓幣。

☞ 송금 수수료는 얼마입니까?
song.geum/su.su.ryo.neun/o*l.ma.im.ni.ga
匯款手續費是多少錢？

情境會話

Ⓐ 어떻게 해 드릴까요?
o*.do*.ke/he*/deu.ril.ga.yo
要怎麼幫您呢？

Ⓑ 짧게 잘라 주세요. 그리고 앞머리도 바꿔 주세요.
jjap.ge/jal.la/ju.se.yo//geu.ri.go/am.mo*.ri.do/
ba.gwo/ju.se.yo
請幫我剪短，然後改變瀏海的造型。

Ⓐ 어떤 앞머리 스타일이 좋으시겠어요?
o*.do*n/am.mo*.ri/seu.ta.i.ri/jo.eu.si.ge.sso*.
yo
您想要哪種瀏海造型呢？

Ⓑ 이 사진 앞머리 스타일로 해 주세요.
i/sa.jin/am.mo*.ri/seu.ta.il.lo/he*/ju.se.yo
請幫我用這張照片的瀏海造型。

Ⓐ 알겠습니다.
al.get.sseum.ni.da
好的。

相關例句

☞ 어떤 스타일로 해 드릴까요?
o*.do*n/seu.ta.il.lo/he*/deu.ril.ga.yo
您要剪哪種髮型呢？

☞ 헤어스타일을 바꾸고 싶은데요.
he.o*/seu.ta.i.reul/ba.gu.go/si.peun.de.yo
我想改變髮型。

☞ 가르마는 어느 쪽으로 타 드릴까요?
ga.reu.ma.neun/o*.neu/jjo.geu.ro/ta/deu.ril.ga.
yo
髮線要幫您分哪一邊？

☞ 지금 유행하는 스타일로 해 주세요.
ji.geum/yu.he*ng.ha.neun/seu.ta.il.lo/he*/ju.se.
yo
請幫我用成現在流行的髮型。

☞ 어떤 파마를 원하세요?
o*.do*n/pa.ma.reul/won.ha.se.yo
您要燙怎樣的髮型？

☞ 그냥 다듬어 주세요.
geu.nyang/da.deu.mo*/ju.se.yo
只幫我修剪就好。

☞ 어떻게 잘라 드릴까요?
o*.do*.ke/jal.la/deu.ril.ga.yo
要怎麼幫你剪？

☞ 머리 염색을 하고 싶습니다.
mo*.ri/yo*m.se*.geul/ha.go/sip.sseum.ni.da
我想染髮。

☞ 파마를 하시는게 어떠세요?
pa.ma.reul/ha.si.neun.ge/o*.do*.se.yo
您要不要考慮燙髮？

☞ 어깨 길이만큼 잘라 주세요.
o*.ge*/gi.ri.man.keum/jal.la/ju.se.yo
請幫我剪到肩膀的長度。

☞ 지금 상태에서 다듬어 주세요.
ji.geum/sang.te*.e.so*/da.deu.mo*/ju.se.yo
請依照現在的髮型做修剪。

☞ 머리를 감아 주세요.
mo*.ri.reul/ga.ma/ju.se.yo
請幫我洗頭。

☞ 갈색으로 염색해 주세요.
gal.sse*.geu.ro/yo*m.se*.ke*/ju.se.yo
請幫我染成棕色。

☞ 머리를 어떻게 깎아 드릴까요?
mo*.ri.reul/o*.do*.ke/ga.ga/deu.ril.ga.yo
你頭髮要怎麼剪？

☞ 이런 모양으로 깎아 주세요.
i.ro*n/mo.yang.eu.ro/ga.ga/ju.se.yo
請幫我剪成這個樣子。

☞ 너무 짧게 자르지 마세요.
no*.mu/jjap.ge/ja.reu.ji/ma.se.yo
請不要剪得太短。

☞ 원래의 스타일로 깎아 주세요.
wol.le*.ui/seu.ta.il.lo/ga.ga/ju.se.yo
請按照我原來的樣子剪。

☞ 거울로 보게 해 주세요.
go*.ul.lo/bo.ge/he*/ju.se.yo
請讓我看鏡子。

☞ 머리를 말리면 됩니다.
mo*.ri.reul/mal.li.myo*n/dwem.ni.da
把頭髮吹乾就可以了。

洗衣店

情境會話一

Ⓐ 옷 세탁을 부탁하고 싶은데요.
ot/se.ta.geul/bu.ta.ka.go/si.peun.de.yo
我想要洗衣服。

Ⓑ 알겠습니다. 바로 처리해 드리겠습니다.
al.get.sseum.ni.da//ba.ro/cho*.ri.he*/deu.ri.get.
sseum.ni.da
好的,馬上幫您處理。

情境會話二

Ⓐ 이 셔츠에 있는 얼룩들은 다 제거할 수
있습니까?
i/syo*.cheu.e/in.neun/o*l.luk.deu.reun/da/je.
go*.hal/ssu/it.sseum.ni.ga
這件襯衫上的斑點可以全部去除掉嗎?

Ⓑ 다 제거할 수 있습니다. 걱정하지 말고
저한테 맡기세요.
da/je.go*.hal/ssu/it.sseum.ni.da//go*k.jjo*ng.
ha.ji/mal.go/jo*.han.te/mat.gi.se.yo
可以全部去除,不要擔心交給我吧!

相關例句

☞ 옷은 언제 찾아 올 수 있을까요?
o.seun/o*n.je/cha.ja/ol/su/i.sseul.ga.yo
何時可以取回衣服呢?

☞ 여기는 세탁이 되나요?
yo*.gi.neun/se.ta.gi/dwe.na.yo
這裡可以洗衣服嗎?

☞ 이 양복을 다려 주실 수 있습니까?
i/yang.bo.geul/da.ryo*/ju.sil/su/it.sseum.ni.ga
可以幫我熨燙這件西裝嗎？

☞ 다림질 좀 해 주세요.
da.rim.jil/jom/he*/ju.se.yo
請幫我燙衣服。

☞ 이 정장 세탁 좀 해 주세요.
i/jo*ng.jang/se.tak/jom/he*/ju.se.yo
請幫我洗這個套裝。

☞ 이건 제가 아주 아끼는 옷입니다. 잘
부탁드립니다.
i.go*n/je.ga/a.ju/a.gi.neun/o.sim.ni.da//jal/bu.
tak.deu.rim.ni.da
這是我很珍惜的衣服，麻煩您了。

☞ 이 바지를 수선해 주세요.
i/ba.ji.reul/ssu.so*n.he*/ju.se.yo
請幫我修改這件褲子。

☞ 세탁물을 찾고 싶습니다.
se.tang.mu.reul/chat.go/sip.sseum.ni.da
我要拿洗好的衣物。

☞ 언제 찾으러 올 수 있습니까?
o*n.je/cha.jeu.ro*/ol/su/it.sseum.ni.ga
何時可以來拿呢？

☞ 색이 바랠 경우가 있습니까?
se*.gi/ba.re*l/gyo*ng.u.ga/it.sseum.ni.ga
有退色的可能嗎？

☞ 드라이클리닝을 부탁합니다.
deu.ra.i.keul.li.ning.eul/bu.ta.kam.ni.da
我想要乾洗。

☞ 단추가 떨어졌어요. 달아 주세요.
dan.chu.ga/do*.ro*.jo*.sso*.yo//da.ra/ju.se.yo
扣子掉了，請幫我縫上去。

☞ 이 세탁물을 부탁합니다.
i/se.tang.mu.reul/bu.ta.kam.ni.da
我要洗衣服。

☞ 세탁소가 어디에 있어요?
se.tak.sso.ga/o*.di.e/i.sso*.yo
洗衣店在哪裡？

☞ 언제 다 됩니까?
o*n.je/da/dwem.ni.ga
什麼時候會好？

☞ 이 바지 좀 다려 주세요.
i/ba.ji/jom/da.ryo*/ju.se.yo
請把這件褲子燙一下。

☞ 세탁비는 얼마입니까?
se.tak.bi.neun/o*l.ma.im.ni.ga
洗衣費是多少錢？

☞ 옷이 줄어들지 않아요?
o.si/ju.ro*.deul.jji/a.na.yo
衣服不會縮小嗎？

☞ 지퍼가 떨어졌어요. 갈아 주세요.
ji.po*.ga/do*.ro*.jo*.sso*.yo//ga.ra/ju.se.yo
拉鍊掉了，請幫我換掉。

☞ 옷을 찾으러 왔는데요.
o.seul/cha.jeu.ro*/wan.neun.de.yo
我是來拿衣服的。

情境會話一

Ⓐ 운동장에 가려면 이 길이 맞습니까?
un.dong.jang.e/ga.ryo*.myo*n/i/gi.ri/mat.
sseum.ni.ga

我要去運動場，走這條路沒錯嗎？

Ⓑ 네. 이 길을 따라서 가시면 보일 겁니다.
ne//i/gi.reul/da.ra.so*/ga.si.myo*n/bo.il/go*m.
ni.da

是的，沿著這條路走，就會看到。

情境會話二

Ⓐ 종로로 가는 길을 가르쳐 주시겠습니
까?
jong.no.ro/ga.neun/gi.reul/ga.reu.cho*/ju.si.
get.sseum.ni.ga

可以告訴我去鐘路的路嗎？

Ⓑ 오른쪽으로 가서서 오십미터 가량 가면
됩니다.
o.reun.jjo.geu.ro/ga.syo*.so*/o.sim.mi.to*/ga.
ryang/ga.myo*n/dwem.ni.da

向右轉，再走五十公尺就到了。

Ⓐ 감사합니다.
gam.sa.ham.ni.da

謝謝。

相關例句

☞ 실례합니다. 길을 좀 물어 봐도 될까요?
sil.lye.ham.ni.da//gi.reul/jjom/mu.ro*/bwa.do/
dwel.ga.yo
不好意思，我可以問個路嗎？

☞ 길 좀 가르쳐 주시겠습니까?
gil/jom/ga.reu.cho*/ju.si.get.sseum.ni.ga
可以告訴我路怎麼走嗎？

☞ 약도를 그려 주시겠어요?
yak.do.reul/geu.ryo*/ju.si.ge.sso*.yo
可以幫我畫略圖嗎？

☞ 여기는 무슨 거리입니까?
yo*.gi.neun/mu.seun/go*.ri.im.ni.ga
這裡是什麼街？

☞ 어디를 가시는 길이세요?
o*.di.reul/ga.si.neun/gi.ri.se.yo
您要去哪裡？

☞ 신호등을 지나면 보일 겁니다.
sin.ho.deung.eul/jji.na.myo*n/bo.il/go*m.ni.da
過了紅綠燈，你就會看到。

☞ 찾기가 쉬운데요.
chat.gi.ga/swi.un.de.yo
很容易找。

☞ 실례합니다.
sil.lye.ham.ni.da
打擾一下。

☞ 서울대에 어떻게 가는지 알려 주십시오.
so*.ul.de*.e/o*.do*.ke/ga.neun.ji/al.lyo*/ju.
sip.ssi.o
請告訴我怎麼去首爾大學。

☞ 바로 앞이에요.
ba.ro/a.pi.e.yo
就在前面。

☞ 이렇게 가면 남산공원이 나오나요?
i.ro*.ke/ga.myo*n/nam.san.gong.wo.ni/na.o.
na.yo
去南山公園這麼走對嗎？

☞ 이 지도에서 제가 있는 위치는 어딥
니까?
i/ji.do.e.so*/je.ga/in.neun/wi.chi.neun/o*.dim.
ni.ga
我在這張地圖的哪個位置？

☞ 이 방향이 맞습니까?
i/bang.hyang.i/mat.sseum.ni.ga
是這個方向嗎？

☞ 죄송하지만 경복궁은 어떻게 갑니까?
jwe.song.ha.ji.man/gyo*ng.bok.gung.eun/o*.
do*.ke/gam.ni.ga
對不起，請問景福宮怎麼走？

☞ 미술관에 가려면 어떻게 가야 합니까?
mi.sul.gwa.ne/ga.ryo*.myo*n/o*.do*.ke/ga.ya/
ham.ni.ga
怎麼去美術館？

☞ 이 곳이 어디입니까?
i/go.si/o*.di.im.ni.ga
這裡是哪裡？

☞ 오른쪽으로 갑니까?
o.reun.jjo.geu.ro/gam.ni.ga
往右走嗎？

☞ 좌측으로 돕니까?
jwa.cheu.geu.ro/dom.ni.ga
往左轉嗎?

☞ 골목에서 왼쪽으로 도세요.
gol.mo.ge.so*/wen.jjo.geu.ro/do.se.yo
請在巷子內左轉。

☞ 이 길을 따라 쭉 가십시오.
i/gi.reul/da.ra/jjuk/ga.sip.ssi.o
請沿著這條路一直走。

☞ 삼거리가 나오면 오른쪽으로 가세요.
sam.go*.ri.ga/na.o.myo*n/o.reun.jjo.geu.ro/ga.
se.yo
請在三叉路口右轉。

☞ 이 길을 건너 가세요.
i/gi.reul/go*n.no*/ga.se.yo
請過這條馬路。

☞ 시내에 가려면 어떻게 가죠?
si.ne*.e/ga.ryo*.myo*n/o*.do.ke/ga.jyo
該怎麼去市區呢?

☞ 동대문이 어디에 있나요?
dong.de*.mu.ni/o*.di.e/in.na.yo
請問東大門在哪裡呢?

☞ 광화문까지 뭘 타고 가야 되죠?
gwang.hwa.mun.ga.ji/mwol/ta.go/ga.ya/dwe.
jyo
到光化門要搭什麼去呢?

☞ 어떻게 가야 됩니까?
o*.do.ke/ga.ya/dwem.ni.ga
該怎麼去呢?

☞ 죄송해요. 전 여기에 살지 않아서 잘
모릅니다.
jwe.song.he*.yo//jo*n/yo*.gi.e/sal.jji/a.na.so*/
jal/mo.reum.ni.da
對不起，我不住這，所以不太清楚。

☞ 경찰에게 물어보십시오.
gyo*ng.cha.re.ge/mu.ro*.bo.sip.ssi.o
您可以問警察。

☞ 두 번째 신호등에서 오른쪽으로 도세요.
du/bo*n.jje*/sin.ho.deung.e.so*/o.reun.jjo.geu.
ro/do.se.yo
請在第二個紅綠燈右轉。

☞ 안내 표시를 따라 가세요.
an.ne*/pyo.si.reul/da.ra/ga.se.yo
請按照路標走。

☞ 이 주변에 주유소는 있습니까?
i/ju.byo*.ne/ju.yu.so.neun/it.sseum.ni.ga
這附近有加油站嗎？

☞ 제가 이 근처의 길을 잘 모릅니다.
je.ga/i/geun.cho*.ui/gi.reul/jjal/mo.reum.ni.da
我不太清楚這附近的路。

☞ 저도 거기 가는 길인데 같이 갑시다.
jo*.do/go*.gi/ga.neun/gi.rin.de/ga.chi/gap.ssi.
da
我也要去那裡，一起去吧！

☞ 저기 큰 빌딩이 보이죠?
jo*.gi/keun/bil.ding.i/bo.i.jyo
有看到那個大樓嗎？

路途的遠近

情境會話一

Ⓐ 강남역까지 가야 되는데 여기서 멀어요?
gang.na.myo*k.ga.ji/ga.ya/dwe.neun.de/yo*.gi.
so*/mo*.ro*.yo
我要去江南站，離這裡很遠嗎？

Ⓑ 그리 멀지 않습니다. 15분쯤 걸으면 될
것 같습니다.
geu.ri/mo*l.ji/an.sseum.ni.da//si.bo.bun.jjeum/
go*.reu.myo*n/dwel/go*t/gat.sseum.ni.da
不會很遠，大概走 15 分鐘就會到了。

情境會話二

Ⓐ 여기서 기차역이 멉니까?
yo*.gi.so*/gi.cha.yo*.gi/mo*m.ni.ga
這裡離火車站遠嗎？

Ⓑ 좀 멀어요. 버스를 타시는 게 좋을 겁
니다.
jom/mo*.ro*.yo//bo*.seu.reul/ta.si.neun/ge/jo.
eul/go*m.ni.da
有點遠，搭公車會比較好。

相關例句

☞ 여기서 얼마나 먼가요?
yo*.gi.so*/o*l.ma.na/mo*n.ga.yo
離這裡多遠啊？

☞ 멉니까? 버스를 타야 합니까?
mo*m.ni.ga//bo*.seu.reul/ta.ya/ham.ni.ga
很遠嗎？要搭公車嗎？

☞ 그 곳까지 얼마나 걸리죠?
geu/got.ga.ji/o*l.ma.na/go*l.li.jyo
到哪裡多遠？

☞ 여기서 몇 분쯤 걸리나요?
yo*.gi.so*/myo*t.bun.jjeum/go*l.li.na.yo
從這裡要花幾分鐘？

☞ 한 15분쯤 걸려요.
han/si.bo.bun.jjeum/go*l.lyo*.yo
大概要花 15 分鐘。

☞ 멀지 않아요. 아주 가까워요.
mo*l.ji/a.na.yo//a.ju.ga.ga.wo.yo
不遠，很近。

☞ 10분쯤 걸립니다.
sip.bun.jjeum/go*l.lim.ni.da
要花十分鐘左右。

☞ 좀 멀어요. 버스를 타는게 좋을 것 같
아요.
jom/mo*.ro*.yo//bo*.seu.reul/ta.neun.ge/jo.
eul/go*t/ga.ta.yo
有點遠，搭公車比較好。

☞ 어느 정도 걸립니까?
o*.neu/jo*ng.do/go*l.lim.ni.ga
要多長時間？

☞ 10분 정도입니다.
sip.bun/jo*ng.do.im.ni.da
大約十分鐘。

☞ 거기는 멀어요?
go*.gi.neun/mo*.ro*.yo
那裡很遠嗎？

☞ 명동으로 가는 지름길을 알고 계세요?
myo*ng.dong.eu.ro/ga.neun/ji.reum.gi.reul/al.
go/gye.se.yo
您知道去明洞的捷徑嗎？

☞ 여기서 동대문이 멉니까?
yo*.gi.so*/dong.de*.mu.ni/mo*m.ni.ga
這裡離東大門遠嗎？

☞ 여기서 가깝습니까?
yo*.gi.so*/ga.gap.sseum.ni.ga
離這裡很近嗎？

可否步行抵達

情境會話一

🅐 근처에 파출소가 있습니까?
geun.cho*.e/pa.chul.so.ga/it.sseum.ni.ga
這附近有派出所嗎？

🅑 네, 있습니다. 이 길을 따라서 계속 가시면 보일 겁니다.
ne//it.sseum.ni.da//i/gi.reul/da.ra.so*/gye.sok/ga.si.myo*n/bo.il/go*m.ni.da
有，沿著這條路一直走，你就會看到。

🅐 여기서 멉니까?
yo*.gi.so*/mo*m.ni.ga
離這裡遠嗎？

🅑 멀지 않습니다.
mo*l.ji/an.sseum.ni.da
不遠。

情境會話二

🅐 길은 안내해 드리겠습니다.
gi.reun/an.ne*.he*/deu.ri.get.sseum.ni.da
我給你帶路。

🅑 고맙습니다.
go.map.sseum.ni.da.
謝謝。

相關例句

☞ 걸어서 갈 수 있습니까?
go*.ro*.so*/gal/ssu/it.sseum.ni.ga
可以走路去嗎？

☞ 거기까지 걸어서 얼마나 걸릴까요?
go*.gi.ga.ji/go*.ro*.so*/o*l.ma.na/go*l.lil.ga.
yo
走路去那裡要多少時間？

☞ 걷기에는 너무 먼 가리일 거예요.
go*t.gi.e.neun/no*.mu/mo*n/ga.ri.il/go*.ye.yo
走路的話會太遠。

☞ 15분 정도 걸어가셔야 해요.
si.bo.bun/jo*ng.do/go*.ro*.ga.syo*.ya/he*.yo
必須要走十五分鐘左右。

☞ 걸어가면 어느 정도 걸립니까?
go*.ro*.ga.myo*n/o*.neu/jo*ng.do/go*l.lim.ni.
ga
走路去要花多少時間？

☞ 한참 가셔야 돼요.
han.cham/ga.syo*.ya/dwe*.yo
要走好一陣子。

☞ 걸어서 가면 도착할 수 있습니까?
go*.ro*.so*/ga.myo*n/do.cha.kal/ssu/it.sseum.
ni.ga
如果用走得去，可以到達嗎？

情境會話一

Ⓐ 버스터미널은 어디에 있습니까?
bo*.seu.to*.mi.no*.reun/o*.di.e/it.sseum.ni.ga
公車站在哪裡?

Ⓑ 길 건너편에 있습니다.
gil/go*n.no*.pyo*.ne/it.sseum.ni.da
在馬路對面。

Ⓐ 차표 한 장은 얼마입니까?
cha.pyo/han/jang.eun/o*l.ma.im.ni.ga
車票一張多少錢?

Ⓑ 만원정도 입니다.
ma.nwon.jo*ng.do/im.ni.da
大約一萬韓元。

情境會話二

Ⓐ 234번 버스는 여기서 타는가요?
i.be*k.ssam.sip.ssa.bo*n/bo*.seu.neun/yo*.gi.
so*/ta.neun.ga.yo
234 公車在這裡搭嗎?

Ⓑ 아니요. 저 정류소에서 기다리세요.
a.ni.yo//jo*/jo*ng.nyu.so.e.so*/gi.da.ri.se.yo
不是,請在那個站牌等車。

相關例句

☞ 동대문으로 가는 버스가 몇 번입니까?
dong.de*.mu.neu.ro/ga.neun/bo*.seu.ga/myo*
t/bo*.nim.ni.ga
往東大門的公車是幾號?

☞ 999번 버스를 어디에서 타야 합니까?
gu.be*k.gu.sip.gu.bo*n/bo*.seu.reul/o*.di.e.
so*/ta.ya/ham.ni.ga
999 號公車要在哪裡搭呢？

☞ 이 버스는 시내에 갑니까?
i/bo*.seu.neun/si.ne*.e/gam.ni.ga
這公車會到市區嗎？

☞ 버스를 타셔도 됩니다.
bo*.seu.reul/ta.syo*.do/dwem.ni.da
您也可以搭乘公車。

☞ 버스로 가는 편이 좋을 텐데요.
bo*.seu.ro/ga.neun/pyo*.ni/jo.eul/ten.de.yo
我覺得搭公車會比較好。

☞ 버스는 언제 출발합니까?
bo*.seu.neun/o*n.je/chul.bal.ham.ni.ga
公車何時出發？

☞ 버스는 몇 시간 간격으로 있나요?
bo*.seu.neun/myo*t/si.gan/gan.gyo*.geu.ro/in.
na.yo
多久時間有一班公車？

☞ 공항버스는 몇 시에 출발합니까?
gong.hang.bo*.seu.neun/myo*t/si.e/chul.bal.
ham.ni.ga
機場巴士幾點出發？

☞ 다음 버스는 언제 출발합니까?
da.eum/bo*.seu.neun/o*n.je/chul.bal.ham.ni.ga
下一台公車什麼時候出發？

☞ 제가 정류장을 지나쳤습니다. 여기서
좀 내려주시겠습니까?
je.ga/jo*ng.nyu.jang.eul/jji.na.cho*t.sseum.ni.

da//yo*.gi.so*/jom/ne*.ryo*.ju.si.get.sseum.ni.
ga

我坐過站了。可以讓我在這裡下車嗎？

☞ 운임은 얼마입니까?
u.ni.meun/o*l.ma.im.ni.ga
車費要多少錢？

☞ 버스 요금은 얼마인가요?
bo*.seu/yo.geu.meun/o*l.ma.in.ga.yo
公車費用多少錢？

☞ 시내까지 얼마입니까?
si.ne*.ga.ji/o*l.ma.im.ni.ga
到市區要多少錢？

☞ 차 안이 너무 춥습니다.
cha/a.ni/no*.mu/chup.sseum.ni.da
車內太冷了。

☞ 이 좌석에 앉아도 될까요?
i/jwa.so*.ge/an.ja.do/dwel.ga.yo
我可以坐這個位子嗎？

☞ 여기는 사람이 없습니다. 앉아도 됩니
다.
yo*.gi.neun/sa.ra.mi/o*p.sseum.ni.da//an.ja.do/
dwem.ni.da
這裡沒有人，你可以坐。

☞ 버스가 밤 몇 시까지 운행됩니까?
bo*.seu.ga/bam/myo*t/si.ga.ji/un.he*ng.dwem.
ni.ga
公車開到晚上幾點？

☞ 시청으로 가는 버스가 있습니까?
si.cho*ng.eu.ro/ga.neun/bo*.seu.ga/it.sseum.ni.
ga
有去市政廳的公車嗎？

☞ 동물원까지 아직 몇 정거장 남았습니까?
dong.mu.rwon.ga.ji/a.jik/myo*t/jo*ng.go*.
jang/na.mat.sseum.ni.ga

到動物園還有幾站？

☞ 박물관에 도착하면 알려 주시겠습니까?
bang.mul.gwa.ne/do.cha.ka.myo*n/al.lyo*/ju.
si.get.sseum.ni.ga

到博物館時可以告訴我嗎？

☞ 보통 20분에 한대씩 버스가 오거든요.
bo.tong.i.sip.bu.ne/han.de*.ssik/bo*.seu.ga/o.
go*.deu.nyo

通常每 20 分鐘會來一班車。

☞ 직통 버스는 없어요. 갈아타야 됩니다.
jik.tong/bo*.seu.neun/o*p.sso*.yo//ga.ra.ta.ya/
dwem.ni.da

沒有直達公車，必須要轉車。

☞ 실례합니다. 이 노선의 버스는 롯데월
드에 갑니까?
sil.lye.ham.ni.da//i/no.so*.nui/bo*.seu.neun/
rot.de.wol.deu.e/gam.ni.ga

請問一下，這路線的公車會到樂天世界嗎？

☞ 저를 버스 정류장까지 데려다 줘도 됩
니까?
jo*.reul/bo*.seu/jo*ng.nyu.jang.ga.ji/de.ryo*.
da/jwo.do/dwem.ni.ga

可以帶我到公車站嗎？

☞ 264 번 버스를 타면 인사동에 갈 수
있습니다.
i.be*.gyuk.ssa.bo*n/bo*.seu.reul/ta.myo*n/in.
sa.dong.e/gal/ssu/it.sseum.ni.da

搭乘 264 公車就可以到達仁寺洞。

☞ 저 학교 앞에 버스 정류장이 하나 있습니다.

jo*/hak.gyo/a.pe/bo*.seu/jo*ng.nyu.jang.i/ha.na/it.sseum.ni.da

那學校的前面有一個公車站。

情境會話一

Ⓐ 실례합니다만, 이대역에 가고 싶은데 몇 호선을 타야 되나요?
sil.lye.ham.ni.da.man//i.de*.yo*.ge/ga.go/si.peun.de/myo*t/ho.so*.neul/ta.ya/dwe.na.yo
請問去梨大站要搭幾號線呢?

Ⓑ 여기서 2호선을 타면 됩니다.
yo*.gi.so*/i.ho.so*.neul/ta.myo*n/dwem.ni.da
在這裡搭 2 號線就可以了。

情境會話二

Ⓐ 신세계백화점에 가려면 몇 번 출구예요?
sin.se.gye.be*.kwa.jo*.me.ga.ryo*.myo*n myo*t bo*n chul.gu.ye.yo
去新世界百貨公司要從幾號出口出去呢?

Ⓑ 1번 출구로 나가세요.
il.bo*n chul.gu.ro na.ga.se.yo
請從 1 號出口出去。

相關例句

☞ 어느 역에서 내려야 돼요?
o*.neu/yo*.ge.so*/ne*.ryo*.ya/dwe*.yo
我該在那一站下車呢?

☞ 종로5가역에서 내리세요.
jong.no.o.ga.yo*.ge.so*/ne*.ri.se.yo
請在鐘路 5 街下車。

☞ 몇 호선을 타야 합니까?
myo*t/ho.so*.neul/ta.ya/ham.ni.ga
該搭幾號線呢?

☞ 제가 어느 역에서 갈아타야 합니까?

je.ga/o*.neu/yo*.ge.so/ga.ra.ta.ya/ham.ni.ga

那我該在那一站轉車呢？

☞ 다음 신길 역에서 5 호선을 갈아타세
요.

da.eum/sin.gil/yo*.ge.so*/o.ho.so*.neul/ga.ra.
ta.se.yo

請在下一站新吉站轉搭 5 號線。

☞ 환승해야 하나요?

hwan.seung.he*.ya/ha.na.yo

要換乘嗎？

☞ 이 지하철이 여의도까지 가나요?

i/ji.ha.cho*.ri/yo*.ui.do.ga.ji/ga.na.yo

這地鐵會到汝矣島嗎？

☞ 여기 지하철역이 없나요?

yo*.gi/ji.ha.cho*.ryo*.gi/o*m.na.yo

這裡有地鐵站嗎？

☞ 지하철이 더 편리해요.

ji.ha.cho*.ri/do*/pyo*l.li.he*.yo

地鐵更方便。

☞ 지하철 표는 어디서 살 수 있나요?

ji.ha.cho*l/pyo.neun/o*.di.so*/sal/ssu/in.na.yo

地鐵票要在哪裡買呢？

☞ 저쪽 자동 판매기에서 살 수 있습니
다.

jo*.jjok/ja.dong/pan.me*.gi.e.so*/sal/ssu/it.
sseum.ni.da

可以在那裡的自動販賣機買票。

☞ 이 부근에 지하철역이 어디 있는지 아세요?
i/bu.geu.ne/ji.ha.cho*.ryo*.gi/o*.di/in.neun.ji/a.se.yo
你知道這附近的地鐵站在哪裡嗎？

☞ 지하철이 제일 빠를 거예요.
ji.ha.cho*.ri/je.il/ba.reul/go*.ye.yo
搭地鐵最快。

☞ 4호선 파란색 라인을 타세요.
sa.ho.so*n/pa.ran.se*k/ra.i.neul/ta.se.yo
請搭藍色的四號線。

☞ 지하철 노선도를 주십시오.
ji.ha.cho*l/no.so*n.do.reul/jju.sip.ssi.o
請給我地鐵路線圖。

☞ 경희대에 가려면 어디에서 내리면 좋습니까?
gyo*ng.hi.de*.e/ga.ryo*.myo*n/o*.di.e.so*/ne*.ri.myo*n/jo.sseum.ni.ga
去慶熙大學要在哪裡下車呢？

☞ 다음 역은 무슨 역입니까?
da.eum/yo*.geun/mu.seun/yo*.gim.ni.ga
下一站是什麼站？

☞ 내릴 역을 지나쳤습니다.
ne*.ril/yo*.geul/jji.na.cho*t.sseum.ni.da
我坐過站了。

☞ 1번 출구는 어디입니까?
il.bo*n/chul.gu.neun/o*.di.im.ni.ga
一號出口在哪裡？

☞ 이곳이 갈아타는 곳입니까?
i.go.si/ga.ra.ta.neun/go.sim.ni.ga
這裡是換乘的地方嗎？

☞ 지하철은 몇 시까지 운행되나요?

ji.ha.cho*.reun/myo*t/si.ga.ji/un.he*ng.dwe.
na.yo

地鐵運行到幾點結束？

搭火車

情境會話一

Ⓐ 좀 여쭤 볼게요. 기차표를 어디서 사야
하나요?

jom/yo*.jjwo/bol.ge.yo//gi.cha.pyo.reul/o*.di.
so*/sa.ya/ha.na.yo

請問一下，火車票在哪買呢？

Ⓑ 표를 파는 곳이 저쪽에 있습니다.

pyo.reul/pa.neun/go.si/jo*.jjo.ge/it.sseum.ni.da

售票處在那裡。

情境會話二

Ⓐ 대구에 가는 기차는 몇 시에 출발합니
까?

de*.gu.e/ga.neun/gi.cha.neun/myo*t/si.e/chul.
bal.ham.ni.ga

往大邱的列車幾點出發？

Ⓑ 3시 15분입니다.

se.si/si.bo.bu.nim.ni.da

三點十五分。

相關例句

☞ 기차역이 어디에 있습니까?

gi.cha.yo*.gi/o*.di.e/it.sseum.ni.ga

火車站在哪裡呢？

☞ 기차역으로 가려면 어떻게 갑니까?

gi.cha.yo*.geu.ro/ga.ryo*.myo*n/o*.do*.ke/
gam.ni.ga

如果想要去火車站，該怎麼去呢？

☞ 매표소는 어디에 있습니까?

me*.pyo.so.neun/o*.di.e/it.sseum.ni.ga

售票口在哪裡？

☞ 왕복은 얼마예요?

wang.bo.geun/o*l.ma.ye.yo

往返多少錢呢？

☞ 목적지까지 역이 몇 개 남았습니까?

mok.jjo*k.jji.ga.ji/yo*.gi/myo*t.ge*/na.mat.
sseum.ni.ga

離目的地還有幾站？

☞ 이 열차는 어느 플랫폼에서 개찰합니까?

i/yo*l.cha.neun/o*.neu/peul.le*t.po.me.so*/
ge*.chal.ham.ni.ga

這台列車是從哪一月台開出？

☞ 광주에 도착하는데 몇 시간 걸립니까?

gwang.ju.e/do.cha.ka.neun.de/myo*t/si.gan/
go*l.lim.ni.ga

抵達光州需要多久的時間？

☞ 다음 정거장은 어디입니까?

da.eum/jo*ng.go*.jang.eun/o*.di.im.ni.ga

下一站是哪裡？

☞ 부산에 가는 표가 아직 있습니까?

bu.sa.ne/ga.neun/pyo.ga/a.jik/it.sseum.ni.ga

還有去釜山的火車票嗎？

☞ 표 두 장 주세요.

pyo/du/jang/ju.se.yo

請給我兩張票。

☞ 특급열차는 있습니까?

teuk.geu.byo*l.cha.neun/it.sseum.ni.ga

有特快列車嗎？

☞ 모레 표로 바꾸고 싶습니다.
mo.re/pyo.ro/ba.gu.go/sip.sseum.ni.da
我想換成後天的票。

☞ 표를 환불하고 싶은데요.
pyo.reul/hwan.bul.ha.go/si.peun.de.yo
我想退票。

☞ 서울로 가는 걸로 바꾸고 싶습니다.
so*.ul.lo/ga.neun/go*l.lo/ba.gu.go/sip.sseum.
ni.da
我想改成去首爾的。

搭計程車

情境會話

Ⓐ 안녕하세요. 손님, 어디까지 가세요?
an.nyo*ng.ha.se.yo//son.nim//o*.di.ga.ji/ga.se.yo
您好！先生（小姐）您要去哪裡？

Ⓑ 서울타워로 가 주세요.
so*.ul.ta.wo.ro/ga/ju.se.yo
請帶我去首爾塔。

Ⓐ 손님, 다 왔습니다.
son.nim//da/wat.sseum.ni.da
先生（小姐），已經到了。

Ⓑ 얼마예요?
o*l.ma.ye.yo
多少錢呢？

Ⓐ 구천원입니다.
gu.cho*.nwo.nim.ni.da
9000 元。

Ⓑ 돈 여기 있습니다. 감사합니다.
don/yo*.gi/it.sseum.ni.da//gam.sa.ham.ni.da
錢在這裡，謝謝您。

相關例句

☞ 남산공원까지 부탁합니다.
nam.san.gong.won.ga.ji/bu.ta.kam.ni.da
麻煩載我到南山公園。

☞ 이 주소로 가 주세요.
i/ju.so.ro/ga/ju.se.yo
請到這個地址。

☞ 저 건물 앞에서 세워 주세요.
jo*/go*n.mul/a.pe.so*/se.wo/ju.se.yo
請在那棟建築物前停車。

☞ 동대문까지 요금이 얼마나 나옵니까?
dong.de*.mun.ga.ji/yo.geu.mi/o*l.ma.na/na.
om.ni.ga
到東大門大概要多少錢？

☞ 아저씨, 여기서 내려 주세요.
a.jo*.ssi/yo*.gi.so*/ne*.ryo*/ju.se.yo
大叔，我要在這裡下車。

☞ 아저씨, 좀 빨리 가주세요.
a.jo*.ssi/jom/bal.li/ga.ju.se.yo
司機叔叔，請開快一點。

☞ 여기에 세워 주십시오.
yo*.gi.e/se.wo/ju.sip.ssi.o
請在這裡停車。

☞ 어디로 모실까요?
o*.di.ro/mo.sil.ga.yo
要載您到哪裡呢？

☞ 저기요. 택시를 좀 불러 주시겠습니까?
jo*.gi.yo/te*k.ssi.reul/jjom/bul.lo*/ju.si.get.
sseum.ni.ga
先生（小姐），可以幫我叫計程車嗎？

☞ 저는 기차역에 가려고 합니다.
jo*.neun/gi.cha.yo*.ge/ga.ryo*.go/ham.ni.da
我要去火車站。

☞ 거기까지 가려면 얼마나 걸려요?
go*.gi.ga.ji/ga.ryo*.myo*n/o*l.ma.na/go*l.
lyo*.yo
去那裡要花多久的時間呢？

☞ 길이 막히지 않으면 약 오십분 걸립
니다.
gi.ri/ma.ki.ji/a.neu.myo*n/yak/o.sip.bun/go*l.
lim.ni.da
不塞車的話，差不多要 50 分鐘。

☞ 저는 비행기를 타야 하는데 빨리 가
주시겠습니까?
jwe.jo*.neun/bi.he*ng.gi.reul/ta.ya/ha.neun.de/
bal.li/ga/ju.si.get.sseum.ni.ga
我趕著搭飛機，可以請您開快一點嗎？

☞ 시간이 급합니다. 서둘러주세요.
si.ga.ni/geu.pam.ni.da/so*.dul.lo*/ju.se.yo
我時間很急迫，請開快一點。

☞ 트렁크를 열어 주세요.
teu.ro*ng.keu.reul/yo*.ro*/ju.se.yo
請打開後車廂。

☞ 짐 좀 내려 줄 수 있습니까?
jim/jom/ne*.ryo*/jul/su/it.sseum.ni.ga
可以幫我把行李拿下來嗎？

☞ 계속 직진해 주세요.
gye.sok/jik.jjin.he*/ju.se.yo
請繼續前進。

☞ 삼거리에서 우회전해 주세요.
sam.go*.ri.e.so*/u.hwe.jo*n.he*/ju.se.yo
請在三叉路口右轉。

☞ 택시 기본 요음은 얼마입니까?
te*k.ssi/gi.bon/yo.geu.meun/o*l.ma.im.ni.ga
計程車的基本費是多少？

☞ 어디까지 가십니까?
o*.di.ga.ji/ga.sim.ni.ga
您要去哪裡？

☞ 어디서 택시를 탈 수 있습니까?
o*.di.so*/te*k.ssi.reul/tal/ssu/it.sseum.ni.ga
哪裡可以搭計程車呢？

☞ 택시를 잡읍시다.
te*k.ssi.reul/jja.beup.ssi.da
我們搭計程車吧！

☞ 12시까지 도착할 수 있을까요?
yo*l.du.si.ga.ji/do.cha.kal/ssu/i.sseul.ga.yo
十二點前可以抵達嗎？

☞ 여기서 기다려 주시겠어요?
yo*.gi.so*/gi.da.ryo*/ju.si.ge.sso*.yo
你可以在這裡等我嗎？

☞ 다음 사거리에서 세워 주세요.
da.eum/sa.go*.ri.e.so*/se.wo/ju.se.yo
請在下個十字路口停車。

☞ 거스름돈은 가지세요.
go*.seu.reum.do.neun/ga.ji.se.yo
不必找零。

情境會話

A 차를 빌리고 싶은데요.
cha.reul/bil.li.go/si.peun.de.yo
我要租車。

B 어떤 차가 좋으시겠습니까?
o*.do*n/cha.ga/jo.eu.si.get.sseum.ni.ga
您要什麼車種？

A 소형차로 하겠습니다.
so.hyo*ng.cha.ro/ha.get.sseum.ni.da
我要小型車。

B 얼마 동안 이용하실 겁니까?
o*l.ma/dong.an/i.yong.ha.sil/go*m.ni.ga
您要借多久？

A 일주일 정도입니다.
il.ju.il/jo*ng.do.im.ni.da
大約一星期。

B 기사를 포함하면 하루 15만원입니다.
gi.sa.reul/po.ham.ha.myo*n/ha.ru/si.bo.ma.
nwo.nim.ni.da
包含司機的話，一天 15 萬韓圓。

相關例句

☞ 렌터카 예약을 부탁합니다.
ren.to*.ka/ye.ya.geul/bu.ta.kam.ni.da
我要預約租車。

☞ 하루 요금이 얼마예요?
ha.ru/yo.geu.mi/o*l.ma.ye.yo
一天租金多少呢？

☞ 하루는 6만원입니다.

ha.ru.neun/yung.ma.nwo.nim.ni.da

一天 6 萬韓圓。

☞ 국제 면허증 있으세요?

guk.jje/myo*n.ho*.jeung/i.sseu.se.yo

您有國際駕駛執照嗎？

☞ 국제 면허증 없는데요. 기사가 필요해
요.

guk.jje/myo*n.ho*.jeung/o*m.neun.de.yo/gi.
sa.ga/pi.ryo.he*.yo

我沒有國際駕駛執照，我需要司機。

☞ 4륜구동차로 하겠습니다.

sa.ryun.gu.dong.cha.ro/ha.get.sseum.ni.da

我要四輪驅動車。

☞ 어떤 차가 있습니까?

o*.do*n/cha.ga/it.sseum.ni.ga

有什麼車種呢？

☞ 소비세도 부과됩니까?

so.bi.se.do/bu.gwa.dwem.ni.ga

要課消費稅嗎？

☞ 보험을 들겠습니다.

bo.ho*.meul/deul.get.sseum.ni.da

我要加保險。

☞ 운전하실 때는 안전벨트를 꼭 매도록
하세요.

un.jo*n.ha.sil/de*.neun/an.jo*n.bel.teu.reul/
gok/me*.do.rok/ha.se.yo

開車的時候請務必繫上安全帶。

☞ 중형차를 빌리고 싶은데요.

jung.hyo*ng.cha.reul/bil.li.go/si.peun.de.yo

我想借中型車。

● track 216

☞ 보증금은 얼마입니까?
bo.jeung.geu.meun/o*l.ma.im.ni.ga
押金是多少？

☞ 그 요금에 보험은 포함되어 있습니까?
geu/yo.geu.me/bo.ho*.meun/po.ham.dwe.o*/it.
sseum.ni.ga
費用有包含保險嗎？

☞ 차 목록을 좀 보여 주시겠어요?
cha/mong.no.geul/jjom/bo.yo*/ju.si.ge.sso*.yo
可以給我看車子的目錄嗎？

開車

情境會話一

A 당신 요즘 운전 배운다면서요?
dang.sin/yo.jeum/un.jo*n/be*.un.da.myo*n.
so*.yo
聽說你最近在學開車阿？

B 며칠 전부터 시작했어요.
myo*.chil/jo*n.bu.to*/si.ja.ke*.sso*.yo
前幾天開始的。

A 운전 무섭지 않아요?
un.jo*n/mu.so*p.jji/a.na.yo
開車不會害怕嗎？

B 무섭긴 뭐가 무서워요? 아주 재미있어
요.
mu.so*p.gin/mwo.ga/mu.so*.wo.yo//a.ju/je*.
mi.i.sso*.yo
有什麼好怕的？很有趣耶！

情境會話二

A 운전할 줄 알아요?
un.jo*n.hal/jjul/a.ra.yo
你會開車嗎？

B 아니요. 운전할 줄 몰라요.
a.ni.yo//un.jo*n.hal/jjul/mol.la.yo
不會，我不會開車。

相關例句

☞ 속도 좀 줄이세요.
sok.do/jom/ju.ri.se.yo
請減速。

☞ 운전 면허증이 있으세요?
un.jo*n/myo*n.ho*.jeung.i/i.sseu.se.yo
你有駕駛執照嗎？

☞ 차가 시동이 안 걸립니다.
cha.ga/si.dong.i/an/go*l.lim.ni.da
車子啟動不了。

☞ 이상한 소리가 나는데요.
i.sang.han/so.ri.ga/na.neun.de.yo
發出奇怪的聲音。

☞ 이 근처에 주차장이 있나요?
i/geun.cho*.e/ju.cha.jang.i/in.na.yo
這附近有停車場嗎？

☞ 세차 좀 해 주세요.
se.cha/jom/he*/ju.se.yo
請幫我洗車。

☞ 펑크가 났습니다.
po*ng.keu.ga/nat.sseum.ni.da
輪胎拋錨了。

情境會話

Ⓐ 여객선은 언제 출발합니까?

yo*.ge*k.sso*.neun/o*n.je/chul.bal.ham.ni.ga

客輪何時出發？

Ⓑ 10분 후에 출발합니다.

sip.bun/hu.e/chul.bal.ham.ni.da

十分鐘後出發。

相關例句

☞ 몇 시간 항해하는가요?

myo*t/si.gan/hang.he*.ha.neun.ga.yo

要航行幾個小時？

☞ 배 안에 구명조끼가 있습니까?

be*/a.ne/gu.myo*ng.jo.gi.ga/it.sseum.ni.ga

船上有救身衣嗎？

☞ 1등선실 표를 주세요.

il.deung.so*n.sil/pyo.reul/jju.se.yo

請給我一等艙票。

☞ 제가 토할 것 같습니다. 멀미약이 있나요?

je.ga/to.hal/go*t/gat.sseum.ni.da//mo*l.mi.ya.gi/in.na.yo

我快吐了，有暈車藥嗎？

Chapter 5

聊天話題

飲食料理

情境會話一

Ⓐ 한국요리를 좋아해요? 일본요리를 좋아
해요?

han.gu.gyo.ri.reul/jjo.a.he*.yo//il.bo.nyo.ri.
reul/jjo.a.he*.yo

你喜歡韓國料理？還是喜歡日本料理？

Ⓑ 저는 매운 음식을 못 먹어서 일식요리
가 좋습니다.

jo*.neun/me*.un/eum.si.geul/mot/mo*.go*.so*
/il.si.gyo.ri.ga/jo.sseum.ni.da

因為我不會吃辣，所以喜歡日本料理。

情境會話二

Ⓐ 한국요리를 먹어 본 적이 있나요?

han.gu.gyo.ri.reul/mo*.go*/bon/jo*.gi/in.na.yo

你吃過韓國料理嗎？

Ⓑ 돌솥비빔밥만 먹어 봤어요.

dol.sot.bi.bim.bam.man/mo*.go*/bwa.sso*.yo

我只吃過石鍋拌飯。

Ⓐ 맛이 어땠어요?

ma.si/o*.de*.sso*.yo

味道怎麼樣？

Ⓑ 맛있었어요.

ma.si.sso*.sso*.yo

很好吃。

(相關例句)

☞ 어떤 요리를 좋아하세요?
o*.do*n/yo.ri.reul/jjo.a.ha.se.yo
你喜歡吃什麼料理？

☞ 이 요리는 맛있습니까?
i/yo.ri.neun/ma.sit.sseum.ni.ga
這道菜好吃嗎？

☞ 아주 맛있어요. 좋아해요.
a.ju/ma.si.sso*.yo//jo.a.he*.yo
很好吃，我很喜歡。

☞ 기름이 너무 많아요. 좀 느끼합니다.
gi.reu.mi/no*.mu/ma.na.yo//jom/neu.gi.ham.ni.
da
油太多了，有點膩。

☞ 좀 맵지만 정말 맛있어요.
jom/me*p.jji.man/jo*ng.mal/ma.si.sso*.yo
雖然有點辣，但真的很好吃。

☞ 그가 만든 요리는 모양만 예쁠 뿐 맛
은 없습니다.
geu.ga/man.deun/yo.ri.neun/mo.yang.man/ye.
beul/bun/ma.seun/o*p.sseum.ni.da
他做的菜只是外表好看而已，不好吃。

☞ 전 양식을 좋아합니다.
jo*n/yang.si.geul/jjo.a.ham.ni.da
我喜歡吃西餐。

☞ 일식집에 가서 라멘을 먹고 싶습니다.
il.sik.jji.be/ga.so*/ra.me.neul/mo*k.go/sip.
sseum.ni.da
我想去日本料理店吃拉麵。

☞ 좋아하시면 많이 드세요.
jo.a.ha.si.myo*n/ma.ni/deu.se.yo
您喜歡的話就多吃點。

☞ 이 요리는 변질된 것 같습니다. 먹지
마십시오.
i/yo.ri.neun/byo*n.jil.dwen/go*t/gat.sseum.ni.
da/mo*k.jji/ma.sip.ssi.o
這道菜好像變質了，不要吃。

☞ 아주 향기로운 냄새가 납니다.
a.ju/hyang.gi.ro.un/ne*m.se*.ga/nam.ni.da
聞起來很香。

☞ 고기는 아직 덜 익은 것 같아요.
go.gi.neun/a.jik/do*l/i.geun/go*t/ga.ta.yo
肉好像還沒有熟。

☞ 다 타버려서 먹을 수 없게 됐어요.
da/ta.bo*.ryo*.so*/mo*.geul/ssu/o*p.ge/dwe*.
sso*.yo
都焦了，不能吃了。

☞ 이상한 냄새가 납니다.
i.sang.han/ne*m.se*.ga/nam.ni.da
有奇怪的味道。

☞ 저는 뭐든 거의 다 잘 먹어요.
jo*.neun/mwo.deun/go*.ui/da/jal/mo*.go*.yo
我幾乎什麼都吃。

☞ 몸이 아파서 먹고 싶은 생각이 없어요.
mo.mi/a.pa.so*/mo*k.go/si.peun/se*ng.ga.gi/
o*p.sso*.yo
身體不舒服，不想吃東西。

☞ 저는 먹는 걸 안 가려요.
jo*.neun/mo*ng.neun/go*l/an/ga.ryo*.yo
我吃東西不挑。

☞ 제 동생은 음식을 가려 먹어요.
je/dong.se*ng.eun/eum.si.geul/ga.ryo*/mo*.
go*.yo
我妹妹會挑食。

☞ 저는 소고기를 못 먹습니다.
jo*.neun/so.go.gi.reul/mot/mo*k.sseum.ni.da
我不能吃牛肉。

☞ 그는 단 걸을 잘 먹습니다.
geu.neun/dan/go*.reul/jjal/mo*k.sseum.ni.da
他很愛吃甜的。

☞ 기름기 있는 음식을 안 좋아합니까?
gi.reum.gi/in.neun/eum.si.geul/an/jo.a.ham.ni.
ga
您不喜歡油膩的食物嗎?

☞ 오늘은 식욕이 없어요.
o.neu.reun/si.gyo.gi/o*p.sso*.yo
我今天沒有食欲。

☞ 요즘 식욕이 좋아요
yo.jeum/si.gyo.gi/jo.a.yo
最近食欲很好。

☞ 요즘 식욕이 별로 없어요.
yo.jeum/si.gyo.gi/byo*l.lo/o*p.sso*.yo
最近沒什麼食欲。

☞ 디저트를 먹으면 식욕이 없어져요.
di.jo*.teu.reul/mo*.geu.myo*n/si.gyo.gi/o*p.
sso*.jo*.yo
吃點心會變得沒食欲。

☞ 입맛에 맞으세요?
im.ma.se/ma.jeu.se.yo
這合您的口味嗎?

☞ 이건 제 입맛에 안 맞아요.
i.go*n/je/im.ma.se/an/ma.ja.yo
這不合我的口味。

☞ 오늘 과식했어요.
o.neul/gwa.si.ke*.sso*.yo
今天吃太多了。

☞ 아주 맛있는데요.
a.ju/ma.sin.neun.de.yo
很好吃耶！

☞ 달곰해요.
dal.gom.he*.yo
很甜。

☞ 싱거워요.
sing.go*.wo.yo
很清淡。

☞ 써요.
sso*.yo
很苦。

☞ 짜요.
jja.yo
很鹹。

☞ 시큼해요.
si.keum.he*.yo
很酸。

☞ 신선하지 않아요.
sin.so*n.ha.ji/a.na.yo
不新鮮。

☞ 질겨요.
jil.gyo*.yo
很硬。

☞ 비린내나요.
bi.rin.ne*.na.yo
有腥味。

☞ 저는 케이크를 너무 좋아합니다.
jo*.neun/ke.i.keu.reul/no*.mu/jo.a.ham.ni.da
我非常喜歡吃蛋糕。

☞ 저는 생선요리를 좋아합니다.
jo*.neun/se*ng.so*.nyo.ri.reul/jjo.a.ham.ni.da
我喜歡魚料理。

☞ 배가 무척 고픕니다.
be*.ga/mu.cho*k/go.peum.ni.da
肚子很餓。

☞ 어젯밤은 너무 많이 먹었어요.
o*.jet.ba.meun/no*.mu/ma.ni/mo*.go*.sso*.yo
昨天晚上吃太多了。

☞ 배고파 죽겠어요. 밥 언제 먹어요?
be*.go.pa/juk.ge.sso*.yo//bap/o*n.je/mo*.go*.
yo
快餓死了，什麼時候吃飯啊？

個人尚景

情境會話一

A 어디서 오셨습니까?
o*.di.so*/o.syo*t.sseum.ni.ga
你從哪裡來？

B 저는 대만에서 왔습니다.
jo*.neun/de*.ma.ne.so*/wat.sseum.ni.da
我從台灣來的。

A 나이가 어떻게 되십니까?
na.i.ga/o*.do*.ke/dwe.sim.ni.ga
你幾歲？

B 전 스물 네살입니다.
jo*n/seu.mul/ne.sa.rim.ni.da
我二十四歲。

情境會話二

A 가족은 몇 분이나 됩니까?
ga.jo.geun/myo*t/bu.ni.na/dwem.ni.ga
你家有幾個人？

B 우리 식구는 네명입니다.
u.ri/sik.gu.neun/ne.myo*ng.im.ni.da
我家有四個人。

相關例句

☞ 고향은 어디입니까?
go.hyang.eun/o*.di.im.ni.ga
你的故鄉在哪裡？

☞ 제 고향은 타이페이입니다.
je/go.hyang.eun/ta.i.pe.i.im.ni.da
我的故鄉是台北。

☞ 저는 미국사람입니다.
jo*.neun/mi.guk.ssa.ra.mim.ni.da
我是美國人。

☞ 어디서 살아요?
o*.di.so*/sa.ra.yo
你住在哪裡？

☞ 저는 부산에 살아요.
jo*.neun/bu.sa.ne/sa.ra.yo
我住在釜山。

☞ 당신들은 모두 한국에서 오셨습니까?
dang.sin.deu.reun/mo.du/han.gu.ge.so*/o.syo*
t.sseum.ni.ga
你們都是從韓國來的嗎？

☞ 뭘 하러 오셨어요?
mwol/ha.ro*/o.syo*.sso*.yo
你來這裡做什麼？

☞ 무슨 띠입니까?
mu.seun/di.im.ni.ga
你屬什麼？

☞ 저는 용띠입니다.
jo*.neun/yong.di.im.ni.da
我屬龍。

☞ 당신은 무슨 별자리예요?
dang.si.neun/mu.seun/byo*l.ja.ri.ye.yo
你是什麼星座？

☞ 저는 게자리입니다.
jo*.neun/ge.ja.ri.im.ni.da
我是巨蟹座。

☞ 생일이 언제입니까?
se*ng.i.ri/o*n.je.im.ni.ga
你哪時生日？

☞ 제 생일은 10월20일입니다.
je/se*ng.i.reun/si.bwo.ri.si.bi.rim.ni.da
我生日是 10 月 20 號。

☞ 식구는 많습니까?
sik.gu.neun/man.sseum.ni.ga
家裡人多嗎？

☞ 당신은 가족들과 같이 사십니까?
dang.si.neun/ga.jok.deul.gwa/ga.chi/sa.sim.ni.
ga
你和家人一起住嗎？

☞ 형제가 몇이나 됩니까?
hyo*ng.je.ga/myo*.chi.na/dwem.ni.ga
你有幾個兄弟姊妹？

☞ 가족에 대해 좀 말씀해 주시겠습니까?
ga.jo.ge/de*.he*/jom/mal.sseum.he*/ju.si.get.
sseum.ni.ga
能談談你的家人嗎？

☞ 아버지는 무슨 일을 하세요?
a.bo*.ji.neun/mu.seun/i.reul/ha.se.yo
你爸爸做什麼工作？

☞ 아버지는 공장에서 일해요.
a.bo*.ji.neun/gong.jang.e.so*/il.he*.yo
我父親在工廠工作。

☞ 우리 어머니는 회사에 다니세요.
u.ri/o*.mo*.ni.neun/hwe.sa.e/da.ni.se.yo
我媽媽在公司上班。

☞ 우리 여동생은 대학생입니다.
u.ri/yo*.dong.se*ng.eun/de*.hak.sse*ng.im.ni.
da
我妹妹是大學生。

☞ 언니가 둘 있는데 오빠는 없습니다.
o*n.ni.ga/dul/in.neun.de/o.ba.neun/o*p.sseum.
ni.da
我有兩個姐姐，沒有哥哥。

☞ 우리 형은 캐나다에서 유학해요.
u.ri/hyo*ng.eun/ke*.na.da.e.so*/yu.ha.ke*.yo
我哥在加拿大留學。

☞ 아이들은 몇 명이나 됩니까?
a.i.deu.reun/myo*t/myo*ng.i.na/dwem.ni.ga
你有幾個孩子？

☞ 아이들이 셋 있어요. 아들 둘하고, 딸
하나입니다.
a.i.deu.ri/set/i.sso*.yo//a.deul/dul.ha.go//dal/
ha.na.im.ni.da
我有三個孩子，兩個兒子一個女兒。

☞ 집이 어디에 있습니까?
ji.bi/o*.di.e/it.sseum.ni.ga
你家在哪裡？

☞ 집은 학교에서 멉니까?
ji.beun/hak.gyo.e.so*/mo*m.ni.ga
離學校遠嗎？

☞ 당신은 언제 대만에 왔습니까?
dang.si.neun/o*n.je/de*.ma.ne/wat.sseum.ni.ga
你是什麼時候來台灣的？

交往對象

情境會話一

Ⓐ 당신은 사귀는 여자친구가 있어요?

dang.si.neun/sa.gwi.neun/yo*.ja.chin.gu.ga/i.
sso*.yo

你有在交往的女朋友嗎？

Ⓑ 아직 없는데요.

a.jik/o*m.neun.de.yo

還沒有。

Ⓐ 어떤 타입의 여자가 좋아요?

o*.do*n/ta.i.bui/yo*.ja.ga/jo.a.yo

你喜歡什麼類型的女生？

Ⓑ 저는 예쁘고 마음씨가 좋은 여자가 좋
아요.

jo*.neun/ye.beu.go/ma.eum.ssi.ga/jo.eun/yo*.
ja.ga/jo.a.yo

我喜歡漂亮、心地又善良的女生。

情境會話二

Ⓐ 그녀는 네 애인이야?

geu.nyo*.neun/ne/e*.i.ni.ya

那女的是你愛人？

Ⓑ 우린 그냥 친구일 뿐이야.

u.rin/geu.nyang/chin.gu.il/bu.ni.ya

我們只是朋友。

相關例句

☞ 그는 제 애인입니다.

geu.neun/je/e*.i.nim.ni.da

他是我的愛人。

☞ 사귀는 사람 있나요?
sa.gwi.neun/sa.ram/in.na.yo
有交往的對象嗎？

☞ 남자 친구 없어요?
nam.ja/chin.gu/o*p.sso*.yo
你有男朋友嗎？

☞ 그녀는 내 타입이 아니야.
geu.nyo*.neun/ne*/ta.i.bi/a.ni.ya
她不是我喜歡的類型。

☞ 저는 얼굴이 고운 여자가 좋습니다.
jo*.neun/o*l.gu.ri/go.un/yo*.ja.ga/jo.sseum.ni.da
我喜歡臉蛋好看的女生。

☞ 저는 결혼 전제로 사귀는 여자친구 있
어요.
jo*.neun/gyo*l.hon/jo*n.je.ro/sa.gwi.neun/yo*.
ja.chin.gu/i.sso*.yo
我有以結婚為前提交往的女友。

☞ 저는 여자친구를 사귄 적이 없어요.
jo*.neun/yo*.ja.chin.gu.reul/ssa.gwin/jo*.gi/o*
p.sso*.yo
我沒交過女朋友。

☞ 둘이 어떻게 알게 됐어요?
du.ri/o*.do*.ke/al.ge/dwe*.sso*.yo
你們兩個是怎麼認識的？

☞ 소개팅을 통해서 만났어요.
so.ge*.ting.eul/tong.he*.so*/man.na.sso*.yo
透過介紹認識的。

☞ 어제 남자친구와 헤어졌어요.
o*.je/nam.ja.chin.gu.wa/he.o*.jo*.sso*.yo
昨天和男朋友分手了。

☞ 그 사람은 저한테 고백했어요.
geu/sa.ra.meun/jo*.han.te/go.be*.ke*.sso*.yo
那個人向我告白了。

☞ 그녀와 사귀고 싶습니다.
geu.nyo*.wa/sa.gwi.go/sip.sseum.ni.da
我想和她交往。

☞ 오늘은 남자친구와 데이트 하는 날이
에요.
o.neu.reun/nam.ja.chin.gu.wa/te.i.teu/ha.neun/
na.ri.e.yo
今天是和男朋友約會的日子。

☞ 저는 좋아하는 여자가 있어요.
jo*.neun/jo.a.ha.neun/yo*.ja.ga/i.sso*.yo
我有喜歡的女人了。

學業工作

情境會話一

Ⓐ 어떤 일을 하십니까?

o*.do*n/i.reul/ha.sim.ni.ga

您在做什麼工作？

Ⓑ 지금은 정부기관에서 일합니다.

ji.geu.meun/jo*ng.bu.gi.gwa.ne.so*/il.ham.ni.da

我現在在政府機關上班。

情境會話二

Ⓐ 당신 직업이 무엇입니까?

dang.sin/ji.go*.bi/mu.o*.sim.ni.ga

您的職業是？

Ⓑ 외교관입니다.

we.gyo.gwa.nim.ni.da

外交官。

情境會話三

Ⓐ 준수씨는 전공이 뭐예요?

jun.su.ssi.neun/jo*n.gong.i/mwo.ye.yo

俊秀你主修什麼科系？

Ⓑ 저는 경영학을 전공해요.

jo*.neun/gyo*ng.yo*ng.ha.geul/jjo*n.gong.he*.yo

我主修經營學。

(相關例句)

☞ 어디에서 일하세요?
o*.di.e.so*/il.ha.se.yo
你在哪工作？

☞ 저는 회사에서 일합니다.
jo*.neun/hwe.sa.e.so*/il.ham.ni.da
我在公司工作。

☞ 당신을 뭘 하시는 분입니까?
dang.si.neul/mwol/ha.si.neun/bu.nim.ni.ga
您是做什麼的？

☞ 저는 선생님입니다.
jo*.neun/so*.n.se*.ng.ni.mim.ni.da
我是老師。

☞ 저의 직업은 변호사입니다.
jo*.ui/ji.go*.beun/byo*.n.ho.sa.im.ni.da
我的職業是律師。

☞ 저는 고등학생입니다.
jo*.neun/go.deung.hak.sse*ng.im.ni.da
我是高中生。

☞ 저는 일본 회사에서 근무하고 있습니다.
jo*.neun/il.bon/hwe.sa.e.so*/geun.mu.ha.go/it.
sseum.ni.da
我在日本外商公司上班。

☞ 저는 국립타이완대학에 다녀요.
jo*.neun/gung.nip.ta.i.wan.de*.ha.ge/da.nyo*.
yo
我就讀國立台灣大學。

☞ 저는 서울대 출신입니다.
jo*.neun/so*.ul.de*/chul.si.nim.ni.da
我是首爾大出身的。

☞ 지금 대학교 3학년입니다.
ji.geum/de*.hak.gyo/sam.hang.nyo*.nim.ni.da
現在是大學三年級。

☞ 대학에서는 의학을 공부했습니다.
de*.ha.ge.so*.neun/ui.ha.geul/gong.bu.he*t.
sseum.ni.da
在大學就讀醫學系。

☞ 저는 좋은 대학에 입학했어요.
jo*.neun/jo.eun/de*.ha.ge/i.pa.ke*.sso*.yo
我考上很好的大學。

☞ 저는 내년에 졸업할 예정입니다.
jo*.neun/ne*.nyo*.ne/jo.ro*.pal/ye.jo*ng.im.
ni.da
我預計明年畢業。

年齡

情境會話

A 몇 년생이세요?
myo*t/nyo*n.se*ng.i.se.yo
你哪年出生的？

B 저는 1988년생입니다.
jo*.neun/cho*n.gu.be*k.pal.ssip.pal.lyo*n.se*ng.im.ni.da
我是 1988 年出生的。

相關例句

☞ 몇 살이에요?
myo*t/sa.ri.e.yo
你幾歲？

☞ 연세가 어떻게 되세요?
ne*.ga/no*.bo.da/du/sal/ma.na.yo
您多大歲數？

☞ 내가 너보다 두 살 많아요.
ne*.ga/no*.bo.da/du/sal/ma.na.yo
我比你大兩歲。

☞ 올해 몇 살이나 됐어요?
ol.he*/myo*t/sa.ri.na/dwe*.sso*.yo
你今年幾歲了？

外貌

情境會話一

Ⓐ 그 남자는 어떻게 생겼어요?

geu/nam.ja.neun/o*.do*.ke/se*ng.gyo*.sso*.yo

那個男生長得怎麼樣？

Ⓑ 아주 잘 생겼지만 키가 좀 작아요.

a.ju/jal/sse*ng.gyo*t.jji.man/ki.ga/jom.ja.ga.yo

長得很帥，但是個子有點小。

情境會話二

Ⓐ 키가 얼마나 되나요?

ki.ga/o*l.ma.na/dwe.na.yo

你多高？

Ⓑ 170정도이에요.

be*k.chil.sip.jjo*ng.do.i.e.yo

大概一百七。

Ⓐ 키가 큰 편이군요.

ki.ga/keun/pyo*.ni.gu.nyo

你算很高呢！

相關例句

☞ 영미씨는 뚱뚱합니다.

yo*ng.mi.ssi.neun/dung.dung.ham.ni.da

英美小姐胖胖的。

☞ 제 몸무게는 비밀입니다.

je/mom.mu.ge.neun/bi.mi.rim.ni.da

我的體重是秘密。

☞ 그는 잘 생겼습니다.
geu.neun/jal/sse*ng.gyo*t.sseum.ni.da
他很帥。

☞ 키는 180이상입니다.
ki.neun/be*k.pal.ssi.bi.sang.im.ni.da
身高 180 以上。

☞ 그의 몸이 튼튼합니다.
geu.ui/mo.mi/teun.teun.ham.ni.da
他的身體很結實。

☞ 그녀는 아름답습니다.
geu.nyo*.neun/a.reum.dap.sseum.ni.da
他很美麗。

☞ 그 사람은 못 생겼습니다.
geu.sa.ra.meun/mot/se*ng.gyo*t.sseum.ni.da
他長得很醜。

☞ 그녀는 섹시합니다.
geu.nyo*.neun/sek.ssi.ham.ni.da
她很性感。

☞ 저는 머리가 아주 깁니다.
jo*.neun/mo*.ri.ga/a.ju/gim.ni.da
我的頭髮很長。

☞ 우리 남동생은 어머니를 닮았습니다.
u.ri/nam.dong.se*ng.eun/o*.mo*.ni.reul/dal.mat.sseum.ni.da
我弟弟長得很像媽媽。

☞ 그녀는 예쁘고 날씬합니다.
geu.nyo*.neun/ye.beu.go/nal.ssin.ham.ni.da
她漂亮又苗條。

☞ 그는 체격이 좋습니다.
geu.neun/che.gyo*.gi/jo.sseum.ni.da
他的體格很好。

☞ 그 사람은 너무 말랐어요.
geu/sa.ra.meun/no*.mu/mal.la.sso*.yo
他太瘦了。

☞ 그는 잘생긴 편이 아닙니다.
geu.neun/jal.sse*ng.gin/pyo*.ni/a.nim.ni.da
他長得不算好看。

情境會話一

Ⓐ 그는 성격이 어때요?

geu.neun/so*ng.gyo*.gi/o*.de*.yo

他的性格怎麼樣？

Ⓑ 내성적이라고 생각합니다.

ne*.so*ng.jo*.gi.ra.go/se*ng.ga.kam.ni.da

我覺得有些內向。

情境會話二

Ⓐ 그 사람의 성격은 정말 이상해요.

geu/sa.ra.mui/so*ng.gyo*.geun/jo*ng.mal/i.sang.he*.yo

他的性格真的很奇怪。

Ⓑ 그는 항상 성질을 내지만 아주 다정한 사람이에요.

geu.neun/hang.sang/so*ng.ji.reul/ne*.ji.man/a.ju/da.jo*ng.han/sa.ra.mi.e.yo

他雖然常發脾氣，但卻是個多情的人。

相關例句

☞ 당신의 성격은 어떻습니까?

dang.si.nui/so*ng.gyo*.geun/o*.do*.sseum.ni.ga

你的性格怎麼樣？

☞ 저의 성격이 밝은 편이라고 생각합니다.

jo*.ui/so*ng.gyo*.gi/bal.geun/pyo*.ni.ra.go/se*ng.ga.kam.ni.da

我認為我的性格算很開朗。

☞ 그녀는 매우 수줍고 조용한 사람입니다.
geu.nyo*.neun/me*.u/su.jup.go/jo.yong.han/sa.
ra.mim.ni.da
他是個很害羞且安靜的人。

☞ 저는 사교적입니다.
jo*.neun/sa.gyo.jo*.gim.ni.da
我善於交際。

☞ 당신의 성격은 급해요.
dang.si.nui/so*ng.gyo*.geun/geu.pe*.yo
你的性子有些急。

☞ 그는 소극적인 편입니다.
geu.neun/so.geuk.jjo*.gin/pyo*.nim.ni.da
他屬於消極型的。

☞ 그는 유머감각이 없습니다.
geu.neun/yu.mo*.gam.ga.gi/o*p.sseum.ni.da
他不懂幽默。

興趣

情境會話一

Ⓐ 당신의 취미는 무엇입니까?
dang.si.nui/chwi.mi.neun/mu.o*.sim.ni.ga
您的興趣是什麼？

Ⓑ 제 취미는 독서입니다.
je/chwi.mi.neun/dok.sso*.im.ni.da
我的興趣是讀書。

情境會話二

Ⓐ 혹시 취미가 따로 있으신가요?
hok.ssi/chwi.mi.ga/da.ro/i.sseu.sin.ga.yo
您還有其他的興趣嗎？

Ⓑ 피아노를 치는 것도 좋아합니다.
pi.a.no.reul/chi.neun/go*t.do/jo.a.ham.ni.da
我也很喜歡彈鋼琴。

Ⓐ 아주 좋은 취미를 가지셨군요.
a.ju/jo.eun/chwi.mi.reul/ga.ji.syo*t.gu.nyo
您有很不錯的愛好呢！

相關例句

☞ 취미가 뭐예요?
chwi.mi.ga/mwo.ye.yo
興趣是什麼？

☞ 제 취미는 우표 수집입니다.
je/chwi.mi.neun/u.pyo/su.ji.bim.ni.da
我的興趣是收集郵票。

☞ 취미를 물어도 될까요?
chwi.mi.reul/mu.ro*.do/dwel.ga.yo
請問你的興趣是？

☞ 당신의 취미생활은 무엇입니까?
dang.si.nui/chwi.mi.se*ng.hwa.reun/mu.o*.
sim.ni.ga
您業餘愛好是什麼呢？

☞ 게임에 관심이 있으세요?
ge.i.me/gwan.si.mi/i.sseu.se.yo
你對遊戲有興趣嗎？

☞ 제 취미는 영화감상입니다.
je/chwi.mi.neun/yo*ng.hwa.gam.sang.im.ni.da
我的興趣是看電影。

☞ 저는 특별한 취미는 없습니다.
jo*.neun/teuk.byo*l.han/chwi.mi.neun/o*p.
sseum.ni.da
我沒有特殊的愛好。

情境會話一

Ⓐ 이것은 한국에서 찍은 사진입니다.
i.go*.seun/han.gu.ge.so*/jji.geun/sa.ji.nim.ni.da
這是在韓國拍的照片。

Ⓑ 와, 사진이 아주 잘 나왔어요.
wa//sa.ji.ni/a.ju/jal/na.wa.sso*.yo
哇！照片拍的很棒耶！

情境會話二

Ⓐ 이 사진은 어디서 찍은 거예요?
i/sa.ji.neun/o*.di.so*/jji.geun/go*.ye.yo
這張照片是在哪裡拍的呢？

Ⓑ 나무가 많은 공원에서 찍은 사진이에요.
na.mu.ga/ma.neun/gong.wo.ne.so*/jji.geun/sa.
ji.ni.e.yo
我在樹木很多的公園裡拍的。

Ⓐ 사진보다 실물이 더 예쁘네요.
sa.jin.bo.da/sil.mu.ri/do*/ye.beu.ne.yo
你真人比照片好看。

相關例句

☞ 어떻게 하면 사진을 좀 더 잘 찍을 수 있을까요?
o*.do*.ke/ha.myo*n/sa.ji.neul/jjom/do*/jal/jji.
geul/ssu/i.sseul.ga.yo
怎麼做才能把照片拍得更好？

☞ 셔터를 누를 때 흔들렸군요.
syo*.to*.reul/nu.reul/de*/heun.deul.lyo*t.gu.
nyo
按快門的時候搖晃到了！

☞ 저는 사진이 잘 안 나와요.
jo*.neun/sa.ji.ni/jal/an/na.wa.yo
我不上相。

☞ 이게 무슨 웃긴 표정이에요?
i.ge/mu.seun/ut.gin/pyo.jo*ng.i.e.yo
這是什麼搞笑的表情啊？

☞ 포즈를 좀 취해야지요.
po.jeu.reul/jjom/chwi.he*.ya.ji.yo
你應該擺點姿勢。

☞ 이건 역광사진이에요.
i.go*n/yo*k.gwang.sa.ji.ni.e.yo
這是逆光的照片。

☞ 당신 얼굴은 이상하게 나왔어요.
dang.sin/o*l.gu.reun/i.sang.ha.ge/na.wa.sso*.
yo
你的臉拍得很奇怪耶！

情境會話一

Ⓐ 미연씨, 안색이 안 좋네요. 어디가 아프세요?

mi.yo*n.ssi//an.se*.gi/an/jon.ne.yo//o*.di.ga/a.peu.se.yo

美妍,你臉色不太好耶!哪裡不舒服嗎?

Ⓑ 요즘 다이어트를 하고 있어서 쉽게 피곤해져요.

yo.jeum/da.i.o*.teu.reul/ha.go/i.sso*.so*/swip.ge/pi.gon.he*.jo*.yo

因為最近在減肥,所以容易疲倦。

Ⓐ 다이어트도 중요하지만 건강도 주의해야 합니다.

da.i.o*.teu.do/jung.yo.ha.ji.man/go*n.gang.do/ju.ui.he*.ya/ham.ni.da

雖然減肥也很重要,但健康也要顧。

情境會話二

Ⓐ 건강 상태는 어때요?

go*n.gang/sang.te*.neun/o*.de*.yo

健康狀況怎麼樣?

Ⓑ 덕분에 저는 어제 퇴원했어요.

do*k.bu.ne/jo*.neun/o*.je/twe.won.he*.sso*.yo

托你的福我昨天出院了。

相關例句

☞ 건강 관리는 어떻게 하십니까?
go*n.gang/gwal.li.neun/o*.do*.ke/ha.sim.ni.ga
您健康管理是怎麼做的呢？

☞ 저는 감기에 걸린 적이 없습니다.
jo*.neun/gam.gi.e/go*l.lin/jo*.gi/o*p.sseum.ni.
da
我從來沒有感冒過。

☞ 컨디션이 좋습니다.
ko*n.di.syo*.ni/jo.sseum.ni.da
我身體狀態良好。

☞ 저는 요즘 몸이 점점 나빠집니다.
jo*.neun/yo.jeum/mo.mi/jo*m.jo*m/na.ba.jim.
ni.da
我最近身體漸漸變差。

☞ 건강을 유지하는 방법은 운동입니다.
go*n.gang.eul/yu.ji.ha.neun/bang.bo*.beun/un.
dong.im.ni.da
維持健康的方法是運動。

☞ 채식은 건강에 유익합니다.
che*.si.geun/go*n.gang.e/yu.i.kam.ni.da
素食對健康有益。

☞ 당신 건강의 비결은 무엇입니까?
dang.sin/go*n.gang.ui/bi.gyo*.reun/mu.o*.sim.
ni.ga
你健康的秘訣是什麼？

☞ 저는 다이어트 중입니다.
jo*.neun/da.i.o*.teu/jung.im.ni.da
我在減肥中。

☞ 유행성 감기에 걸렸어요.
yu.he*ng.so*ng/gam.gi.e/go*l.lyo*.sso*.yo
我得到了流行性感冒。

☞ 병원에 가서 검사해 봤어요?
byo*ng.wo.ne/ga.so*/go*m.sa.he*/bwa.sso*.yo
你去醫院檢查過了嗎?

☞ 하루 빨리 건강을 회복하시기를 바랍
니다.
ha.ru/bal.li/go*n.gang.eul/hwe.bo.ka.si.gi.reul/
ba.ram.ni.da
祝你早日康復。

☞ 담배를 피우면 건강에 해롭습니다.
dam.be*.reul/pi.u.myo*n/go*n.gang.e/he*.rop.
sseum.ni.da
抽菸對健康有害。

☞ 당신은 수술을 받으셔야 합니다.
dang.si.neun/su.su.reul/ba.deu.syo*.ya/ham.ni.
da
你必須要動手術。

☞ 몸매를 유지하는 비결이 무엇입니까?
mom.me*.reul/yu.ji.ha.neun/bi.gyo*.ri/mu.o*.
sim.ni.ga
維持身材的秘訣為何?

音樂

情境會話一

Ⓐ 어떤 음악을 좋아합니까?
o*.do*n/eu.ma.geul/jjo.a.ham.ni.ga
你喜歡什麼音樂？

Ⓑ 저는 고전 음악을 좋아합니다.
jo*.neun/go.jo*n/eu.ma.geul/jjo.a.ham.ni.da
我喜歡古典音樂。

Ⓐ 저는 교향곡이 좋습니다.
jo*.neun/gyo.hyang.go.gi/jo.sseum.ni.da
我喜歡交響樂。

情境會話二

Ⓐ 악기를 칠 줄 아세요?
ak.gi.reul/chil/jul/a.se.yo
你會彈樂器嗎？

Ⓑ 기타를 칠 줄 알아요.
gi.ta.reul/chil/jul/a.ra.yo
我會彈吉他。

相關例句

☞ 저는 재즈를 매우 좋아합니다.
jo*.neun/je*.jeu.reul/me*.u/jo.a.ham.ni.da
我很喜歡爵士樂。

☞ 저는 이 가수의 팬입니다.
jo*.neun/i/ga.su.ui/pe*.nim.ni.da
我是這歌手的粉絲。

☞ 이 노래의 작곡가가 누군지 알아요?

i/no.re*.ui/jak.gok.ga.ga/nu.gun.ji/a.ra.yo

你知道這首歌的作曲者是誰嗎？

☞ 한국노래를 좋아해요? 영어노래를 좋아해요?

han.gung.no.re*.reul/jjo.a.he*.yo//yo*ng.o*.no.re*.reul/jjo.a.he*.yo

你喜歡韓文歌，還是英文歌？

☞ 콘서트에 자주 갑니까?

kon.so*.teu.e/ja.ju/gam.ni.ga

你常去聽演唱會嗎？

☞ 이 노래 가사가 마음에 듭니다.

i/no.re*/ga.sa.ga/ma.eu.me/deum.ni.da

我很喜歡這首歌的歌詞。

☞ 나한테 음악회 입장권 두 장 있는데, 같이 갈래요?

na.han.te/eu.ma.kwe/ip.jjang.gwon/du/jang/in.neun.de//ga.chi/gal.le*.yo

我有兩張音樂會的票，要一起去嗎？

情境會話

Ⓐ 어떤 영화를 즐겨 보세요?

o*.do*n/yo*ng.hwa.reul/jjeul.gyo*/bo.se.yo

你喜歡看什麼電影？

Ⓑ 저는 공포 영화를 좋아합니다.

jo*.neun/gong.po/yo*ng.hwa.reul/jjo.a.ham.ni.
da

我喜歡看恐怖片。

Ⓐ 공포 영화는 안 좋아해요. 너무 무서워
요.

gong.po/yo*ng.hwa.neun/an/jo.a.he*.yo./no*.
mu/mu.so*.wo.yo

我不喜歡恐怖片，太可怕了。

Ⓑ 그럼 어떤 장르의 영화를 많이 봐요?

geu.ro*m/o*.do*n/jang.neu.ui/yo*ng.hwa.reul/
ma.ni/bwa.yo

那你大多都看什麼片呢？

Ⓐ 전 코미디 영화를 많이 봐요.

jo*n/ko.mi.di/yo*ng.hwa.reul/ma.ni/bwa.yo

我大多是看喜劇片。

相關例句

☞ 특별히 좋아하는 배우가 있어요?

teuk.byo*l.hi/jo.a.ha.neun/be*.u.ga/i.sso*.yo

你有特別喜歡的演員嗎？

☞ 그 영화는 언제 상영하나요?

geu/yo*ng.hwa.neun/o*n.je/sang.yo*ng.ha.na.yo

那部電影何時上映啊？

☞ 이 영화는 정말 감동적이네요.
i/yo*ng.hwa.neun/jo*ng.mal/gam.dong.jo*.gi.
ne.yo
這部電影真感人。

☞ 최근에 무슨 좋은 영화가 있나요?
chwe.geu.ne/mu.seun/jo.eun/yo*ng.hwa.ga/in.
na.yo
最近有什麼好電影嗎？

☞ 어제 보신 영화 제목은 뭡니까?
o*.je/bo.sin/yo*ng.hwa/je.mo.geun/mwom.ni.
ga
昨天你看的電影名稱是什麼？

☞ 영화관에 자주 갑니까?
yo*ng.hwa.gwa.ne/ja.ju/gam.ni.ga
你常去電影院嗎？

☞ 이 영화의 주인공은 누구인가요?
i/yo*ng.hwa.ui/ju.in.gong.eun/nu.gu.in.ga.yo
這部電影的主角是誰？

美術展覽

情境會話一

Ⓐ 내일 같이 미술관에 갈래요?
ne*.il/ga.chi/mi.sul.gwa.ne/gal.le*.yo
明天要不要一起去美術館？

Ⓑ 무슨 좋은 전시회라도 있어요?
mu.seun/jo.eun/jo*n.si.hwe.ra.do/i.sso*.yo
有什麼不錯的展覽嗎？

Ⓐ 중국 도자기 전시회가 있어요.
jung.guk/do.ja.gi/jo*n.si.hwe.ga/i.sso*.yo
有中國瓷器的展覽。

情境會話二

Ⓐ 이 작품은 어느 시대의 것입니까?
i/jak.pu.meun/o*.neu/si.de*.ui/go*.sim.ni.ga
這個作品是哪個時代的？

Ⓑ 조선시대의 작품입니다.
jo.so*n.si.de*.ui/jak.pu.mim.ni.da
是朝鮮時代的作品。

相關例句

☞ 함께 미술전시회에 보러 갑시다.
ham.gye/mi.sul.jo*n.si.hwe.e/bo.ro*/gap.ssi.da
一起去看美術展吧！

☞ 이 그림은 정말 아름답네요.
i/geu.ri.meun/jo*ng.mal/a.reum.dam.ne.yo
這幅圖畫真美。

☞ 좋아하는 미술가가 있습니까?
jo.a.ha.neun/mi.sul.ga.ga/it.sseum.ni.ga
你有喜歡的美術家嗎?

☞ 수채화 좋아하세요?
su.che*.hwa/jo.a.ha.se.yo
你喜歡水彩畫嗎?

☞ 정말 훌륭한 작품이군요.
jo*ng.mal/hul.lyung.han/jak.pu.mi.gu.nyo
真是很棒的作品。

☞ 이 그림을 그린 화가는 아주 유명합
니다.
i/geu.ri.meul/geu.rin/hwa.ga.neun/a.ju/yu.
myo*ng.ham.ni.da
畫這幅畫的畫家很有名。

☞ 내일 사진전이 있는데 같이 보러 갈
까요?
ne*.il/sa.jin.jo*.ni/in.neun.de/ga.chi/bo.ro*/
gal.ga.yo
明天有攝影展,要一起去看嗎?

休閒娛樂

情境會話一

Ⓐ 퇴근 후에 같이 노래방에 갈까요?

twe.geun/hu.e/ga.chi/no.re*.bang.e/gal.ga.yo

下班後，要不要一起去練歌房？

Ⓑ 좋죠. 저도 노래방이 좋아요.

jo.chyo//jo*.do/no.re*.bang.i/jo.a.yo

好啊！我也喜歡去練歌房。

情境會話二

Ⓐ 좋은 나이트클럽은 있어?

jo.eun/na.i.teu.keul.lo*.beun/i.sso*

有不錯的夜店嗎？

Ⓑ 홍익대학교 근처에 나이트클럽이 많아.

hong.ik.de*.hak.gyo/geun.cho*.e/na.i.teu.keul.
lo*.bi/ma.na

弘益大學附近有很多夜店。

Ⓐ 가고 싶어. 너도 같이 갈래?

ga.go/si.po*//no*.do/ga.chi/gal.le*

我想去，你要一起去嗎？

相關例句

☞ 주말에 같이 등산이나 할까요?

ju.ma.re/ga.chi/deung.sa.ni.na/hal.ga.yo

周末要不要一起去爬山？

☞ 뮤지컬을 좋아합니까?

myu.ji.ko*.reul/jjo.a.ham.ni.ga

你喜歡音樂劇嗎？

☞ 같이 공연을 보러 갈래요?
ga.chi/gong.yo*n.neul/bo.ro*/gal.le*.yo
要一起去看表演嗎？

☞ 기분전환으로 보통 뭘 해요?
gi.bun.jo*n.hwa.neu.ro/bo.tong/mwol/he*.yo
通常你會做什麼來轉換心情？

☞ 나는 주말마다 낚시를 하러 가요.
na.neun/ju.mal.ma.da/nak.ssi.reul/ha.ro*/ga.yo
我每個周末都去釣魚。

☞ 어디로 휴가를 가셨어요?
o*.di.ro/hyu.ga.reul/ga.syo*.sso*.yo
您去哪度假了？

☞ 여가를 어떻게 보내세요?
yo*.ga.reul/o*.do*.ke/bo.ne*.se.yo
你怎麼打發閒暇的時間？

體育運動

情境會話一

🅐 운동을 좋아하십니까?
un.dong.eul/jjo.a.ha.sim.ni.ga
你喜歡運動嗎?

🅑 좋아합니다.
jo.a.ham.ni.da
喜歡。

🅐 어떤 운동을 할 줄 아세요?
o*.do*n/un.dong.eul/hal/jjul/a.se.yo
你會什麼運動?

🅑 저는 야구를 할 줄 압니다.
jo*.neun/ya.gu.reul/hal/jjul/am.ni.da
我會打棒球。

情境會話二

🅐 어제 축구 경기 결과는 어떻게 됐어요?
o*.je/chuk.gu/gyo*ng.gi/gyo*l.gwa.neun/o*.do*.ke/dwe*.sso*.yo
昨天足球比賽的結果如何?

🅑 우리 팀이 이겼어요.
u.ri/ti.mi/i.gyo*.sso*.yo
我們隊贏了。

相關例句

☞ 저는 스포츠광입니다.
jo*.neun/seu.po.cheu.gwang.im.ni.da
我是體育迷。

☞ 배드민턴을 잘 칩니까?
be*.deu.min.to*.neul/jjal/chim.ni.ga
你羽毛球打的好嗎？

☞ 어떤 운동을 좋아합니까?
o*.do*n/un.dong.eul/jjo.a.ham.ni.ga
你喜歡哪種運動？

☞ 수영을 좋아합니다. 가끔 테니스도 칩니다.
su.yo*ng.eul/jjo.a.ham.ni.da//ga.geum/te.ni.
seu.do/chim.ni.da
我喜歡游泳，有時也會打網球。

☞ 저는 운동장에서 운동 경기를 보는 것을 좋아합니다.
jo*.neun/un.dong.jang.e.so*/un.dong/gyo*ng.
gi.reul/bo.neun/go*.seul/jjo.a.ham.ni.da
我喜歡在運動場上看體育比賽。

☞ 오늘 태권도 경기가 매우 재미있었습니다.
o.neul/te*.gwon.do/gyo*ng.gi.ga/me*.u/je*.mi.
i.sso*t.sseum.ni.da
今天的跆拳道比賽很精彩。

☞ 저는 그 골프 선수를 아주 좋아합니다.
jo*.neun/geu/gol.peu/so*n.su.reul/a.ju/jo.a.
ham.ni.da
我很喜歡那位高爾夫選手。

情境會話一

Ⓐ 결혼하셨습니까?

gyo*l.hon.ha.syo*t.sseum.ni.ga

你結婚的嗎？

Ⓑ 네, 전 결혼을 했습니다.

ne//jo*n/gyo*l.ho.neul/he*t.sseum.ni.da

是的，我結婚了。

Ⓐ 결혼한 지 얼마나 됐습니까?

gyo*l.hon.han/ji/o*l.ma.na/dwe*t.sseum.ni.ga

你結婚多久了？

Ⓑ 3년이 되었습니다.

sam.nyo*.ni/dwe.o*t.sseum.ni.da

有 3 年了。

情境會話二

Ⓐ 나랑 결혼해 줄래요?

na.rang/gyo*l.hon.he*/jul.le*.yo

你願意和我結婚嗎？

Ⓑ 미안하지만 결혼할 생각은 없어요.

mi.an.ha.ji.man/gyo*l.hon.hal/sse*ng.ga.geun/o*p.sso*.yo

抱歉，我沒有結婚的打算。

相關例句

☞ 아드님의 결혼을 축하합니다.

a.deu.ni.mui/gyo*l.ho.neul/chu.ka.ham.ni.da

恭喜你兒子結婚。

☞ 전 이혼을 했어요.
jo*n/i.ho.neul/he*.sso*.yo
我離婚了。

☞ 아직 결혼하지 않았어요. 전 아직 혼
자입니다.
a.jik/gyo*l.hon.ha.ji/a.na.sso*.yo//jo*n/a.jik/
hon.ja.im.ni.da
我還沒結婚，仍是單身。

☞ 결혼을 축하합니다!
gyo*l.ho.neul/chu.ka.ham.ni.da
新婚快樂！

☞ 저는 결혼할 예정입니다.
jo*.neun/gyo*l.hon.hal/ye.jo*ng.im.ni.da
我預計要結婚。

☞ 당신 결혼식은 언제예요?
dang.sin/gyo*l.hon.si.geun/o*n.je.ye.yo
你什麼時候結婚啊？

☞ 우린 지금 별거중입니다.
u.rin/ji.geum/byo*l.go*.jung.im.ni.da
現在我們分居。

家庭生活

情境會話一

Ⓐ 오늘은 뭐 할 거예요?
o.neu.reun/mwo/hal/go*.ye.yo
你今天要做什麼？

Ⓑ 그냥 집에서 드라마를 봐요.
geu.nyang/ji.be.so*/deu.ra.ma.reul/bwa.yo
就在家看連續劇。

Ⓐ 다른 할 일도 없고 우린 집 청소 할까
요?
da.reun/hal/il.do/o*p.go/u.rin/jip/cho*ng.so/
hal.ga.yo
也沒有要做的事，我們來打掃家裡吧？

Ⓑ 좋아요, 세탁도 해야 지요.
jo.a.yo//se.tak.do/he*.ya/ji.yo
好啊！也該洗衣服了。

情境會話二

Ⓐ 엄마, 밥 다 됐어요?
o*m.ma//bap/da/dwe*.sso*.yo
媽，飯煮好了嗎？

Ⓑ 아직 안 됐어. 네가 먼저 목욕해라.
a.jik/an/dwe*.sso*//ni.ga/mo*n.jo*/mo.gyo.
ke*.ra
還沒，你先去洗澡。

相關例句

☞ 빨리 일어나!
bal.li/i.ro*.na
快起床！

☞ 잠잘 시간이야.
jam.jal/ssi.ga.ni.ya
該睡覺了。

☞ 난 집에서 잘거예요.
nan/ji.be.so*/jal.go*.ye.yo
我要在家裡睡覺。

☞ 전 다녀왔어요.
jo*n/da.nyo*.wa.sso*.yo
我回來了。

☞ 어제 잘 잤어요?
o*.je/jal/jja.sso*.yo
昨天睡的好嗎？

☞ 우린 산책 가자.
u.rin/san.che*k/ga.ja
我們去散步吧！

☞ 오늘은 집에 있을 거예요, 아니면 밖
에 나갈 거예요?
o.neu.reun/ji.be/i.sseul/go*.ye.yo//a.ni.myo*n/
ba.ge/na.gal/go*.ye.yo
你今天要在家，還是出門？

政治、經濟

情境會話一

🅐 이번 대통령 선거일은 언제예요?
i.bo*n/de*.tong.nyo*ng/so*n.go*.i.reun/o*n.je.
ye.yo
這次的總統大選是什麼時候？

🅑 내년 1월 14일입니다.
ne*.nyo*n/i.rwol.sip.ssa.i.rim.ni.da
明年的 1 月 14 號。

🅐 어느 후보를 지지합니까?
o*.neu/hu.bo.reul/jji.ji.ham.ni.ga
你支持哪個候選人？

🅑 저는 아직 결정하지 못했습니다.
jo*.neun/a.jik/gyo*l.jo*ng.ha.ji/mo.te*t.sseum.
ni.da
我還沒決定。

情境會話二

🅐 일자리를 구했어요?
il.ja.ri.reul/gu.he*.sso*.yo
你找到工作了嗎？

🅑 불경기때문에 직업 구하기가 힘들어요.
bul.gyo*ng.gi.de*.mu.ne/ji.go*p/gu.ha.gi.ga/
him.deu.ro*.yo
因為經濟不景氣的關係，很難找工作。

相關例句

☞ 저는 정치에 대한 관심은 없어요.
jo*.neun/jo*ng.chi.e/de*.han/gwan.si.meun/o*
p.sso*.yo
我不關心政治。

☞ 제가 지지하는 후보는 떨어졌습니다.
je.ga/ji.ji.ha.neun/hu.bo.neun/do*.ro*.jo*t.
sseum.ni.da
我所支持的候選人落選了。

☞ 이번 선거에서는 누가 당선될거라고
생각하십니까?
i.bo*n/so*n.go*.e.so*.neun/nu.ga/dang.so*n.
dwel.go*.ra.go/se*ng.ga.ka.sim.ni.ga
你認為這次選舉誰會當選？

☞ 지금 실업률이 높아지고 있대요.
ji.geum/si.ro*m.nyu.ri/no.pa.ji.go/it.de*.yo
聽説現在失業率不斷升高。

☞ 불경기가 계속 될까봐 걱정되네요.
bul.gyo*ng.gi.ga/gye.sok/dwel.ga.bwa/go*k.
jjo*ng.dwe.ne.yo
真擔心不景氣一直持續下去。

☞ 회사의 재정 상황이 어때요?
hwe.sa.ui/je*.jo*ng/sang.hwang.i/o*.de*.yo
公司的財政狀況怎麼樣？

☞ 주가가 대폭 하락했다고 합니다.
ju.ga.ga/de*.puk/ha.ra.ke*t.da.go/ham.ni.da
聽説股價大幅滑落。

Chapter 6

校園職場篇

談論學校生活

情境會話

Ⓐ 어떤 학위를 가지고 있습니까?

o*.do*n/ha.gwi.reul/ga.ji.go/it.sseum.ni.ga

你擁有什麼學歷？

Ⓑ 경영학 석사 학위가 있습니다.

gyo*ng.yo*ng.hak/so*k.ssa/ha.gwi.ga/it.
sseum.ni.da

我有經營學碩士的學位。

Ⓐ 유학한 적이 있습니까?

yu.ha.kan/jo*.gi/it.sseum.ni.ga

曾經留學過嗎？

Ⓑ 3년전에 교환학생으로 미국에 유학 간
적이 있습니다.

sam.nyo*n.jo*.ne/gyo.hwan.hak.sse*ng.eu.ro/
mi.gu.ge/yu.hak/gan/jo*.gi/it.sseum.ni.da

三年前曾經以交換學生的身分去美國留學過。

Ⓐ 대학교에선 어떤 동아리 활동을 하고
있었습니까?

de*.hak.gyo.e.so*n/o*.do*n/dong.a.ri/hwal.
dong.eul/ha.go/i.sso*t.sseum.ni.ga

大學時參加過什麼社團活動？

Ⓑ 동아리 활동에 한 번도 참여한 적이 없
었습니다.

dong.a.ri/hwal.dong.e/han.bo*n.do/cha.myo*.
han/jo*.gi/o*p.sso*t.sseum.ni.da

我一次也沒參加過社團活動。

相關例句

☞ 한국어학과를 전공하고 있습니다.

han.gu.go*.hak.gwa.reul/jjo*n.gong.ha.go/it.
sseum.ni.da

我主修韓國語學系。

☞ 어느 대학교를 다니셨습니까?

o*.neu/de*.hak.gyo.reul/da.ni.syo*t.sseum.ni.ga

你就讀什麼大學？

☞ 고려대학교에 다녔습니다.

go.ryo*.de*.hak.gyo.e/da.nyo*t.sseum.ni.da

我以前就讀高麗大學。

☞ 어느 학교를 졸업했습니까?

o*.neu/hak.gyo.reul/jjo.ro*.pe*t.sseum.ni.ga

你畢業於哪個學校？

☞ 1년 전에 대학원을 졸업했습니다.

il.lyo*n/jo*.ne/de*.ha.gwo.neul/jjo.ro*.pe*t.
sseum.ni.da

在一年前就研究所畢業了。

☞ 몇 학년이에요?

myo*t/hang.nyo*.ni.e.yo

你幾年級？

☞ 대학교 4학년입니다.

de*.hak.gyo/sa.hang.nyo*.nim.ni.da

大學四年級。

☞ 무엇을 공부하고 있습니까?

mu.o*.seul/gong.bu.ha.go/it.sseum.ni.ga

你在學什麼呢？

☞ 전공이 무엇입니까?

jo*n.gong.i/mu.o*.sim.ni.ga

主修什麼？

☞ 법률학을 전공합니다
bo*m.nyul.ha.geul/jjo*n.gong.ham.ni.da
主修法律。

☞ 부전공은 무엇입니까?
bu.jo*n.gong.eun/mu.o*.sim.ni.ga
副修什麼？

☞ 제 부전공은 정치학입니다.
je/bu.jo*n.gong.eun/jo*ng.chi.ha.gim.ni.da
我的副修是政治學。

☞ 몇 년도에 졸업했습니까?
myo*t/nyo*n.do.e/jo.ro*.pe*t.sseum.ni.ga
你是哪年畢業的？

☞ 저는 대학중퇴자입니다.
jo*.neun/de*.hak.jjung.twe.ja.im.ni.da
我是大學肄業生。

☞ 물리학 학사 위를 가지고 있어요.
mul.li.hak/hak.ssa/ha.gwi.reul/ga.ji.go/i.sso*.
yo
我擁有物理學的學士學位。

☞ 경희대학교에서 박사 학위를 받았습니
다.
gyo*ng.hi.de*.hak.gyo.e.so*/bak.ssa/ha.gwi.
reul/ba.dat.sseum.ni.da
我得到了慶熙大學的博士學位。

☞ 대학 때 그다지 열심히 공부하지 않
았습니다.
de*.hak/de*/geu.da.ji/yo*l.sim.hi/gong.bu.ha.
ji/a.nat.sseum.ni.da
我在大學時，沒有那麼用功。

☞ 매일 8교시가 있습니다.

me*.il/pal.gyo.si.ga/it.sseum.ni.da

我每天有八節課。

☞ 이번 학기에는 몇 과목이나 수강신청
을 했습니까?

i.bo*n/hak.gi.e.neun/myo*t/gwa.mo.gi.na/su.
gang.sin.cho*ng.eul/he*t.sseum.ni.ga

你這學期修了幾個科目？

☞ 12학점을 수강하고 있어요.

si.bi.hak.jjo*.meul/ssu.gang.ha.go/i.sso*.yo

我修 12 個學分。

☞ 수영 강좌에 신청하셨어요?

su.yo*ng/gang.jwa.e/sin.cho*ng.ha.syo*.sso*.
yo

你有申請游泳課程嗎？

考試入學

情境會話一

Ⓐ 대학 입학 시험을 통과했어요?
de*.hak/i.pak/si.ho*.meul/tong.gwa.he*.sso*.yo

你通過入學考試了嗎？

Ⓑ 네, 서울대학교에 들어갈 수 있게 됐어요.
ne//so*.ul.de*.hak.gyo.e/deu.ro*.gal/ssu/it.ge/dwe*.sso*.yo

通過了，我可以進入首爾大學了。

Ⓐ 와, 축하해요.
wa//chu.ka.he*.yo.

哇！恭喜你。

情境會話二

Ⓐ 영애씨가 입학 시험에 붙었대요.
yo*ng.e*.ssi.ga/i.pak/si.ho*.me/bu.to*t.de*.yo

聽說英愛入學考試考上了。

Ⓑ 그래요? 그녀가 시험에 붙을 줄 몰랐어요.
geu.re*.yo//geu.nyo*.ga/si.ho*.me/bu.teul/jjul/mol.la.sso*.yo

是嗎？我不知道她有考上。

課程學分

情境會話一

Ⓐ 수강 신청 기간은 언제까지입니까?

su.gang/sin.cho*ng/gi.ga.neun/o*n.je.ga.ji.im.ni.ga

課程申請的時間到什麼時候？

Ⓑ 이번 주 금요일까지입니다.

i.bo*n/ju/geu.myo.il.ga.ji.im.ni.da

到這個星期五為止。

Ⓐ 한 학기에 적어도 몇 학점을 이수해야 합니까?

han/hak.gi.e/jo*.go*.do/myo*t/hak.jjo*.meul/i.su.he*.ya/ham.ni.ga

一學期至少要修多少學分？

Ⓑ 적어도 필수 과목은 꼭 이수해야 합니다.

jo*.go*.do/pil.su/gwa.mo.geun/gok/i.su.he*.ya/ham.ni.da

至少要修必修科目。

情境會話二

Ⓐ 졸업 가능 학점은 몇 학점입니까?

jo.ro*p/ga.neung/hak.jjo*.meun/myo*t/hak.jjo*.mim.ni.ga

畢業需要幾學分？

Ⓑ 128 학점입니다.

be*.gi.sip.pal.hak.jjo*.mim.ni.da

128 個學分。

相關例句

☞ 이 과목은 몇 학점입니까?

i/gwa.mo.geun/myo*t/hak.jjo*.mim.ni.ga

這科有幾個學分？

☞ 수강 신청은 학교 홈 페이지에 접속
해서 합니다.

su.gang/sin.cho*ng.eun/hak.gyo/hom/pe.i.ji.e/
jo*p.sso.ke*.so*/ham.ni.da

課程要上學校網站申請。

☞ 학점 포기 신청기간은 언제인가요?

hak.jjo*m/po.gi/sin.cho*ng.gi.ga.neun/o*n.je.
in.ga.yo

放棄學分的申請期間是什麼時候？

☞ 학점 포기는 어떻게 하는 건가요?

hak.jjo*m/po.gi.neun/o*.do*.ke/ha.neun/go*n.
ga.yo

該怎麼放棄學分？

☞ 수강 학점 취소시 주의해야 할 사항
이 있나요?

su.gang/hak.jjo*m/chwi.so.si/ju.ui.he*.ya/hal/
ssa.hang.i/in.na.yo

取消課程學分時，有什麼該注意的事項嗎？

☞ 이 과목은 작년에 이수했습니다.

i/gwa.mo.geun/jang.nyo*.ne/i.su.he*t.sseum.
ni.da

這個科目我去年修過了。

☞ 필수과목은 반드시 들어야 하나요?

pil.su.gwa.mo.geun/ban.deu.si/deu.ro*.ya/ha.
na.yo

必修科目一定要修嗎？

☞ 교재는 어떻게 구입하나요?
gyo.je*.neun/o*.do*.ke/gu.i.pa.na.yo
教材要怎麼買？

☞ 성적은 어떻게 평가합니까?
so*ng.jo*.geun/o*.do*.ke/pyo*ng.ga.ham.ni.ga
怎麼評分成績的呢？

☞ 수업 시간은 꼭 지켜야 하나요?
su.o*p/si.ga.neun/gok/ji.kyo*.ya/ha.na.yo
上課時間一定要遵守嗎？

☞ 학점이 모자라면 어떻게 해야 합니까?
hak.jjo*.mi/mo.ja.ra.myo*n/o*.do*.ke/he*.ya/
ham.ni.ga
如果學分不足該怎麼辦呢？

☞ 이 과목의 담당 교수님은 누구입니까?
i/gwa.mo.gui/dam.dang/gyo.su.ni.meun/nu.gu.
im.ni.ga
這個科目的負責教授是誰？

☞ 이 전공은 어떤 과목들이 있습니까?
i/jo*n.gong.eun/o*.do*n/gwa.mok.deu.ri/it.
sseum.ni.ga
這個科系有哪些科目呢？

☞ 한국어학과 수업도 들을 수 있습니까?
han.gu.go*.hak.gwa/su.o*p.do/deu.reul/ssu/it.
sseum.ni.ga
也可以上韓語系的課程嗎？

獎學金

情境會話一

🅐 장학금 신청 자격은 어떻게 되나요?
jang.hak.geum/sin.cho*ng/ja.gyo*.geun/o*.
do*.ke/dwe.na.yo
獎學金的申請資格為何？

🅑 모든 과목에서 A를 받아야 장학금을 신
청할 수 있습니다.
mo.deun/gwa.mo.ge.so*/A.reul/ba.da.ya/jang.
hak.geu.meul/ssin.cho*ng/hal/ssu/it.sseup.ni.da
所有科目都得到 A，才可以申請獎學金。

情境會話二

🅐 유학생도 장학금을 신청할 수 있습니까?
yu.hak.sse*ng.do/jang.hak.geu.meul/ssin.cho*
ng/hal/ssu/it.sseum.ni.ga
留學生也可以申請獎學金嗎？

🅑 유학생도 장학금 신청이 가능합니다.
yu.hak.sse*ng.do/jang.hak.geum/sin.cho*ng.i/
ga.neung.ham.ni.da
留學生也可以申請獎學金。

🅐 장학금 신청 방법 좀 알려주세요.
jang.hak.geum/sin.cho*ng/bang.bo*p/jom/al.
lyo*.ju.se.yo
請告訴我申請獎學金的辦法。

相關例句

☞ 장학금 신청은 어떻게 해야 합니까?
jang.hak.geum/sin.cho*ng.eun/o*.do*.ke/he*.
ya/ham.ni.ga
該怎麼申請獎學金呢？

☞ 장학금을 받고 싶은 학생은 학생처로
문의하세요.
jang.hak.geu.meul/bat.go/si.peun/hak.sse*ng.
eun/hak.sse*ng.cho*.ro/mu.nui.ha.se.yo
想領取獎學金的學生請諮詢學生處。

☞ 선발기준은 무엇입니까?
so*n.bal.gi.ju.neun/mu.o*.sim.ni.ga
選拔基準為何？

☞ 장학금을 얼마 동안 받을 수 있나요?
jang.hak.geu.meul/o*l.ma/dong.an/ba.deul/ssu/
in.na.yo
獎學金多久可以拿到？

☞ 장학금 신청시 제출서류는 무엇입니까?
jang.hak.geum/sin.cho*ng.si/je.chul.so*.ryu.
neun/mu.o*.sim.ni.ga
申請獎學金時，要繳交什麼資料？

☞ 장학금은 어떤 방식으로 받을 수 있
나요?
jang.hak.geu.meun/o*.do*n/bang.si.geu.ro/ba.
deul/ssu/in.na.yo
獎學金可以以何種方式取得？

情境會話一

Ⓐ 여러분, 또 다른 질문이 있어요?
yo*.ro*.bun//do/da.reun/jil.mu.ni/i.sso*.yo
各位同學，還有其他問題嗎？

Ⓑ 없습니다.
o*p.sseum.ni.da
沒有。

Ⓐ 그럼 오늘 수업은 여기까지입니다.
geu.ro*m/o.neul/ssu.o*.beun/yo*.gi.ga.ji.im.ni.
da
那今天的課上到這裡。

情境會話二

Ⓐ 선생님, 이 단어는 어떻게 읽습니까?
so*n.se*ng.nim//i/da.no*.neun/o*.do*.ke/ik.
sseum.ni.ga
老師，這個單字該怎麼念？

Ⓑ 제가 다시 한 번 읽어 줄게요. 다들 같
이 따라 읽어 주세요.
je.ga/da.si/han/bo*n/il.go*/jul.ge.yo//da.deul/
ga.chi/da.ra/il.go*/ju.se.yo
我再念一次，請大家一起跟著念。

相關例句

☞ 질문이 있는 사람은 손을 드세요.
jil.mu.ni/in.neun/sa.ra.meun/so.neul/deu.se.yo
有問題的人請舉手。

☞ 다시 한 번 설명해 주세요.
da.si/han/bo*n/so*l.myo*ng.he*/ju.se.yo
請您再説明一次。

☞ 선생님, 질문이 있습니다.
so*n.se*ng.nim//jil.mu.ni/it.sseum.ni.da
老師，我有問題。

☞ 수업 마칩시다.
su.o*p/ma.chip.ssi.da
我們下課吧！

☞ 김교수님 수업 들어 본 적 있어요?
gim.gyo.su.nim/su.o*p/deu.ro*/bon/jo*k/i.
sso*.yo
你上過金教授的課嗎？

☞ 오늘 몇 시에 수업하죠?
o.neul/myo*t/si.e/su.o*.pa.jyo
你今天幾點上課？

☞ 오늘 오후 3시에 수업이 끝나요.
o.neul/o.hu/3si.e/su.o*.bi/geun.na.yo
今天下午三點下課。

☞ 여러분, 큰 소리로 읽어 주세요.
yo*.ro*.bun//keun/so.ri.ro/il.go*/ju.se.yo
請大家大聲念出來。

☞ 조용히 하세요.
jo.yong.hi/ha.se.yo
請安靜。

☞ 잘 들어 주세요.
jal/deu.ro*/ju.se.yo
仔細聽好。

☞ 대답해 주세요.
de*.da.pe*/ju.se.yo
請回答。

☞ 노트에 적어 주세요.
no.teu.e/jo*.go*/ju.se.yo
請抄在筆記本上。

☞ 커닝하지 마세요.
ko*.ning.ha.ji/ma.se.yo
不要作弊。

☞ 45페이지를 펴 주세요.
sa.si.bo.pe.i.ji.reul/pyo*/ju.se.yo
請翻開 45 頁。

☞ 책을 덮으세요.
che*.geul/do*.peu.se.yo
把書合上。

☞ 칠판을 보세요.
chil.pa.neul/bo.se.yo
請看黑板。

☞ 집중하세요.
jip.jjung.ha.se.yo
專心一點！

☞ 좋은 질문이에요!
jo.eun/jil.mu.ni.e.yo
這是很好的問題。

☞ 손을 내리세요.
so.neul/ne*.ri.se.yo
請把手放下。

☞ 모르는 게 있으면 바로 물어보세요.
mo.reu.neun/ge/i.sseu.myo*n/ba.ro/mu.ro*.bo.
se.yo
如果有不懂的地方，馬上提出來。

☞ 이것은 한국어로 뭐라고 해요?
i.go*.seun/han.gu.go*.ro/mwo.ra.go/he*.yo
這個韓文怎麼講？

情境會話一

Ⓐ 기말시험은 어떻게 됐어요?
gi.mal.ssi.ho*.meun/o*.do*.ke/dwe*.sso*.yo
期末考考得怎麼樣？

Ⓑ 열심히 공부했는데 시험을 잘 보지 못 했어요.
yo*l.sim.hi/gong.bu.he*n.neun.de/si.ho*.meul/
jjal/bo.ji/mo.te*.sso*.yo
雖然很努力讀書，但還是考不好。

Ⓐ 나도 좋은 점수를 받지 못했어요.
na.do/jo.eun/jo*m.su.reul/bat.jji/mo.te*.sso*.
yo
我也沒拿到好的分數。

情境會話二

Ⓐ 내일이 시험인데 같이 도서관에서 공부 할까요?
ne*.i.ri/si.ho*.min.de/ga.chi/do.so*.gwa.ne.so*
/gong.bu.hal.ga.yo
明天就是考試了，要不要一起去圖書館讀書？

Ⓑ 미안해요, 난 아르바이트 하러 가야 돼 요.
mi.an.he*.yo,/nan/a.reu.ba.i.teu/ha.ro*/ga.ya/
dwe*.yo
對不起，我得去打工。

相關例句

☞ 시험에 합격했습니다.
si.ho*.me/hap.gyo*.ke*t.sseum.ni.da
考試合格了。

☞ 시험에 떨어졌습니다.
si.ho*.me/do*.ro*.jo*t.sseum.ni.da
考不上。

☞ 시험에 붙었습니다.
si.ho*.me/bu.to*t.sseum.ni.da
考上了。

☞ 이번 시험은 생각보다 쉬웠습니다.
i.bo*n/si.ho*.meun/se*ng.gak.bo.da/swi.wot.
sseum.ni.da
這次的考試比想像中得簡單。

☞ 내일부터 중간고사입니다.
ne*.il.bu.to*/jung.gan.go.sa.im.ni.da
明天起就是期中考了。

☞ 선생님, 시험 범위는 어디에서 어디까지입니까?
so*n.se*ng.nim//si.ho*m/bo*.mwi.neun/o*.di.
e.so*/o*.di.ga.ji.im.ni.ga
老師，考試範圍是哪裡到哪裡？

☞ 어제 시험은 아주 어려웠습니다.
o*.je/si.ho*.meun/a.ju/o*.ryo*.wot.sseum.ni.da
昨天的考試很難。

☞ 시험 결과는 어떻게 되었나요?
si.ho*m/gyo*l.gwa.neun/o*.do*.ke/dwe.o*n.
na.yo
考試結果怎麼樣？

● track 280

☞ 이번 시험에서 100점을 받았어요.
i.bo*n/si.ho*.me.so*/be*k.jjo*.meul/ba.da.
sso*.yo

這次考試我得了一百分。

☞ 내일이 시험인데 공부 잘 했어요?
ne*.i.ri/si.ho*.min.de/gong.bu/jal/he*.sso*.yo

明天就要考試了，有好好讀書嗎？

☞ 그는 밤새워 시험 준비를 했어요.
geu.neun/bam.se*.wo/si.ho*m/jun.bi.reul/he*.
sso*.yo

他熬夜準備考試。

☞ 전 시험 준비하느라 눈코뜰새 없이 바
빴어요.
jo*n/si.ho*m/jun.bi.ha.neu.ra/nun.ko.deul.sse*
/o*p.ssi/ba.ba.sso*.yo

因為準備考試的關係，所以忙得不可開交。

☞ 저는 내일 시험이 있어서 공부를 해
야겠어요.
jo*.neun/ne*.il/si.ho*.mi/i.sso*.so*/gong.bu.
reul/he*.ya.ge.sso*.yo

因為我明天有考試，要念書。

☞ 그는 커닝을 통해서 시험을 통과했어요.
geu.neun/ko*.ning.eul/tong.he*.so*/si.ho*.
meul/tong.gwa.he*.sso*.yo

他藉由作弊通過了考試。

學習成績

情境會話一

Ⓐ 그녀는 매일 밤중까지 공부를 해요.
geu.nyo*.neun/me*.il/bam.jung.ga.ji/gong.bu.
reul/he*.yo
她每天都讀書到深夜。

Ⓑ 그녀는 이번 시험도 1등을 받았다고 들
었어요.
geu.nyo*.neun/i.bo*n/si.ho*m.do/il.deung.eul/
ba.dat.da.go/deu.ro*.sso*.yo
聽說這次考試她也得到第一名。

Ⓐ 정말 모범 학생이군요.
jo*ng.mal/mo.bo*m/hak.sse*ng.i.gu.nyo
真是個模範學生。

情境會話二

Ⓐ 넌 이번 영어 성적은 어때요?
no*n/i.bo*n/yo*ng.o*/so*ng.jo*.geun/o*.de*.
yo
你這次的英語成績怎麼樣？

Ⓑ 말도 마세요. 시험 준비 거의 안 해서
50점만 받았어요.
mal.do/ma.se.yo//si.ho*m/jun.bi/go*.ui/an/he*.
so*/o.sip.jjo*m.man/ba.da.sso*.yo
別提了，因為我幾乎沒準備，所以只得到 50
分。

相關例句

☞ 영어 단어는 아무리 외워도 금방 잊
어버립니다.

yo*ng.o*/da.no*.neun/a.mu.ri/we.wo.do/geum.
bang/i.jo*.bo*.rim.ni.da

不管我怎麼背英文單字，還是馬上就會忘記。

☞ 이제 공부를 좀 해야 할 것 같아요.

i.je/gong.bu.reul/jjom/he*.ya/hal/go*t/ga.ta.yo

我該念書了。

☞ 그는 수학 성적이 특히 좋아요.

geu.neun/su.hak/so*ng.jo*.gi/teu.ki/jo.a.yo

他的數學成績特別好。

☞ 이번 학기 성적 어땠어?

i.bo*n/hak.gi/so*ng.jo*k/o*.de*.sso*

這學期的成績怎麼樣？

☞ 역사 성적은 지난번보다 나빴어.

yo*k.ssa/so*ng.jo*.geun/ji.nan.bo*n.bo.da/na.
ba.sso*

歷史成績比上次還差。

☞ 그는 반에서 1등이에요.

geu.neun/ba.ne.so*/il.deung.i.e.yo

他是我們班第一名。

☞ 그가 우리 반에서 제일 뒤떨어진 것
같아요.

geu.ga/u.ri/ba.ne.so*/je.il/dwi.do*.ro*.jin/go*t/
ga.ta.yo

他好像是我們班最落後的。

☞ 이건 내게 어려운 학과예요.

i.go*n/ne*.ge/o*.ryo*.un/hak.gwa.ye.yo

對我來說這是困難的學科。

☞ 좋은 성적을 얻으려고 열심히 공부하
　는 중이에요.

jo.eun/so*ng.jo*.geul/o*.deu.ryo*.go/yo*l.sim.
hi/gong.bu.ha.neun/jung.i.e.yo

為了取得好成績，正在努力用功中。

☞ 이 과목은 저한테 너무 쉬워요.

i/gwa.mo.geun/jo*.han.te/no*.mu/swi.wo.yo

這個科目對我來說太簡單了。

☞ 저는 맨 뒷자리에 앉기를 좋아해요.

jo*.neun/me*n/dwit.jja.ri.e/an.gi.reul/jjo.a.he*.
yo

我喜歡坐在最後面的位子。

☞ 만일 수업에 늦으면 어떻게 해요?

ma.nil/su.o*.be/neu.jeu.myo*n/o*.do*.ke/he*.
yo

萬一上課遲到了，該怎麼辦？

情境會話一

Ⓐ 선생님, 이 과제기한이 언제까지입니까?
so*n.se*ng.nim//i/gwa.je.gi.ha.ni/o*n.je.ga.ji.
im.ni.ga
老師，這作業的繳交期限到什麼時候？

Ⓑ 이번주 금요일까지 제출하세요.
i.bo*n.ju/geu.myo.il.ga.ji/je.chul.ha.se.yo
請在這星期五之前繳交。

情境會話二

Ⓐ 리포트 마감일은 다음주 월요일로 연기
해도 될까요?
ri.po.teu/ma.ga.mi.reun/da.eum.ju/wo.ryo.il.lo/
yo*n.gi.he*.do/dwel.ga.yo
報告的截止日期可以延到下星期一嗎？

Ⓑ 안 돼요. 내일 수업 끝나기 전에 꼭 제
출해야 돼요.
an/dwe*.yo//ne*.il/su.o*p/geun.na.gi/jo*.ne/
gok/je.chul.he*.ya/dwe*.yo
不行，明天下課之前一定要交。

Ⓐ 알겠습니다.
al.get.sseum.ni.da
我知道了。

相關例句

☞ 죄송한데요. 전 리포트 마감시간을 못
지킬 것 같아요.

we.song.han.de.yo//jo*n/ri.po.teu/ma.gam.si.
ga.neul/mot/ji.kil/go*t/ga.ta.yo

對不起，我好像無法遵守報告的繳交日期。

☞ 이 숙제는 친구랑 같이 완성해도 되
나요?

i/suk.jje.neun/chin.gu.rang/ga.chi/wan.so*ng.
he*.do/dwe.na.yo

這作業可以和朋友一起完成嗎？

☞ 요즘 숙제가 너무 많아서 정말 미치
겠어요.

yo.jeum/suk.jje.ga/no*.mu/ma.na.so*/jo*ng.
mal/mi.chi.ge.sso*.yo

最近作業太多，真的快瘋掉了。

☞ 선생님이 매일 숙제를 내줍니다.

so*n.se*ng.ni.mi/me*.il/suk.jje.reul/ne*.jum.
ni.da

老師每天都出作業。

☞ 리포트는 영어로 쓰는 거예요? 아니면
중국어로 쓰는 거예요?

ri.po.teu.neun/yo*ng.o*.ro/sseu.neun/go*.ye.
yo//a.ni.myo*n/jung.gu.go*.ro/sseu.neun/go*.
ye.yo

報告是用英文寫，還是用中文寫？

☞ 여러분, 리포트를 내주세요.

yo*.ro*.bun//ri.po.teu.reul/ne*.ju.se.yo

各位同學，請交報告。

情境會話

Ⓐ 한국어를 정말 잘하시네요.

han.gu.go*.reul/jjo*ng.mal/jjal.ha.ssi.ne.yo

你韓文講得真好。

Ⓑ 과찬이십니다.

gwa.cha.ni.sim.ni.da

你過獎了。

Ⓐ 한국어를 얼마 동안 배우셨어요?

han.gu.go*.reul/o*l.ma/dong.an/be*.u.syo*.

sso*.yo

你韓文學了多久?

Ⓑ 2년 동안 배웠어요.

i.nyo*n/dong.an/be*.wo.sso*.yo

學了兩年。

Ⓐ 한국어가 어려운가요?

han.gu.go*.ga/o*.ryo*.un.ga.yo

韓國語很難嗎?

Ⓑ 영어보다 조금 어렵다고 생각해요.

yo*ng.o*.bo.da/jo.geum/o*.ryo*p.da.go/se*ng.

ga.ke*.yo

我覺得比英文難一點點。

相關例句

☞ 한국말을 아주 잘하는데 어디에서 배
웠어요?

han.gung.ma.reul/a.ju/jal.ha.neun.de/o*.di.e.

so*/be*.wo.sso*.yo

你韓文真好,在哪裡學的?

☞ 어떻게 하면 발음이 좋아질까요?
o*.do*.ke/ha.myo*n/ba.reu.mi/jo.a.jil.ga.yo
該怎麼做，發音才會變好？

☞ 한국어를 공부하기 위해 한국에 왔습
니다.
han.gu.go*.reul/gong.bu.ha.gi/wi.he*/han.gu.
ge/wat.sseum.ni.da
我為了學韓文來韓國的。

☞ 영어를 배우고 싶습니다.
yo*ng.o*.reul/be*.u.go/sip.sseum.ni.da
我想學英文。

☞ 영어 공부는 그다지 재미있지 않습니다.
yo*ng.o*/gong.bu.neun/geu.da.ji/je*.mi.it.jji/
an.sseum.ni.da
學英文沒那麼有趣。

☞ 한국어 존대말은 너무 복잡한데 자세
히 설명해 주세요.
han.gu.go*/jon.de*.ma.reun/no*.mu/bok.jja.
pan.de/ja.se.hi/so*l.myo*ng.he*/ju.se.yo
韓文的尊敬語很複雜，請仔細為我說明。

☞ 미연씨는 한국말을 한 달밖에 안 배
웠어요.
mi.yo*n.ssi.neun/han.gung.ma.reul/han/dal.ba.
ge/an/be*.wo.sso*.yo
美妍只學了一個月的韓語。

情境會話一

Ⓐ 이 책을 빌리고 싶습니다.
i/che*.geul/bil.li.go/sip.sseum.ni.da
我想借這本書。

Ⓑ 학생증을 보여 주세요.
hak.sse*ng.jeung.eul/bo.yo*/ju.se.yo
請出示學生證。

Ⓐ 여기 있습니다. 며칠 동안 빌릴 수 있습니까?
yo*.gi/it.sseum.ni.da//myo*.chil/dong.an/bil.lil/su/it.sseum.ni.ga
在這裡，可以借幾天？

Ⓑ 한 달 동안 빌릴 수 있습니다.
han/dal/dong.an/bil.lil/su/it.sseum.ni.da
可以借一個月。

情境會話二

Ⓐ 영어 잡지를 찾고 있는데 어디에 있습니까?
yo*ng.o*/jap.jji.reul/chat.go/in.neun.de/o*.di.e/it.sseum.ni.ga
我在找英語雜誌，請問在哪裡？

Ⓑ 저쪽에 있는 컴퓨터로 검색해 보세요.
jo*.jjo.ge/in.neun/ko*m.pyu.to*.ro/go*m.se*.ke*/bo.se.yo
請使用那裡的電腦搜尋。

相關例句

☞ 책에 관해서 물어 보고 싶은 게 있는데요.

che*.ge/gwan.he*.so*/mu.ro*/bo.go/si.peun/ge/in.neun.de.yo

我想詢問有關書籍的問題。

☞ 다음 주 목요일까지 반납해 주세요.

da.eum/ju/mo.gyo.il.ga.ji/ban.na.pe*/ju.se.yo

請在下周四歸還。

☞ 도서관 개방시간이 어떻게 되나요?

do.so*.gwan/ge*.bang.si.ga.ni/o*.do*.ke/dwe.na.yo

圖書館的開放時間是何時？

☞ 한번에 책은 몇 권까지 빌릴 수 있습니까?

han.bo*.ne/che*.geun/myo*t/gwon.ga.ji/bil.lil/su/it.sseum.ni.ga

一次可以借幾本書？

☞ 이책들 빌리겠습니다.

i.che*k.deul/bil.li.get.sseum.ni.da

我要借這些書。

☞ 도서관 회원증을 보여 주세요.

do.so*.gwan/hwe.won.jeung.eul/bo.yo*/ju.se.yo

請出示圖書館借書證。

☞ 반납일을 지키지 못하면 연체 요음을 내야 합니다.

ban.na.bi.reul/jji.ki.ji/mo.ta.myo*n/yo*n.che/yo.geu.meul/ne*.ya/ham.ni.da

如果沒遵守還書日，就要支付拖延費用。

畢業

情境會話一

Ⓐ 졸업 후에 무슨 계획 있어요?
jo.ro*p/hu.e/mu.seun/gye.hwek/i.sso*.yo
畢業後有什麼計畫嗎？

Ⓑ 대학원에 들어갈 생각 있어요.
de*.ha.gwo.ne/deu.ro*.gal/sse*ng.gak/i.sso*.yo
打算進研究所。

Ⓐ 이 대학에 계속 다닐 거예요?
i/de*.ha.ge/gye.sok/da.nil/go*.ye.yo
要繼續在這所學校就讀嗎？

Ⓑ 아니요. 다른 학교 대학원 시험을 볼 예정이에요.
a.ni.yo//da.reun/hak.gyo/de*.ha.gwon/si.ho*.meul/bol/ye.jo*ng.i.e.yo
不，我要考其他學校的研究所考試。

情境會話二

Ⓐ 난 다음 달에 드디어 졸업할 거예요.
nan/da.eum/da.re/deu.di.o*/jo.ro*.pal/go*.ye.yo
我下個月終於要畢業了。

Ⓑ 졸업 축하합니다.
jo.ro*p/chu.ka.ham.ni.da
恭喜你畢業。

相關例句

☞ 3개월만 있으면 졸업하게 돼요.

sam.ge*.wol.man/i.sseu.myo*n/jo.ro*.pa.ge/
dwe*.yo

三個月後，我就要畢業了。

☞ 졸업하면 한국에 가서 유학할 예정입
니다.

jo.ro*.pa.myo*n/han.gu.ge/ga.so*/yu.ha.kal/
ye.jo*ng.im.ni.da

畢業後，我預計到韓國留學。

☞ 저희 부모님은 제 대학 졸업식에 참
석하셨습니다.

jo*.hi/bu.mo.ni.meun/je/de*.hak/jo.ro*p.ssi.ge/
cham.so*.ka.syo*t.sseum.ni.da

我爸媽參加了我的大學畢業典禮。

☞ 졸업식이 언제입니까?

jo.ro*p.ssi.gi/o*n.je.im.ni.ga

畢業典禮是什麼時候？

☞ 졸업하면 취직할 작정입니다.

jo.ro*.pa.myo*n/chwi.ji.kal/jjak.jjo*ng.im.ni.da

畢業後，我打算就業。

☞ 졸업 후에 무엇을 해야 할지 모르겠
어요.

jo.ro*p/hu.e/mu.o*.seul/he*.ya/hal.jji/mo.reu.
ge.sso*.yo

我畢業後，不知道要做什麼？

☞ 졸업 논문은 무엇에 관한 것이었습니
까?

jo.ro*p/non.mu.neun/mu.o*.se/gwan.han/go*.
si.o*t.sseum.ni.ga

畢業論文是有關什麼內容？

打工

情境會話一

Ⓐ 며칠 전에 아르바이트를 구했어요.
myo*.chil/jo*.ne/a.reu.ba.i.teu.reul/gu.he*.
sso*.yo
我幾天前找到打工的工作了。

Ⓑ 어디서 일해요?
o*.di.so*/il.he*.yo
在哪裡工作?

Ⓐ 학교 근처의 한식집에서 일해요.
hak.gyo/geun.cho*.ui/han.sik.jji.be.so*/il.he*.
yo
在學校附近的韓式料理店工作。

情境會話二

Ⓐ 아르바이트를 하고 있나요?
a.reu.ba.i.teu.reul/ha.go/in.na.yo
你有在打工嗎?

Ⓑ 아니요. 졸업 논문을 준비하느라고 아
르바이트하는 시간이 없어요.
a.ni.yo//jo.ro*p/non.mu.neul/jjun.bi.ha.neu.ra.
go/a.reu.ba.i.teu.ha.neun/si.ga.ni/o*p.sso*.yo
沒有，因為要準備畢業論文，所以沒有時間打
工。

相關例句

☞ 요즘 아르바이트하는 학생들이 많습니다.

yo.jeum/a.reu.ba.i.teu.ha.neun/hak.sse*ng.deu.ri/man.sseum.ni.da

最近打工的學生很多。

☞ 시급이 좋은 아르바이트를 소개해 주세요.

si.geu.bi/jo.eun/a.reu.ba.i.teu.reul/sso.ge*.he*/ju.se.yo

請介紹時薪不錯的打工工作給我。

☞ 어디서 아르바이트를 합니까?

o*.di.so*/a.reu.ba.i.teu.reul/ham.ni.ga

你在哪裡打工?

☞ 저는 주유소에서 아르바이트를 하고 있습니다.

jo*.neun/ju.yu.so.e.so*/a.reu.ba.i.teu.reul/ha.go/it.sseum.ni.da

我在加油站打工。

☞ 저는 아르바이트로 학비를 벌어요.

jo*.neun/a.reu.ba.i.teu.ro/hak.bi.reul/bo*.ro*.yo

我打工來賺學費。

☞ 아르바이트 일자리 찾기가 쉽지 않아요.

a.reu.ba.i.teu/il.ja.ri/chat.gi.ga/swip.jji/a.na.yo

打工的工作不好找。

☞ 용돈을 벌기 위해 아르바이트를 합니다.

yong.do.neul/bo*l.gi/wi.he*/a.reu.ba.i.teu.reul/ham.ni.da

為了賺零用錢而打工。

情境會話

Ⓐ 당신은 어느 회사에서 근무하십니까?
dang.si.neun/o*.neu/hwe.sa.e.so*/geun.mu.ha.
sim.ni.ga
你在哪家公司上班?

Ⓑ 저는 건축 회사에서 일합니다.
jo*.neun/go*n.chuk/hwe.sa.e.so*/il.ham.ni.da
我在建築公司上班。

Ⓐ 몇 시에 출근합니까?
myo*t/si.e/chul.geun.ham.ni.ga
幾點上班?

Ⓑ 아침 9시에 출근합니다.
a.chim/a.hop.ssi.e/chul.geun.ham.ni.da
我早上九點上班。

Ⓐ 언제 퇴근합니까?
o*n.je/twe.geun.ham.ni.ga
幾點下班?

Ⓑ 저녁 6시에 퇴근합니다.
jo*.nyo*k/yo*.so*t.ssi.e/twe.geun.ham.ni.da
晚上六點下班。

相關例句

☞ 잔업은 자주 합니까?
ja.no*.beun/ja.ju/ham.ni.ga
要常加班嗎?

☞ 월급은 얼마입니까?
wol.geu.beun/o*l.ma.im.ni.ga
月薪多少?

☞ 집에서 회사까지 멉니까?

ji.be.so*/hwe.sa.ga.ji/mo*m.ni.ga

家裡到公司會遠嗎？

☞ 저의 직업은 의사입니다.

jo*.ui/ji.go*.beun/ui.sa.im.ni.da

我的職業是醫生。

☞ 하루에 몇 시간씩 일합니까?

ha.ru.e/myo*t/si.gan.ssik/il.ham.ni.ga

一天要工作幾個小時？

☞ 평소에 어떻게 출근하십니까?

pyo*ng.so.e/o*.do*.ke/chul.geun.ha.sim.ni.ga

你平時怎麼上班？

☞ 일주일에 며칠 일합니까?

il.ju.i.re/myo*.chil/il.ham.ni.ga

你一星期工作幾天？

☞ 자주 출장해야 합니까?

ja.ju/chul.jang.he*.ya/ham.ni.ga

要經常出差嗎？

☞ 그 회사에서 일하신 지 몇 년이나 되셨습니까?

geu/hwe.sa.e.so*/il.ha.sin/ji/myo*t/nyo*.ni.na/dwe.syo*t.sseum.ni.ga

你在那家公司工作幾年了？

☞ 회사에서 대우는 어떻습니까?

hwe.sa.e.so*/de*.u.neun/o*.do*.sseum.ni.ga

在公司的待遇怎麼樣？

☞ 토요일에도 출근해야 합니까?

to.yo.i.re.do/chul.geun.he*.ya/ham.ni.ga

你星期六也要上班嗎？

☞ 연봉은 얼마인가요?
yo*n.bong.eun/o*l.ma.in.ga.yo
你年薪多少？

☞ 월급이 너무 적어요.
wol.geu.bi/no*.mu.jo*.go*.yo
月薪太少了。

☞ 언제 퇴직하십니까?
o*n.je/twe.ji.ka.sim.ni.ga
你什麼時候退休？

☞ 일은 아직 익숙하지 않습니다.
i.reun/a.jik/ik.ssu.ka.ji/an.sseum.ni.da
工作尚未熟悉。

☞ 광고회사에 근무합니다.
gwang.go.hwe.sa.e/geun.mu.ham.ni.da
在廣告公司上班。

☞ 새러운 일은 어떻습니까?
se*.ro*.un/i.reun/o*.do*.sseum.ni.ga
新的工作怎麼樣？

☞ 직업을 바꾸고 싶어요.
ji.go*.beul/ba.gu.go/si.po*.yo
我想換工作。

☞ 무역에 관한 일은 저와 맞지 않습니다.
mu.yo*.ge/gwan.han/i.reun/jo*.wa/mat.jji/an.
sseum.ni.da
貿易相關的工作不適合我。

☞ 새 직장은 잔업이 별로 없습니다.
se*/jik.jjang.eun/ja.no*.bi/byo*l.lo/o*p.sseum.
ni.da
新的公司不太需要加班。

☞ 회사 일이 아주 힘들었습니다.

hwe.sa/i.ri/a.ju/him.deu.ro*t.sseum.ni.da

公司的工作很辛苦。

情境會話一

Ⓐ 부장님, 안녕하세요.
bu.jang.nim//an.nyo*ng.ha.se.yo
部長，早安！

Ⓑ 안녕하세요. 오늘은 일찍 나오셨네요.
an.nyo*ng.ha.se.yo//o.neu.reun/il.jjik/na.o.
syo*n.ne.yo
早安！今天你很早來呢！

Ⓐ 네, 오늘 처리해야 할 일이 많아서요.
ne//o.neul/cho*.ri.he*.ya/hal/i.ri/ma.na.so*.yo
對啊！因為今天要處理的事情很多。

Ⓑ 수고해요.
su.go.he*.yo
辛苦了。

情境會話二

Ⓐ 과장님, 전 먼저 퇴근하겠습니다.
gwa.jang.nim//jo*n/mo*n.jo*/twe.geun.ha.get.
sseum.ni.da
課長，我先下班了。

Ⓑ 조심히 들어가요.
jo.sim.hi/deu.ro*.ga.yo
小心回去喔！

相關例句

☞ 좋은 아침입니다.
jo.eun/a.chi.mim.ni.da
早安。

☞ 자네, 또 지각하네.
ja.ne//do/ji.ga.ka.ne
你又遲到了！

☞ 죄송합니다. 늦었습니다.
jwe.song.ham.ni.da//neu.jo*t.sseum.ni.da
對不起，我遲到了。

☞ 다녀오겠습니다.
da.nyo*.o.get.sseum.ni.da
我出發了。

☞ 수고하셨습니다.
su.go.ha.syo*t.sseum.ni.da
您辛苦了。

☞ 집에 급한 일이 있어서 먼저 퇴근하
겠습니다.
ji.be/geu.pan/i.ri/i.sso*.so*/mo*n.jo*/twe.
geun.ha.get.sseum.ni.da
因為家裡有急事，我先下班了。

☞ 퇴근 시간이 다 됐어요. 전 먼저 가
겠습니다.
twe.geun/si.ga.ni/da/dwe*.sso*.yo//jo*n/mo*n.
jo*/ga.get.sseum.ni.da
下班時間到了，我先走了。

情境會話一

Ⓐ 회의 시간이 언제죠?
hwe.ui/si.ga.ni/o*n.je.jyo
開會的時間是什麼時候?

Ⓑ 오후3시반입니다.
o.hu/se.si.ba.nim.ni.da
下午三點半。

Ⓐ 오늘 회의 주제는 뭐예요?
o.neul/hwe.ui/ju.je.neun/mwo.ye.yo
今天開會的主題是什麼?

Ⓑ 회의 주제는 신개발 상품에 관한 것입니다.
hwe.ui/ju.je.neun/sin.ge*.bal/ssang.pu.me/gwan.han/go*.sim.ni.da
開會主題是有關新開發的產品。

情境會話二

Ⓐ 박대리님, 다른 의견이 있으세요?
bak.de*.ri.nim//da.reun/ui.gyo*.ni/i.sseu.se.yo
樸代理,你有什麼其他意見嗎?

Ⓑ 없습니다. 저도 이 의견에 찬성합니다.
o*p.sseum.ni.da//jo*.do/i/ui.gyo*.ne/chan.so*ng.ham.ni.da
沒有,我也贊成這個意見。

相關例句

☞ 회의실은 2층에 있습니다.
hwe.ui.si.reun/i.cheung.e/it.sseum.ni.da
會議室在二樓。

☞ 오늘 회의가 갑자기 취소됐습니다.
o.neul/hwe.ui.ga/gap.jja.gi/chwi.so.dwe*t.
sseum.ni.da
今天的會議突然被取消了。

☞ 다들, 회의 준비 하세요.
da.deul//hwe.ui/jun.bi/ha.se.yo
各位，請準備開會。

☞ 회의 자료를 나누어 주세요.
hwe.ui/ja.ryo.reul/na.nu.o*/ju.se.yo
請將開會資料發下去。

☞ 회의가 몇 시에 끝납니까?
hwe.ui.ga/myo*t/si.e/geun.nam.ni.ga
會議幾點結束？

☞ 그럼 회의를 시작하겠습니다.
geu.ro*m/hwe.ui.reul/ssi.ja.ka.get.sseum.ni.da
那會議開始。

☞ 그럼 다음 의제로 넘어가겠습니다.
geu.ro*m/da.eum/ui.je.ro/no*.mo*.ga.get.
sseum.ni.da
那麼我們進行下個議題。

☞ 회의 시작하기 전에 간단히 보고 좀
해 주세요.
hwe.ui/si.ja.ka.gi/jo*.ne/gan.dan.hi/bo.go/jom/
he*.ju.se.yo
在會議開始之前，請先做個簡單的報告。

☞ 여러분 생각은 어떻습니까?
yo*.ro*.bun/se*ng.ga.geun/o*.do*.sseum.ni.ga
各位的想法怎麼樣？

☞ 좀 쉬었다 합시다.
jom/swi.o*t.da/hap.ssi.da
休息一下再繼續吧！

☞ 회의에 늦어서 죄송합니다.
hwe.ui.e/neu.jo*.so*/jwe.song.ham.ni.da
開會遲到很抱歉。

☞ 오늘 회의는 이것으로 마치겠습니다.
o.neul/hwe.ui.neun/i.go*.seu.ro/ma.chi.get.
sseum.ni.da
今天的會議就到這裡結束。

☞ 회의에서 그 제안을 부결했습니다.
hwe.ui.e.so*/geu/je.a.neul/bu.gyo*l.he*t.
sseum.ni.da
會議中否決了那個提案。

☞ 회의 결과가 어떻게 됐어요?
hwe.ui/gyo*l.gwa.ga/o*.do*.ke/dwe*.sso*.yo
開會的結果怎麼樣？

主管吩咐

情境會話

Ⓐ 영미씨, 회의 자료를 좀 갖다 줄래요?
yo*ng.mi.ssi//hwe.ui/ja.ryo.reul/jjom/gat.da/
jul.le*.yo
英美小姐，可以幫我把會議資料拿過來嗎？

Ⓑ 네, 바로 갖다 드릴게요.
ne//ba.ro/gat.da/deu.ril.ge.yo
好的，馬上幫您拿來。

Ⓐ 그리고 이거 복사해 주겠어요?
geu.ri.go/i.go*/bok.ssa.he*/ju.ge.sso*.yo
還有，可以幫我印這個嗎？

Ⓑ 몇 장을 복사드릴 건가요?
myo*t/jang.eul/bok.ssa.deu.ril/go*n.ga.yo
要幫您印幾張呢？

Ⓐ 각 두 장씩 복사해 주세요.
gak/du/jang.ssik/bok.ssa.he*/ju.se.yo
請各幫我印兩張。

Ⓑ 네, 알겠 습니다.
ne//al.get.sseum.ni.da
我知道了。

相關例句

☞ 내일까지 기획안을 제출하도록 하세요.
ne*.il.ga.ji/gi.hwe.ga.neul/jje.chul.ha.do.rok/
ha.se.yo
請在明天之前把計劃案交出來。

☞ 내가 시키는대로 하세요.
ne*.ga/si.ki.neun.de*.ro/ha.se.yo
請照我說的話去做。

☞ 이것을 확인하고 나한테 보고하세요.
i.go*.neul/hwa.gin.ha.go/na.han.te/bo.go.ha.se.
yo
確認好這個案件後，向我報告。

☞ 이번 주 안에 그 문제를 해결하도록
잘 하세요.
i.bo*n/ju.a.ne/geu/mun.je.reul/he*.gyo*l.ha.do.
rok/jal/ha.se.yo
請在這周之內，好好把那個問題解決。

☞ 이 서류들을 잘 정리해 주세요.
i/so*.ryu.deu.reul/jjal/jjo*ng.ni.he*/ju.se.yo
請將這些資料整理好。

☞ 바로 거래처에 전화해서 사과드려요.
ba.ro/go*.re*.cho*.e/jo*n.hwa.he*.so*/sa.gwa.
deu.ryo*.yo
馬上打電話向客戶道歉。

☞ 퇴근하기 전에 보고서를 다 끝내 주
세요.
twe.geun.ha.gi/jo*.ne/bo.go.so*.reul/da.geun.
ne*/ju.se.yo
請在下班之前，把報告寫好。

情境會話一

Ⓐ 김선생, 대만에 오신 걸 환영합니다.
gim.so*n.se*ng//de*.ma.ne/o.sin/go*l/hwa.
nyo*ng.ham.ni.da
金先生，歡迎您來台灣。

Ⓑ 일부러 마중을 나와 주셔서 감사합니다.
il.bu.ro*/ma.jung.eul/na.wa/ju.syo*.so*/gam.
sa.ham.ni.da
謝謝你特地來迎接我。

Ⓐ 별 말씀 다 하시네요. 우린 우선 호텔
에 갑시다.
byo*l/mal.sseum/da/ha.si.ne.yo//u.rin/u.so*n/
ho.te.re/gap.ssi.da
不用客氣，我們先去飯店吧！

情境會話二

Ⓐ 오늘은 고생 많으셨습니다. 오늘 밤 여
기서 푹 쉬세요.
o.neu.reun/go.se*ng/ma.neu.syo*t.sseum.ni.da/
/o.neul/bam/yo*.gi.so*/puk/swi.se.yo
今天您辛苦了，今天晚上就在這裡好好休息
吧！

Ⓑ 영미씨도 수고하셨어요. 그럼 내일 다
시 뵙겠습니다.
yo*ng.mi.ssi.do/su.go.ha.syo*.sso*.yo//geu.ro*
m/ne*.il/da.si/bwep.get.sseum.ni.da
英美小姐您也辛苦了，那麼明天再見！

相關例句

☞ 대만에는 처음 오셨습니까?

de*.ma.ne.neun/cho*.eum/o.syo*t.sseum.ni.ga

您是第一次來台灣嗎？

☞ 대만에 대한 인상은 어떻습니까?

de*.ma.ne/de*.han/in.sang.eun/o*.do*.sseum.
ni.ga

對台灣的印象怎麼樣？

☞ 어디가 보고 싶은 곳이 있습니까?

o*.di/ga/bo.go/si.peun/go.si/it.sseum.ni.ga

有哪裡想去的地方嗎？

☞ 대만 요리 중에서 특별히 좋아하시는
음식이 있습니까?

e*.man/yo.ri/jung.e.so*/teuk.byo*l.hi/jo.a.ha.
si.neun/eum.si.gi/it.sseum.ni.ga

台灣料理中有特別喜歡的嗎？

☞ 대만 요리는 드신 적이 있으십니까?

de*.man/yo.ri.neun/deu.sin/jo*.gi/i.sseu.sim.
ni.ga

有品嘗過台灣菜嗎？

☞ 제가가 볼만한 몇 군데를 추천해 드
릴까요?

je.ga/ga/bol.man.han/myo*t/gun.de.reul/chu.
cho*n.he*/deu.ril.ga.yo

要我為您介紹幾個不錯的地方嗎？

```
與客戶溝通
```

情境會話一

Ⓐ 이것은 저희 회사의 상품목록입니다.
i.go*.seun/jo*.hi/hwe.sa.ui/sang.pum.mong.no.
gim.ni.da

這是我們公司的商品目錄。

Ⓑ 고맙습니다. 여기는 본사입니까?
go.map.sseum.ni.da//yo*.gi.neun/bon.sa.im.ni.
ga

謝謝,這裡是總公司嗎?

Ⓐ 네, 본사입니다. 저를 따라 오십시오.
제가 회사를 안내해 드리겠습니다.
ne//bon.sa.im.ni.da//jo*.reul/da.ra/o.sip.ssi.o//
je.ga/hwe.sa.reul/an.ne*.he*/deu.ri.get.sseum.
ni.da

的,是總公司。請您跟我來,我帶您參觀我
們公司。

情境會話二

Ⓐ 귀사를 창립한 지 몇 년이 됩니까?
gwi.sa.reul/chang.nip.pan/ji/myo*t/nyo*.ni/
dwem.ni.ga

貴公司創立至今有幾年了?

Ⓑ 15년이 되었습니다.
si.bo.nyo*.ni/dwe.o*t.sseum.ni.da

有 15 年了。

相關例句

☞ 소비자의 반응에 대해서 말씀드리고
싶은 것이 있습니다.

so.bi.ja.ui/ba.neung/e/de*.he*.so*/mal.sseum.
deu.ri.go*/si.peun/go*.si/it.sseum.ni.da

我想跟您報告有關消費者的反應。

☞ 최근의 판매 추세는 어떻습니까?

chwe.geu.nui/pan.me*/chu.se.neun/o*.do*.
sseum.ni.ga

最近的銷售趨勢如何？

☞ 알게 쉽게 설명해 주세요.

al.ge/swip.ge/so*l.myo*ng.he*/ju.se.yo

請您簡單做説明。

☞ 신제품 개발 상황은 어떻습니까?

sin.je.pum/ge*.bal/ssang.hwang.eun/o*.do*.
sseum.ni.ga

新產品的開發狀況如何？

☞ 저희 전시장 참관을 환영합니다.

jo*.hi/jo*n.si.jang/cham.gwa.neul/hwa.nyo*ng.
ham.ni.da

歡迎參觀我們的展示中心。

☞ 상품에 대한 질문이 있으면 언제라도
연락해 주세요.

sang.pu.me/de*.han/jil.mu.ni/i.sseu.myo*n/o*
n.je.ra.do/yo*l.la.ke*/ju.se.yo

若您對產品有疑問，請您隨時聯絡我。

☞ 제가 상세히 설명드릴 것이 있나요?

je.ga/sang.se.hi/so*l.myo*ng.deu.ril/go*.si/in.
na.yo

有什麼需要我詳細説明的嗎？

產品說明

情境會話一

Ⓐ 상품에 대해서 묻고 싶은 것이 있습니다.

sang.pu.me/de*.he*.so*/mut.go/si.peun/go*.si/it.sseum.ni.da

我有個有關產品的疑問。

Ⓑ 네, 물어 보세요.

ne//mu.ro*/bo.se.yo

好的，請說。

Ⓐ 지금까지 이 상품의 판매량은 어떻습니까?

ji.geum.ga.ji/i/sang.pu.mui/pan.me*.ryang.eun/o*.do*.sseum.ni.ga

到目前為止，這個商品的銷售量如何？

Ⓑ 이 상품은 벌써 수요가 매우 많습니다.

i/sang.pu.meun/bo*l.sso*/su.yo.ga/me*.u/man.sseum.ni.da

這商品已有很大的需求量。

情境會話二

Ⓐ 그럼 상품 소개를 해 드리겠습니다. 우선 이 샘플을 보세요.

geu.ro*m/sang.pum/so.ge*.reul/he*/deu.ri.get.sseum.ni.da//u.so*n/i/se*m.peu.reul/bo.se.yo

那我來為您介紹商品吧！先請您看看這個樣品。

B 이 상품의 특색이 뭐죠?

i/sang.pu.mui/teuk.sse*.gi/mwo.jyo

這商品的特色是什麼？

(相關例句)

☞ 이 제품은 국외에서 잘 팔립니다.

i/je.pu.meun/gu.gwe.e.so*/jal/pal.lim.ni.da

這種產品在國外很暢銷。

☞ 이것이 가장 인기 있는 제품입니다.

i.go*.si/ga.jang/in.gi/in.neun/je.pu.mim.ni.da

這是很受歡迎的產品。

☞ 하나 써 보시도록 보내 드리겠습니다.

ha.na/sso*/bo.si.do.rok/bo.ne*/deu.ri.get.
sseum.ni.da

我們可以寄一個給您試用看看。

☞ 이런 제품이 바로 우리가 생각하고 있
던 것입니다.

i.ro*n/je.pu.mi/ba.ro/u.ri.ga/se*ng.ga.ka.go/it.
do*n/go*.sim.ni.da

這種產品就是我們想要的。

☞ 이 상품은 잘 팔릴 것이라고 생각합
니다.

i/sang.pu.meun/jal/pal.lil/go*.si.ra.go/se*ng.
ga.kam.ni.da

我認為這個產品會賣的很棒。

☞ 이 제품을 강력하게 추천합니다.

i/je.pu.meul/gang.nyo*.ka.ge/chu.cho*n.ham.
ni.da

我強力推薦這個產品。

☞ 방수기능을 갖춰서 손님들이 좋아하십
　니다.

bang.su.gi.neung.eul/gat.chwo.so*/son.nim.
deu.ri/jo.a.ha.sim.ni.da

因為有防水功能，顧客很喜歡。

Chapter 7

旅遊篇

訂機票

情境會話一

A 4 월 15 일 대만으로 가는 항공편이 있습니까?

sa.wol.si.bo.il/de*.ma.neu.ro/ga.neun/hang.gong.pyo*.ni/it.sseum.ni.ga

請問有 4 月 15 號飛往台灣的班機嗎？

B 네. 있습니다.

ne//it.sseum.ni.da

有的。

A 일년기간의 왕복 비행기표는 얼마입니까?

il.lyo*n.gi.ga.nui/wang.bok/bi.he*ng.gi.pyo.neun/o*l.ma.im.ni.ga

一年期的往返機票要多少錢？

B 오십만원입니다.

o.sim.ma.nwo.nim.ni.da

五十萬韓圓。

情境會話二

A 탑승날짜를 바꾸고 싶습니다.

tap.sseung.nal.jja.reul/ba.gu.go/sip.sseum.ni.da

我想更改搭乘日期。

B 언제로 바꾸고 싶으십니까?

o*n.je.ro/ba.gu.go/si.peu.sim.ni.ga

您想改成何時？

(相關例句)

☞ 대만으로 가는 비행기표를 사려고 합
니다.

de*.ma.neu.ro/ga.neun/bi.he*ng.gi.pyo.reul/
ssa.ryo*.go/ham.ni.da

我想買往台灣的機票。

☞ 보통 객석표를 주십시오.

bo.tong/ge*k.sso*k.pyo.reul/jju.sip.ssi.o

我要普通艙的機票。

☞ 이 비행기는 직항입니까?

i/bi.he*ng.gi.neun/ji.kang.im.ni.ga

這班飛機是直航班機嗎?

☞ 편도 항공편을 주십시오.

yo*n.do/hang.gong.pyo*.neul/jju.sip.ssi.o

請給我單程機票。

☞ 비지니스 클래스로 주세요.

bi.ji.ni.seu/keul.le*.seu.ro/ju.se.yo

請給我商務艙。

☞ 일본에 가는 예약표를 취소하려 합니다.

il.bo.ne/ga.neun/ye.yak.pyo.reul/chwi.so.ha.
ryo*/ham.ni.da

我想取消去日本的預定機票。

☞ 대한항공사의 비행기표를 예약하려고
합니다.

de*.han.hang.gong.sa.ui/bi.he*ng.gi.pyo.reul/
ye.ya.ka.ryo*.go/ham.ni.da

我想預約大韓航空的飛機票。

☞ 좌석예약을 변경하려고 합니다.

jwa.so*.gye.ya.geul/byo*n.gyo*ng.ha.ryo*.go/
ham.ni.da

我想更改訂座。

☞ 좌석예약을 확인하려고 합니다.

jwa.so*.gye.ya.geul/hwa.gin.ha.ryo*.go/ham.
ni.da

我想確認訂位。

☞ 제일 빠른 비행기는 몇 시에 있습니까?

je.il/ba.reun/bi.he*ng.gi.neun/myo*t/si.e/it.
sseum.ni.ga

請問最早的班機是幾點？

☞ 서울행 예약을 부탁합니다.

so*.ul.he*ng/ye.ya.geul/bu.ta.kam.ni.da

我要預定去首爾的班機。

☞ 몇 시 비행기가 좋으시겠습니까?

myo*t/si/bi.he*ng.gi.ga/jo.eu.si.get.sseum.ni.
ga

您要幾點的班機呢？

☞ 죄송합니다. 오늘은 서울로 가는 항공
편이 없습니다.

jwe.song.ham.ni.da//o.neu.reun/so*.ul.lo/ga.
neun/hang.gong.pyo*.ni/o*p.sseum.ni.da

對不起，今天沒有飛往首爾的班機。

情境會話一

Ⓐ 대한항공사 카운터는 어디입니까?
de*.han.hang.gong.sa/ka.un.to*.neun/o*.di.im.ni.ga
請問大韓航空的櫃檯在哪裡？

Ⓑ 오른쪽으로 계속 가시면 보일 겁니다.
o.reun.jjo.geu.ro/gye.sok/ga.si.myo*n/bo.il/go*m.ni.da
您一直往右走就會看到。

Ⓐ 감사합니다.
gam.sa.ham.ni.da
謝謝。

情境會話二

Ⓐ 지금 탑승수속을 할 수 있습니까?
ji.geum/tap.sseung.su.so.geul/hal/ssu/it.sseum.ni.ga
現在可以辦理登機手續嗎？

Ⓑ 네. 여권하고 티켓 보여 주세요.
ne//yo*.gwon.ha.go/ti.ket/bo.yo*/ju.se.yo
可以，請出示護照與機票。

相關例句

☞ 어디에서 탑승수속을 해야 하나요?
o*.di.e.so*/tap.sseung.su.so.geul/he*.ya/ha.na.yo
請問要在哪裡辦理登機手續呢？

☞ 탑승 수속은 언제부터입니까?

tap.sseung/su.so.geun/o*n.je.bu.to*.im.ni.ga

登機手續何時開始？

☞ 탑승 게이트는 어디입니까?

tap.sseung/ge.i.teu.neun/o*.di.im.ni.ga

登機口在哪裡？

☞ 탑승 게이트는 15번 게이트입니다.

tap.sseung/ge.i.teu.neun/si.bo.bo*n/ge.i.teu.im.
ni.da

登機口是 15 號登機口。

☞ 창가 좌석을 부탁합니다.

chang.ga/jwa.so*.geul/bu.ta.kam.ni.da

請給我靠窗的位子。

☞ 어떤 자리로 드릴까요?

o*.do*n/ja.ri.ro/deu.ril.ga.yo

您要哪裡的位子？

☞ 통로 쪽 자리로 부탁드려요.

tong.no/jjok/ja.ri.ro/bu.tak.deu.ryo*.yo

請給我靠走道的位子。

托運行李

情境會話一

A 맡기실 짐은 몇 개입니까?
mat.gi.sil/ji.meun/myo*t/ge*.im.ni.ga
您要托運的行李有幾件呢？

B 하나입니다.
ha.na.im.ni.da
一件。

A 짐을 벨트 위로 올려 주십시오.
ji.meul/bel.teu.wi.ro/ol.lyo*/ju.sip.ssi.o
請搬到行李運送帶上。

情境會話二

A 그것을 기내로 가지고 들어갈 건가요?
geu.go*.seul/gi.ne*.ro/ga.ji.go/deu.ro*.gal/go*
n.ga.yo
那個是要帶上飛機的嗎？

B 네, 맞습니다.
ne//mat.sseum.ni.da
對，沒錯。

相關例句

☞ 실을 짐이 있나요?
si.reul/jji.mi/in.na.yo
您有需要托運的行李嗎？

☞ 이건 제가 가져갈 것입니다.
i.go*n/je.ga/ga.jo*.gal/go*.sim.ni.da
這個我要隨身攜帶。

☞ 짐 무게가 초과되었습니다.

jim/mu.ge.ga/cho.gwa.dwe.o*t.sseum.ni.da

您的行李超重了。

☞ 초과 부분에 대한 추가 요금을 내야
합니다.

cho.gwa/bu.bu.ne/de*.han/chu.ga/yo.geu.meul/
ne*.ya/ham.ni.da

必須交納超重的費用。

☞ 짐은 얼마를 초과했습니까?

ji.meun/o*l.ma.reul/cho.gwa.he*t.sseum.ni.ga

超重多少呢?

☞ 이 짐은 탁송해야 합니다.

i/ji.meun/tak.ssong.he*.ya/ham.ni.da

這件行李需要托運。

☞ 짐은 이것뿐이지요?

ji.meun/i.go*t.bu.ni.ji.yo

行李只有這個嗎?

在飛機上

情境會話一

🅐 저기요, 제 자리는 어디죠?
jo*.gi.yo//je/ja.ri.neun/o*.di.jyo
小姐，請問我的座位在哪裡？

🅑 저 통로쪽 자리입니다.
jo*/tong.no.jjok/ja.ri.im.ni.da
在那邊靠走道的位子。

情境會話二

🅐 식사는 닭고기와 생선 중 어느 쪽으로
하시겠습니까?
sik.ssa.neun/dal.go.gi.wa/se*ng.so*n/jung/o*.
neu/jjo.geu.ro/ha.si.get.sseum.ni.ga
餐點有雞肉和海鮮，您要哪一種？

🅑 저는 닭고기로 부탁합니다.
jo*.neun/dal.go.gi.ro/bu.ta.kam.ni.da
我要雞肉。

🅐 여기 있습니다. 맛있게 드세요.
yo*.gi/it.sseum.ni.da//ma.sit.ge/deu.se.yo
在這裡，請慢用。

相關例句

☞ 제 자리는 5열 A석입니다.
je/ja.ri.neun/o.yo*l/Aso*.gim.ni.da
我的座位是 5 排 A 座。

☞ 자리를 잘못 앉아서 죄송합니다.
ja.ri.reul/jjal.mot/an.ja.so*/jwe.song.ham.ni.da
我坐錯位子了，對不起。

☞ 여기는 제 자리인 것 같은데요.
yo*.gi.neun/je/ja.ri.in/go*t/ga.teun.de.yo
這裡好像是我的位子。

☞ 마실 것을 뭘로 드릴까요?
ma.sil/go*.seul/mwol.lo/deu.ril.ga.yo
您要喝什麼？

☞ 뜨거운 커피 한잔 주세요.
deu.go*.un/ko*.pi/han.jan/ju.se.yo
請給我一杯熱咖啡。

☞ 물 좀 주시겠어요?
mul/jom/ju.si.ge.sso*.yo
可以給我一杯水嗎？

☞ 담요 좀 주시겠어요?
dam.nyo/jom/ju.si.ge.sso*.yo
可以給我毛毯嗎？

☞ 죄송하지만 자리 좀 바꿔도 될까요?
jwe.song.ha.ji.man/ja.ri/jom/ba.gwo.do/dwel.
ga.yo
不好意思，我可以換個換子嗎？

☞ 기내에서 점심이 제공됩니까?
gi.ne*.e.so*/jo*m.si.mi/je.gong.dwem.ni.ga
飛機上供應午餐嗎？

☞ 비행기 멀미가 납니다. 약 좀 주십시오.
bi.he*ng.gi/mo*l.mi.ga/nam.ni.da./yak/jom/ju.
sip.ssi.o
我暈機了，請給我一點藥。

☞ 저기요, 면세품을 사고 싶어요.
jo*.gi.yo//myo*n.se.pu.meul/ssa.go/si.po*.yo
小姐，我想買免稅商品。

☞ 신문 좀 갖다 주세요.
sin.mun/jom/gat.da/ju.se.yo
請給我份報紙。

☞ 출입국신고서 필요하세요?
chu.rip.guk.ssin.go.so*/pi.ryo.ha.se.yo
有需要出入境申請表嗎？

☞ 어떻게 이 서식에 기입하는지 좀 가
르쳐 주십시오.
o*.do*.ke/i/so*.si.ge/gi.i.pa.neun.ji/jom/ga.reu.
cho*/ju.sip.ssi.o
請教我如何填寫這份表格。

入境檢查

情境會話

Ⓐ 여권을 보여 주세요.
yo*.gwo.neul/bo.yo*/ju.se.yo
請出示護照。

Ⓑ 여기 있습니다.
yo*.gi/it.sseum.ni.da
在這裡。

Ⓐ 한국 방문 목적은 무엇입니까?
han.guk/bang.mun/mok.jjo*.geun/mu.o*.sim.
ni.ga
來韓國的目的是什麼呢？

Ⓑ 저는 여행 하러 왔습니다.
jo*.neun/yo*.he*ng/ha.ro*/wat.sseum.ni.da
我來旅行的。

Ⓐ 당신은 며칠간 체류할 예정입니까?
dang.si.neun/myo*.chil.gan/che.ryu.hal/ye.jo*
ng.im.ni.ga
你要待多久？

Ⓑ 일주일 정도입니다.
il.ju.il/jo*ng.do.im.ni.da
大概一星期。

相關例句

☞ 한국에는 무슨 일로 오셨습니까?
han.gu.ge.neun/mu.seun/il.lo/o.syo*t.sseum.ni.
ga
您為了什麼事情來韓國呢？

☞ 어디에서 오셨습니까?
o*.di.e.so*/o.syo*t.sseum.ni.ga
您從哪裡來呢？

☞ 대만에서 왔습니다.
de*.ma.ne.so*/wat.sseum.ni.da
我從台灣來。

☞ 여행 목적은 뭡니까?
yo*.he*ng/mok.jjo*.geun/mwom.ni.ga
旅行的目的是？

☞ 관광때문입니다.
gwan.gwang.de*.mu.nim.ni.da
來觀光。

☞ 사업때문입니다.
sa.o*p.de*.mu.nim.ni.da
來做生意。

☞ 연수하러 왔어요.
yo*n.su.ha.ro*/wa.sso*.yo
來進修。

☞ 얼마나 머물 예정입니까?
o*l.ma.na/mo*.mul/ye.jo*ng.im.ni.ga
您要在這裡待多久呢？

☞ 어디서 묵으실 건가요?
o*.di.so*/mu.geu.sil/go*n.ga.yo
你要住在哪裡呢？

☞ 친구집에 묵을 예정입니다.
chin.gu.ji.be/mu.geul/ye.jo*ng.im.ni.da
打算住在朋友家。

☞ 친구 집 주소를 알려 주십시오.
chin.gu/jip/ju.so.reul/al.lyo*/ju.sip.ssi.o
請告訴我你朋友家的地址。

☞ 어느 호텔에서 묵습니까?
o*.neu/ho.te.re.so*/muk.sseum.ni.ga
你住在哪個飯店?

☞ 서울 호텔에 묵으려고 합니다.
so*.ul/ho.te.re/mu.geu.ryo*.go/ham.ni.da
我將住在首爾飯店。

海關

情境會話一

Ⓐ 신고할 물건이 있습니까?
sin.go.hal/mul.go*.ni/it.sseum.ni.ga
有要申報的東西嗎？

Ⓑ 아니요, 없습니다.
a.ni.yo//o*p.sseum.ni.da
沒有。

情境會話二

Ⓐ 가방을 열어 주십시오.
ga.bang.eul/yo*.ro*/ju.sip.ssi.o
請打開包包。

Ⓑ 옷이나 생활용품밖에 없습니다.
o.si.na/se*ng.hwa.ryong.pum.ba.ge/o*p.sseum.
ni.da
只有衣服和生活用品而已。

Ⓐ 이것은 무엇입니까?
i.go*.seun/mu.o*.sim.ni.ga
這是什麼？

Ⓑ 친구에게 줄 기념품입니다.
chin.gu.e.ge/jul/gi.nyo*m.pu.mim.ni.da
給朋友的紀念品。

相關例句

☞ 선물이나 귀중품은 없습니까?
so*n.mu.ri.na/gwi.jung.pu.meun/o*p.sseum.ni.
ga
有禮物或貴重物品嗎？

☞ 신고할 것은 아무 것도 없습니다.
sin.go.hal/go*.seun/a.mu/go*t.do/o*p.sseum.
ni.da
沒有任何要申報的東西。

☞ 날것은 없지요?
nal.go*.seun/o*p.jji.yo
沒有生食吧？

☞ 이 가방 속의 내용물은 무엇입니까?
i/ga.bang/so.gui/ne*.yong.mu.reun/mu.o*.sim.
ni.ga
這包包裡的內容物為何？

☞ 모두 제 개인용품입니다.
mo.du/je/ge*.i.nyong.pu.mim.ni.da
全都是我的個人用品。

☞ 위험한 물건은 없습니까?
wi.ho*.m.han/mul.go*.neun/o*p.sseum.ni.ga
有危險的物品嗎？

☞ 술을 두 병 가지고 있습니다.
su.reul/du/byo*ng/ga.ji.go/it.sseum.ni.da
我有帶兩瓶酒。

提領行李

情境會話一

A 제 짐을 찾을 수가 없습니다.

je/ji.meul/cha.jeul/ssu.ga/o*p.sseum.ni.da

我找不到我的行李。

B 분실 수하물 신고처가 저쪽에 있습니다. 가서 물어보세요.

bun.sil/su.ha.mul/sin.go.cho*.ga/jo*.jjo.ge/it.sseum.ni.da//ga.so*/mu.ro*.bo.se.yo

行李遺失申報處在那裡，你去那裡問吧！

A 감사합니다.

gam.sa.ham.ni.da

謝謝。

情境會話二

A 짐은 어디에서 찾아야 돼요?

ji.meun/o*.di.e.so*/cha.ja.ya/dwe*.yo

要在哪裡提取行李呢？

B 아래층에서 짐을 찾으십시오.

a.re*.cheung.e.so*/ji.meul/cha.jeu.sip.ssi.o

請在樓下提取行李。

相關例句

☞ 이 짐은 제 것입니다.

i/ji.meun/je/go*.sim.ni.da

這行李是我的。

☞ 짐은 벨트 위에 있습니다.

ji.meun/bel.teu.wi.e/it.sseum.ni.da

行李在行李傳輸帶上。

☞ 분실 수하물 신고처가 어디에 있나요?
bun.sil/su.ha.mul/sin.go.cho*.ga/o*.di.e/in.na.
yo
請問行李遺失申報處在哪裡？

☞ 제 짐이 여기 없습니다.
je/ji.mi/yo*.gi/o*p.sseum.ni.da
我的行李不在這裡。

☞ 제 짐이 안 보이는데요.
je/ji.mi/an/bo.i.neun.de.yo
我沒看見我的行李。

☞ 제 짐을 찾으면 저에게 바로 연락하
실 거예요?
je/ji.meul/cha.jeu.myo*n/jo*.e.ge/ba.ro/yo*l.
la.ka.sil.go*.ye.yo
如果找到我的行李，會馬上通知我嗎？

☞ 제 짐을 찾으면 서울호텔로 연락해 주
세요.
je/ji.meul/cha.jeu.myo*n/so*.ul.ho.tel.lo/yo*l.
la.ke*/ju.se.yo
如果找到我的行李，請聯絡首爾飯店。

觀光諮詢處

情境會話一

A 뭘 도와 드릴까요?

mwol/do.wa.deu.ril.ga.yo

能幫您的忙嗎？

B 저에게 중국어로 된 서울지도를 한장 주세요.

jo*.e.ge/jung.gu.go*.ro/dwen/so*.ul.ji.do.reul/han.jang/ju.se.yo

請給我一張中文版的首爾地圖。

情境會話二

A 여기서 호텔 예약을 할 수 있나요?

yo*.gi.so*/ho.tel/ye.ya.geul/hal/ssu/in.na.yo

這裡可以預約飯店嗎？

B 네, 원하시는 호텔이 있습니까?

ne//won.ha.si.neun/ho.te.ri/it.sseum.ni.ga

可以，您有想住的飯店嗎？

A 명동 근처 호텔로 해 주세요.

myo*ng.dong/geun.cho*/ho.tel.lo/he*/ju.se.yo

請幫我預約明洞附近的飯店。

B 네, 이미 예약해 드렸습니다. 호텔 주소는 이것입니다.

ne//i.mi/ye.ya.ke*/deu.ryo*t.sseum.ni.da//ho.tel/ju.so.neun/i.go*.sim.ni.da

好的，已經幫您預約好了，這是飯店地址。

相關例句

☞ 관광 안내소가 어디에 있습니까?
gwan.gwang/an.ne*.so.ga/o*.di.e/it.sseum.ni.
ga
觀光諮詢處在哪裡？

☞ 시내에 싸게 가는 방법이 있습니까?
si.ne*.e/ssa.ge/ga.neun/bang.bo*.bi/it.sseum.
ni.ga
有便宜去市區的方法嗎？

☞ 중국어를 할 수 있는 가이드를 부탁
하고 싶은데요.
jung.gu.go*.reul/hal/ssu/in.neun/ga.i.deu.reul/
bu.ta.ka.go/si.peun.de.yo
我想請個會講中文的導遊。

☞ 전국지도 있나요?
jo*n.guk.jji.do/in.na.yo
請問有全國地圖嗎？

☞ 관광안내자료를 얻고 싶어요.
gwan.gwang.an.ne*.ja.ryo.reul/o*t.go/si.po*.
yo
我想領取觀光指南的資料。

☞ 어디서 핸드폰을 대여할 수 있지요?
o*.di.so*/he*n.deu.po.neul/de*.yo*.hal/ssu/it.
jji.yo
哪裡可以租手機呢？

☞ 서울 관광 코스가 있습니까?
so*.ul/gwan.gwang.ko.seu.ga/it.sseum.ni.ga
有首爾的觀光路線嗎？

預約飯店

情境會話

A 아직 빈 방이 있습니까?

a.jik/bin/bang.i/it.sseum.ni.ga

還有空房間嗎？

B 있습니다. 어떤 방을 원하십니까?

it.sseum.ni.da./o*.do*n/bang.eul/won.ha.sim.
ni.ga

有，您要哪種房間？

A 이인실을 예약하고 싶습니다.

i.in.si.reul/ye.ya.ka.go/sip.sseum.ni.da

我要預約雙人房。

B 성함이 어떻게 되십니까?

so*ng.ha.mi/o*.do*.ke/dwe.sim.ni.ga

請問您貴姓大名？

A 김민영입니다.

gim.mi.nyo*ng.im.ni.da

金敏英。

相關例句

☞ 방을 예약하고 싶습니다.

bang.eul/ye.ya.ka.go/sip.sseum.ni.da

我想預約房間。

☞ 예약을 취소하고 싶습니다.

ye.ya.geul/chwi.so.ha.go/sip.sseum.ni.da

我想取消預約。

☞ 1박에 얼마입니까?

il.ba.ge/o*l.ma.im.ni.ga

住一天晚上多少錢？

☞ 욕실이 있는 방을 주세요.
yok.ssi.ri/in.neun/bang.eul/jju.se.yo
請給我有浴室的房間。

☞ 전망이 좋은 방을 주세요.
jo*n.mang.i/jo.eun/bang.eul/jju.se.yo
請給我視野好的房間。

☞ 일인실을 원합니다.
i.rin.si.reul/won.ham.ni.da
我要單人房。

☞ 아침식사는 포함됩니까?
a.chim.sik.ssa.neun/po.ham.dwem.ni.ga
有包含早餐嗎?

入住手續

情境會話

🅐 체크인을 부탁합니다.
che.keu.i.neul/bu.ta.kam.ni.da
我要入住。

🅑 예약은 하셨습니까?
ye.ya.geun/ha.syo*t.sseum.ni.ga
您預約過了嗎？

🅐 예, 일주일 전에 예약했어요.
ye//il.ju.il/jo*.ne/ye.ya.ke*.sso*.yo
是的，一週前預約過了。

🅑 성함을 말씀하십시오.
so*ng.ha.meul/mal.sseum.ha.sip.ssi.o
您的貴姓大名是？

🅐 이준기입니다.
i.jun.gi.im.ni.da
李準基。

🅑 키 여기 있습니다. 210호실입니다.
ki/yo*.gi/it.sseum.ni.da//i.be*k.ssi.po.si.rim.ni.
da
這是鑰匙，210號房。

相關例句

☞ 체크인하려고 하는데요.
che.keu.in.ha.ryo*.go/ha.neun.de.yo
我要入住。

☞ 손님 방은 2층 316호실입니다.
son.nim/bang.eun/i.cheung/sam.be*k.ssi.byu.
ko.si.rim.ni.da
客人您的房間在二樓 316 號房。

☞ 여기 방 열쇠입니다.
yo*.gi/bang/yo*l.swe.im.ni.da
這是房間鑰匙。

☞ 며칠 묵을 겁니까?
myo*.chil/mu.geul/go*m.ni.ga
要待多久呢？

☞ 3일 동안 머물 겁니다.
sa.mil/dong.an/mo*.mul/go*m.ni.da
我要住三天。

☞ 제 짐을 방으로 옮겨 주시겠습니까?
je/ji.meul/bang.eu.ro/om.gyo*/ju.si.get.sseum.
ni.ga
可以幫我把行李搬到房間嗎？

☞ 방이 마음에 드십니까?
bang.i/ma.eu.me/deu.sim.ni.ga
房間您滿意嗎？

客房服務

情境會話

Ⓐ 룸서비스입니다. 무엇을 도와 드릴까요?
rum.so*.bi.seu.im.ni.da//mu.o*.seul/do.wa/deu.
ril.ga.yo
客房服務您好，有什麼需要幫忙嗎？

Ⓑ 모닝콜을 부탁합니다.
mo.ning.ko.reul/bu.ta.kam.ni.da
我要求 Morning Call 的服務。

Ⓐ 아침 몇 시에 깨워 드릴까요?
a.chim/myo*t/si.e/ge*.wo/deu.ril.ga.yo
早上要幾點叫醒您呢？

Ⓑ 내일 아침 6시반에 깨워주세요.
ne*.il/a.chim/yo*.so*.t.ssi.ba.ne/ge*.wo.ju.se.
yo
明天早上六點半叫醒我。

Ⓑ 그리고 지금 소주 두 병 갖다 주세요.
geu.ri.go/ji.geum/so.ju/du/byo*ng/gat.da/ju.se.
yo
還有現在幫我送兩瓶燒酒過來。

Ⓐ 네, 바로 준비해 드리겠습니다.
ne//ba.ro/jun.bi.he*/deu.ri.get.sseum.ni.da.
好的，馬上為您準備。

相關例句

☞ 룸서비스를 부탁합니다.
rum.so*.bi.seu.reul/bu.ta.kam.ni.da
我要求客房服務。

☞ 여기는 210호실입니다.
yo*.gi.neun/i.be*k.ssi.po.si.rim.ni.da
這裡是 210 號房。

☞ 얼음이 들어있는 물이 필요한데요.
o*.reu.mi/deu.ro*.in.neun/mu.ri/pi.ryo.han.de.yo
我需要有加冰塊的水。

☞ 대만으로 전화를 하고 싶은데요.
de*.ma.neu.ro/jo*n.hwa.reul/ha.go/si.peun.de.yo
我想打電話回台灣。

☞ 여기 세탁 서비스가 있습니까?
yo*.gi/se.tak/so*.bi.seu.ga/it.sseum.ni.ga
這裡有洗衣服務嗎？

☞ 샌드위치와 커피 한잔 주세요.
se*n.deu.wi.chi.wa/ko*.pi/han.jan/ju.se.yo
請給我三明治和一杯咖啡。

☞ 귀중품을 맡기고 싶습니다.
gwi.jung.pu.meul/mat.gi.go/sip.sseum.ni.da
我想寄放貴重物品。

☞ 서비스가 만족스럽습니다.
so*.bi.seu.ga/man.jok.sseu.ro*p.sseum.ni.da
你們的服務令人滿意。

☞ 방이 건조하니 가습기를 갖다 주세요.
bang.i/go*n.jo.ha.ni/ga.seup.gi.reul/gat.da/ju.se.yo
房間很乾燥，請拿加濕器過來。

☞ 룸 서비스가 아직 안 왔는데요.
rum/so*.bi.seu.ga/a.jik/an/wan.neun.de.yo
客房服務還沒來。

● track 337

☞ 제 바지를 세탁하러 보내줄 수 있습니까?
je/ba.ji.reul/sse.ta.ka.ro*/bo.ne*.jul/su/it.sseum.ni.ga
可以幫我送洗褲子嗎?

☞ 옷 세탁을 부탁하고 싶은데요.
ot/se.ta.geul/bu.ta.ka.go/si.peun.de.yo
我想要洗衣服。

☞ 아침식사 방으로 갖다 주세요.
a.chim.sik.ssa/bang.eu.ro/gat.da/ju.se.yo
請把早餐送到我房間來。

☞ 제 방을 청소해 주십시오.
je/bang.eul/cho*ng.so.he*/ju.sip.ssi.o
請打掃一下我的房間。

旅館設施出現問題

(情境會話)

Ⓐ 무엇을 도와드릴까요?
mu.o*.seul/do.wa.deu.ril.ga.yo
能幫您什麼忙嗎？

Ⓑ 옆방이 너무 시끄러워 잠을 잘 수 없
습니다.
yo*p.bang.i/no*.mu/si.geu.ro*.wo/ja.meul/jjal/
ssu.o*p.sseum.ni.da
住在隔壁的人太吵了，沒辦法睡覺。

Ⓐ 정말 죄송합니다. 몇 호실에 묵으시나
요?
jo*ng.mal/jjwe.song.ham.ni.da//myo*t/ho.si.re/
mu.geu.si.na.yo
真的很抱歉，請問您住在幾號室呢？

Ⓑ 210 호실입니다.
i.be*k.ssi.po.si.rim.ni.da
這裡是 210 號室。

Ⓐ 저희가 곧 310 호실로 바꿔 드리겠습니
다.
jo*.hi.ga/got/sam.be*k.ssi.po.sil.lo/ba.gwo/
deu.ri.get.sseum.ni.da
我們馬上幫您換到 310 號房。

(相關例句)

☞ 다른 방으로 바꿔 주시겠어요?
da.reun/bang.eu.ro/ba.gwo/ju.si.ge.sso*.yo
可以幫我換到其他房間嗎？

☞ 뜨거운 물이 나오지 안는데요.
deu.go*.un/mu.ri/na.o.ji/an.neun.de.yo
熱水出不來耶！

☞ 화장실 안에 비누가 없습니다.
hwa.jang.sil/a.ne/bi.nu.ga/o*p.sseum.ni.da
化妝室裡沒有肥皂。

☞ 텔레비전이 고장났습니다. 그리고 전
등이 어두워요.
tel.le.bi.jo*.ni/go.jang.nat.sseum.ni.da//geu.ri.
go/jo*n.deung.i/o*.du.wo.yo
電視故障了，而且電燈很暗。

☞ 변기가 막혔습니다.
byo*n.gi.ga/ma.kyo*t.sseum.ni.da
馬通不通。

☞ 수도꼭지가 고장났습니다.
su.do.gok.jji.ga/go.jang.nat.sseum.ni.da
水龍頭故障了。

☞ 빨리 고쳐 주세요.
bal.li/go.cho*/ju.se.yo
請快來幫我修。

☞ 방 청소가 아직 안 되었습니다.
bang/cho*ng.so.ga/a.jik/an/dwe.o*t.sseum.ni.
da
房間還沒有打掃。

☞ 텔레비전 화면이 안 나옵니다.
tel.le.bi.jo*n/hwa.myo*.ni/an/na.om.ni.da
電視沒有畫面。

☞ 방이 너무 추운데요.
bang.i/no*.mu/chu.un.de.yo
房間太冷了。

☞ 중요한 물건이 없어졌어요. 책임지세요.
jung.yo.han/mul.go*.ni/o*p.sso*.jo*.sso*.yo//
che*.gim.ji.se.yo
我重要的物品不見了，請你們負責。

☞ 에어컨을 강하게 하고 싶은데 어떻게
하면 됩니까?
e.o*.ko*.neul/gang.ha.ge/ha.go/si.peun.de/o*.
do*.ke/ha.myo*n/dwem.ni.ga
我想把冷氣轉強，該怎麼做？

情境會話

Ⓐ 체크아웃하려고 합니다. 210 호실입니다.
che.keu.a.u.ta.ryo*.go/ham.ni.da//i.be*k.ssi.po.
si.rim.ni.da
我要退房，我是 210 號房。

Ⓑ 방 열쇠를 주십시오.
bang/yo*l.swe.reul/jju.sip.ssi.o
請給我房間鑰匙。

Ⓐ 이건 봉사료가 포함된 요금인가요?
i.go*n/bong.sa.ryo.ga/po.ham.dwen/yo.geu.
min.ga.yo
這是包含服務費的費用嗎？

Ⓑ 네, 맞습니다.
ne//mat.sseum.ni.da
沒錯。

Ⓐ 카드로 지불해도 괜찮습니까?
ka.deu.ro/ji.bul.he*.do/gwe*n.chan.sseum.ni.ga
可以用信用卡支付嗎？

Ⓑ 네, 카드 주세요.
ne//ka.deu/ju.se.yo
可以，請給我信用卡。

相關例句

☞ 체크아웃 하겠습니다. 열쇠가 여기 있
습니다.
che.keu.a.ut/ha.get.sseum.ni.da//yo*l.swe.ga/
yo*.gi/it.sseum.ni.da
我要退房，鑰匙在這裡。

☞ 지금 떠나려 합니다.
ji.geum/do*.na.ryo*/ham.ni.da
我現在要離開。

☞ 이틀 앞당겨 가려고 합니다.
i.teul/ap.dang.gyo*/ga.ryo*.go/ham.ni.da
我要提早兩天走。

☞ 택시를 불러 주십시오.
te*k.ssi.reul/bul.lo*/ju.sip.ssi.o
請幫我叫一輛計程車。

☞ 하룻밤 더 연장하고 싶습니다.
ha.rut.bam/do*/yo*n.jang.ha.go/sip.sseum.ni.da
我想多住一天。

☞ 제 짐을 좀 가지고 내려와 주세요.
je/ji.meul/jjom/ga.ji.go/ne*.ryo*.wa/ju.se.yo
請幫我把行李搬下來。

☞ 열쇠를 주시겠습니까?
yo*l.swe.reul/jju.si.get.sseum.ni.ga
請給我鑰匙。

☞ 체크아웃은 몇 시입니까?
che.keu.a.u.seun/myo*t/si.im.ni.ga
退房是幾點？

☞ 하룻밤 더 묵고 싶은데요.
ha.rut.bam/do*/muk.go/si.peun.de.yo
我想再多住一晚。

☞ 여행자 수표를 받습니까?
yo*.he*ng.ja/su.pyo.reul/bat.sseum.ni.ga
可以使用旅行支票嗎？

☞ 일주일 더 숙박하려고 합니다.
il.ju.il/do*/suk.ba.ka.ryo*.go/ham.ni.da
我想多住一星期。

☞ 이 호텔의 명함을 한장 주세요.

i/ho.te.rui/myo*ng.ha.meul/han.jang/ju.se.yo

請給我一張這間飯店的名片。

☞ 제 짐을 로비로 옮겨 주세요.

je/ji.meul/ro.bi.ro/om.gyo*/ju.se.yo

請幫我把行李搬到大廳。

☞ 다음에 또 저희 호텔을 찾아주십시오.

da.eu.me/do/jo*.hi/ho.te.reul/cha.ja.ju.sip.ssi.o

好的，歡迎再次蒞臨我們的飯店。

觀光

情境會話一

A 매표소가 어디에 있습니까?
me*.pyo.so.ga/o*.di.e/it.sseum.ni.ga
售票處在哪呢？

B 저쪽입니다.
jo*.jjo.gim.ni.da
在那邊。

A 입장료는 얼마입니까?
ip.jjang.nyo.neun/o*l.ma.im.ni.ga
入場費多少錢？

B 3000원입니다.
sam.cho*.nwo.nim.ni.da
3000圓韓幣。

情境會話二

A 분위기 좋은 나이트클럽을 아십니까?
bu.nwi.gi/jo.eun/na.i.teu.keul.lo*.beul/a.sim.ni.
ga
您知道哪裡有氣氛不錯的夜店嗎？

B 홍익대학교 근처에 좋은 나이트클럽이
많습니다.
hong.ik.de*.hak.gyo/geun.cho*.e/jo.eun/na.i.
teu.keul.lo*.bi/man.sseum.ni.da
弘益大學附近有很多不錯的夜店。

相關例句

☞ 서울의 관광안내 팸플릿이 있습니까?
so*.u.rui/gwan.gwang.an.ne*/pe*m.peul.li.si/
it.sseum.ni.ga
有首爾的觀光手冊嗎?

☞ 젊은 사람들이 자주 가는 곳은 어디
입니까?
jo*l.meun/sa.ram.deu.ri/ja.ju/ga.neun/go.seun/
o*.di.im.ni.ga
年輕人常去的地方是哪裡?

☞ 할인 티켓은 있나요?
ha.rin/ti.ke.seun/in.na.yo
有打折票嗎?

☞ 당일치기로 어디가 좋을까요?
dang.il.chi.gi.ro/o*.di.ga/jo.eul.ga.yo
一日遊去哪裡好?

☞ 자유 시간은 있나요?
ja.yu/si.ga.neun/in.na.yo
有自由時間嗎?

☞ 중국어 가이드는 있습니까?
jung.gu.go*/ga.i.deu.neun/it.sseum.ni.ga
有中文導遊嗎?

☞ 투어는 몇 시간 걸립니까?
tu.o*.neun/myo*t/si.gan/go*l.lim.ni.ga
觀光要花幾小時?

☞ 밤에 구경할 만한 곳이 있나요?
ba.me/gu.gyo*ng.hal/man.han/go.si/in.na.yo
晚上有值得逛的地方嗎?

☞ 언제 출발합니까?
o*n.je/chul.bal.ham.ni.ga
何時出發呢?

☞ 시내 전경을 볼 수 있는 곳이 어디에 있나요?
si.ne*/jo*n.gyo*ng.eul/bol/su/in.neun/go.si/o*.
di.e/in.na.yo
可以看到市區全景的地方在哪裡呢？

☞ 오늘 박물관 문을 엽니까?
o.neul/bang.mul.gwan/mu.neul/yo*m.ni.ga
今天博物館有開嗎？

☞ 어디서 서울지도를 구할 수 있나요?
o*.di.so*/so*.ul.ji.do.reul/gu.hal/ssu/in.na.yo
在哪可以領取首爾地圖呢？

☞ 판매점은 어디에 있어요?
pan.me*.jo*.meun/o*.di.e/i.sso*.yo
便利商店在哪裡？

☞ 언제쯤 서울에 도착할까요?
o*n.je.jjeum/so*.u.re/do.cha.kal.ga.yo
何時會到達首爾呢？

☞ 관광코스를 몇 가지 좀 알려주세요.
gwan.gwang.ko.seu.reul/myo*t.ga.ji/jom/al.
lyo*.ju.se.yo
請告訴我幾種觀光路線。

☞ 관광버스를 어디서 타야 되죠?
gwan.gwang.bo*.seu.reul/o*.di.so*/ta.ya/dwe.
jyo
觀光巴士要在哪裡搭車呢？

☞ 가볼 만한 곳을 몇 군데 알려 주세요.
ga.bol/man.han/go.seul/myo*t.gun.de/al.lyo*/
ju.se.yo
請告訴我幾個值得一去的地方。

☞ 한국에서 가장 인기있는 관광지는 어디예요?

han.gu.ge.so*/ga.jang/in.gi.in.neun/gwan.gwang.ji.neun/o*.di.ye.yo

韓國最熱門的觀光地在哪？

☞ 한국민속촌에 가려고 합니다.

han.gung.min.sok.cho.ne/ga.ryo*.go/ham.ni.da

我想去韓國民俗村。

☞ 어디에서 음악회를 들을 수 있습니까?

o*.di.e.so*/eu.ma.kwe.reul/deu.reul/ssu/it.sseum.ni.ga

哪裡可以聽音樂會呢？

☞ 이 백화점은 몇시에 엽니까?

i.be*.kwa.jo*.meun/myo*t.ssi.e/yo*m.ni.ga

這百貨公司幾點開門呢？

☞ 저희는 스키장비가 필요합니다.

jo*.hi.neun/seu.ki.jang.bi.ga/pi.ryo.ham.ni.da

我們需要滑雪裝備。

☞ 이 근처에 캠프장이 있습니까?

i.geun.cho*.e/ke*m.peu.jang.i/it.sseum.ni.ga

這附近有露營地嗎？

☞ 오늘 여행단이 있습니까?

o.neul/yo*.he*ng.da.ni/it.sseum.ni.ga

今天有旅遊團嗎？

☞ 여기 무슨 특별한 경치가 있습니까?

yo*.gi/mu.seun/teuk.byo*l.han/gyo*ng.chi.ga/it.sseum.ni.ga

這裡有什麼特別的風景嗎？

☞ 유람할 만한 곳이 있습니까?

yu.ram.hal/man.han/go.si/it.sseum.ni.ga

有什麼地方值得參觀？

☞ 입장권을 어디서 사야합니까?
ip.jjang.gwo.neul/o*.di.so*/sa.ya.ham.ni.ga
入場券要在哪買？

☞ 근처에 슈퍼마켓이 있습니까?
geun.cho*.e/syu.po*.ma.ke.si/it.sseum.ni.ga
附近有沒有超級市場？

情境會話一

Ⓐ 사진 좀 찍어주세요.

sa.jin/jom/jji.go*.ju.se.yo

請幫我照相。

Ⓑ 어떻게 찍어 드릴까요?

o*.do*.ke/jji.go*/deu.ril.ga.yo

怎麼照呢？

Ⓐ 이 건물을 배경으로 찍어주세요.

i/go*n.mu.reul/be*.gyo*ng.eu.ro/jji.go*.ju.se.

yo

這條街為背景照吧。

情境會話二

Ⓐ 여기서 사진을 찍어도 됩니까?

yo*.gi.so*/sa.ji.neul/jji.go*.do/dwem.ni.ga

這裡可以照相嗎？

Ⓑ 여기는 박물관이라서 촬영이 안됩니다.

yo*.gi.neun/bang.mul.gwa.ni.ra.so*/chwa.ryo*

ng.i/an.dwem.ni.da

這裡是博物館，不可以拍照。

相關例句

☞ 사진을 찍어도 될까요?

sa.ji.neul/jji.go*.do/dwel.ga.yo

可以照相嗎？

☞ 여기 촬영해도 되나요?

yo*.gi/chwa.ryo*ng.he*.do/dwe.na.yo

這裡可以攝影嗎？

☞ 사진 좀 찍어 주실 수 있습니까?
sa.jin/jom/jji.go*.ju.sil/su/it.sseum.ni.ga
可以幫我照張相嗎？

☞ 여기서 사진 한 장 찍어도 돼요?
yo*.gi.so*/sa.jin/han/jang/jji.go*.do/dwe*.yo
可以在這裡拍一張相片嗎？

☞ 한 장 더 부탁합니다.
han/jang/do*/bu.ta.kam.ni.da
請再照一張。

☞ 셔터를 누르면 됩니다.
syo*.to*.reul/nu.reu.myo*n/dwem.ni.da
按下快門就可以了。

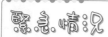

情境會話

Ⓐ 경찰아저씨, 도와 주세요.
gyo*ng.cha.ra.jo*.ssi//do.wa/ju.se.yo
警察先生，請幫幫我。

Ⓑ 무슨 일 있으셨어요?
mu.seun/il.i.sseu.syo*.sso*.yo
您發生什麼事嗎？

Ⓐ 제 지갑을 도둑에게 훔쳐 갔어요.
je/ji.ga.beul/do.du.ge.ge/hum.cho*/ga.sso*.yo
我的皮夾被小偷偷走了。

Ⓑ 방금 잃어버린 거예요?
bang.geum/i.ro*.bo*.rin/go*.ye.yo
剛才才不見的嗎？

Ⓐ 네, 10분 전에 잃어버렸어요.
ne//sip.bun/jo*.ne/i.ro*.bo*.ryo*.sso*.yo
對，十分鐘前不見的。

Ⓑ 먼저 성함과 전화번호를 알려 주세요.
저희 알아서 잘 처리할게요.
mo*n.jo*/so*ng.ham.gwa/jo*n.hwa.bo*n.ho.
reul/al.lyo*/ju.se.yo//jo*.hi.a.ra.so*/jal/cho*.ri.
hal.ge.yo
你先給我姓名和電話號碼，我們會好好為您處
理。

相關例句

☞ 제 여권을 잃어버렸습니다.
je/yo*.gwo.neul/i.ro*.bo*.ryo*t.sseum.ni.da
我的護照不見了。

☞ 제 가방이 보이지 않습니다. 어떡하죠?
je/ga.bang.i/bo.i.ji/an.sseum.ni.da//o*.do*.ka.
jyo

我沒看到我的包包，怎麼辦？

☞ 어디서 잃어버렸는지 모르겠어요.
o*.di.so*/i.ro*.bo*.ryo*n.neun.ji/mo.reu.ge.
sso*.yo

我不知道在哪裡不見的。

☞ 소매치기야!
so.me*.chi.gi.ya

有扒手啊！

☞ 도둑이야!
do.du.gi.ya

有小偷啊！

☞ 경찰에 신고해 주세요.
gyo*ng.cha.re/sin.go.he*/ju.se.yo

幫我連絡警察。

☞ 구급차 불러 주세요.
gu.geup.cha/bul.lo*/ju.se.yo

請幫我叫救護車。

☞ 살려 주세요.
sal.lyo*/ju.se.yo

救命啊！

☞ 교통사고를 당했습니다.
gyo.tong.sa.go.reul/dang.he*t.sseum.ni.da

我出車禍了。

☞ 신용카드를 잃어버렸습니다.
si.nyong.ka.deu.reul/i.ro*.bo*.ryo*t.sseum.ni.
da

我信用卡不見了。

☞ 여기서 제 가방 못 보셨어요?
yo*.gi.so*/je/ga.bang/mot/bo.syo*.sso*.yo
有在這裡看到我的包包嗎？

☞ 분실물센터는 어디에 있나요?
bun.sil.mul.sen.to*.neun/o*.di.e/in.na.yo
遺失物認領處在哪裡？

☞ 물건을 택시에 놓고 내렸어요.
mul.go*.neul/te*k.ssi.e/no.ko/ne*.ryo*.sso*.yo
我把東西放在計程車上了。

☞ 전 다쳤습니다. 누가 절 병원에 데려
다 줄래요?
jo*n/da.cho*t.sseum.ni.da//nu.ga/jo*l/byo*ng.
wo.ne/de.ryo*.da/jul.le*.yo
我受傷了，誰要帶我去醫院。

☞ 위험해요!
wi.ho*m.he*.yo
危險！

☞ 큰일 났어요!
keu.nil/na.sso*.yo
糟了！

☞ 지금은 위급한 상황입니다.
ji.geu.meun/wi.geu.pan/sang.hwang.im.ni.da
這是緊急情況。

☞ 제 차는 고장났습니다.
je/cha.neun/go.jang.nat.sseum.ni.da
我的車子壞掉了。

☞ 막차를 놓쳤어요. 어떡하죠?
mak.cha.reul/not.cho*.sso*.yo//o*.do*.ka.jyo
我錯過末班車了，怎麼辦？

☞ 저는 수영 못 해요. 어떡해요?
jo*.neun/su.yo*ng/mot/he*.yo//o*.do*.ke*.yo
我不會游泳，怎麼辦？

☞ 제 열쇠를 잃어버렸습니다.
je/yo*l.swe.reul/i.ro*.bo*.ryo*t.sseum.ni.da
我的鑰匙不見了。

尋求幫助

情境會話

Ⓐ 좀 도와주세요.

jom/do.wa.ju.se.yo

請幫助我。

Ⓑ 어떻게 도와 드릴까요?

o*.do*.ke/do.wa/deu.ril.ga.yo

要怎麼幫您呢？

Ⓐ 제가 길을 잃었어요. 여기가 어디죠?

je.ga/gi.reul/i.ro*.sso*.yo//yo*.gi.ga/o*.di.jyo

我迷路了，這裡是哪裡呢？

Ⓑ 어디로 가고 싶으십니까?

o*.di.ro/ga.go/si.peu.sim.ni.ga

您想去哪裡？

Ⓐ 남대문 시장에 가고 싶은데요.

nam.de*.mun/si.jang.e/ga.go/si.peun.de.yo

我想去南大門市場。

Ⓑ 길을 잘못 드셨습니다. 제가 길을 안내
해 드릴게요.

gi.reul/jjal.mot/deu.syo*t.sseum.ni.da//je.ga/gi.
reul/an.ne*.he*/deu.ril.ge.yo

您走錯路了，我幫你帶路吧！

相關例句

☞ 제가 도움 드릴게요.

je.ga/do.um/deu.ril.ge.yo

我來幫忙。

☞ 도움 좀 요청해도 되겠습니까?
do.um/jom/yo.cho*ng.he*.do/dwe.get.sseum.
ni.ga
可以請您幫個忙嗎？

☞ 좀 도와 주시겠습니까?
jom/do.wa/ju.si.get.sseum.ni.ga
可以幫忙嗎？

☞ 저는 도움이 필요합니다.
jo*.neun/do.u.mi/pi.ryo.ham.ni.da
我需要幫助。

☞ 도와주셔서 감사합니다.
do.wa.ju.syo*.so*/gam.sa.ham.ni.da
謝謝你的幫助。

☞ 안내해주셔서 고마웠어요.
an.ne*.he*.ju.syo*.so*/go.ma.wo.sso*.yo
謝謝您的引導。

☞ 한 가지 부탁할 일이 있습니다.
han/ga.ji/bu.ta.kal/i.ri/it.sseum.ni.da
有件事情，想拜託您。

☞ 뭐 좀 부탁 드려도 돼요?
mwo/jom/bu.tak/deu.ryo*.do/dwe*.yo
可以拜託你幫忙嗎？

☞ 중국어 사용이 가능합니까?
jung.gu.go*/sa.yong.i/ga.neung.ham.ni.ga
您會說中文嗎？

☞ 실례지만 화장실이 어디에 있습니까?
sil.lye.ji.man/hwa.jang.si.ri/o*.di.e/it.sseum.ni.
ga
不好意思，化妝室在哪裡？

☞ 노선도를 하나 그려주세요.

no.so*n.do.reul/ha.na/geu.ryo*.ju.se.yo

請幫我畫一張路線圖。

☞ 실례지만 국제전화는 어떻게 겁니까?

sil.lye.ji.man/guk.jje.jo*n.hwa.neun/o*.do*.ke/
go*m.ni.ga

請問該怎麼打國際電話？

☞ 짐이 너무 무거워요. 도와 주세요.

ji.mi/no*/mu/mu.go*.wo.yo//do.wa/ju.se.yo

行李太重了，請幫我的忙。

☞ 제 시계를 현지시간으로 맞춰 주시겠
어요?

je/si.gye.reul/hyo*n.ji.si.ga.neu.ro/mat.chwo/
ju.si.ge.sso*.yo

可以幫我把時間調成當地的時間嗎？

☞ 가까운 경찰서가 어디입니까?

ga.ga.un/gyo*ng.chal.sso*.ga/o*.di.im.ni.ga

最近的警察局在哪裡呢？

☞ 병원에 가려면 어떻게 가야합니까?

yo*ng.wo.ne/ga.ryo*.myo*n/o*.do*.ke/ga.ya.
ham.ni.ga

怎麼去醫院呢？

☞ 핸드폰을 좀 빌려주시겠습니까?

he*n.deu.po.neul/jjom/bil.lyo*.ju.si.get.sseum.
ni.ga

可以借我用一下手機嗎？

☞ 이걸 좀 도와 주세요.

i.go*l/jom/do.wa/ju.se.yo

請幫我做這個。

☞ 짐 좀 옮겨 주시겠어요?
jim/jom/om.gyo*/ju.si.ge.sso*.yo
可以幫我搬行李嗎？

☞ 저를 꼭 좀 도와줘야 해요.
jo*.reul/gok/jom/do.wa.jwo.ya/he*.yo
你一定要幫幫我。

Chapter 8

感情表現

高興、快樂

情境會話一

A 무슨 일로 그렇게 기뻐?
mu.seun/il.lo/geu.ro*.ke/gi.bo*
什麼事情那麼高興?

B 어떤 남자가 나한테 고백했어.
o*.do*n/nam.ja.ga/na.han.te/go.be*.ke*.sso*
有個男生和我告白了。

A 정말? 너도 그 사람을 좋아해?
jo*ng.mal//no*.do/geu/sa.ra.meul/jjo.a.he*
真的嗎?你也喜歡他嗎?

B 응, 싫지는 않아.
eung//sil.chi.neun/a.na
恩,不討厭。

情境會話二

A 이런 좋은 소식을 들으니 참 기뻐요.
i.ro*n/jo.eun/so.si.geul/deu.reu.ni/cham/gi.bo*.yo
聽到這種好消息,真高興。

B 저도 기쁩니다.
jo*.do/gi.beum.ni.da
我也很高興。

相關例句

☞ 만세!
man.se
萬歲!

☞ 정말 즐거워요.
jo*ng.mal/jjeul.go*.wo.yo
真高興。

☞ 좋아서 미치겠어요.
jo.a.so*/mi.chi.ge.sso*.yo
高興得要瘋了。

☞ 전 몹시 기쁩니다.
jo*n/mop.ssi/gi.beum.ni.da
我非常高興。

☞ 정말 기쁘시겠습니다.
jo*ng.mal/gi.beu.si.get.sseum.ni.da
你該有多開心啊！

☞ 정말 아주 반가운 소식이군요.
jo*ng.mal/a.ju/ban.ga.un/so.si.gi.gu.nyo
真是個令人高興的消息啊！

☞ 덕분에 오늘 재미있었습니다.
do*k.bu.ne/o.neul/jje*.mi.i.sso*t.sseum.ni.da
托你的福，今天很愉快！

☞ 오늘은 기분이 참 좋아요.
o.neu.reun/gi.bu.ni/cham/jo.a.yo
今天心情真好。

☞ 신나요.
sin.na.yo
興奮。

☞ 와, 짱이다.
wa//jjang.i.da
哇，太棒了！

☞ 요즘 정말 행복해!
yo.jeum/jo*ng.mal/he*ng.bo.ke*
最近真幸福！

☞ 이건 꿈이 아니죠?
i.go*n/gu.mi/a.ni.jyo
這不是做夢吧？

☞ 너무 기뻐서 말이 안 나와요.
no*.mu/gi.bo*.so*/ma.ri/an/na.wa.yo
高興得講不出話來。

☞ 다시 만나서 정말 기뻐요.
da.si/man.na.so*/jo*ng.mal/gi.bo*.yo
再見到你，真的很高興。

喜歡、討厭

情境會話一

🅐 어떤 남자를 좋아하십니까?

o*.do*n/nam.ja.reul/jjo.a.ha.sim.ni.ga

你喜歡什麼樣的男生？

🅑 성격이 밝은 남자를 좋아합니다.

so*ng.gyo*.gi/bal.geun/nam.ja.reul/jjo.a.ham.ni.da

我喜歡性格開朗的男生。

🅐 어떤 남자를 싫어해요?

o*.do*n/nam.ja.reul/ssi.ro*.he*.yo

討厭哪種男生？

🅑 잘난 척하는 남자가 싫어요.

jal.lan/cho*.ka.neun/nam.ja.ga/si.ro*.yo

討厭自以為是的男生。

情境會話二

🅐 이 색깔은 어때요?

i/se*k.ga.reun/o*.de*.yo

這個顏色怎麼樣？

🅑 이런 색깔은 안 좋아해요. 다른 건 없으세요?

i.ro*n/se*k.ga.reun/an.jo.a.he*.yo//da.reun/go*n/o*p.sseu.se.yo

我不喜歡這種顏色，沒有其他的嗎？

相關例句

☞ 어떤 영화를 좋아하십니까?

o*.do*n/yo*ng.hwa.reul/jjo.a.ha.sim.ni.ga

你喜歡什麼樣的電影？

☞ 음악을 좋아하세요?
eu.ma.geul/jjo.a.ha.se.yo
你喜歡音樂嗎？

☞ 저는 예쁜 여자를 좋아해요.
jo*.neun/ye.beun/yo*.ja.reul/jjo.a.he*.yo
我喜歡漂亮的女生。

☞ 비가 내리는 날씨가 싫어요.
bi.ga/ne*.ri.neun/nal.ssi.ga/si.ro*.yo
我討厭下雨天。

☞ 그 남자가 너무 좋아요.
geu/nam.ja.ga/no*.mu/jo.a.yo
我超喜歡那個男生。

☞ 저는 등산을 좋아해요.
jo*.neun/deung.sa.neul/jjo.a.he*.yo
我喜歡爬山。

☞ 가장 싫어하는 음식은 피망입니다.
ga.jang/si.ro*.ha.neun/eum.si.geun/pi.mang.
im.ni.da
我最討厭的食物就是青椒。

情境會話一

Ⓐ 당신이 또 약속을 어겼어요. 정말 열 받아요!

dang.si.ni/do/yak.sso.geul/o*.gyo*.sso*.yo//
jo*ng.mal/yo*l/ba.da.yo

你又違約了，真是氣死人。

Ⓑ 미안해요. 일부러 한게 아니에요.

mi.an.he*.yo./il.bu.ro*/han.ge/a.ni.e.yo

對不起，我不是故意的。

Ⓐ 더 이상 당신을 용서할 수가 없어요.

mi.do*/i.sang/dang.si.neul/yong.so*.hal/ssu.ga/
o*p.sso*.yo

我再也沒辦法原諒你。

情境會話二

Ⓐ 생각할수록 화가 나요.

se*ng.ga.kal.ssu.rok/hwa.ga/na.yo

越想越氣。

Ⓑ 왜 그래요?

we*/geu.re*.yo

怎麼了？

相關例句

☞ 정말 화가 나요.

jo*ng.mal/hwa.ga/na.yo

真是生氣。

☞ 오늘 열 받네!

o.neul/yo*l/ban.ne

今天真火大。

☞ 삐쳤어?
bi.cho*.sso*
你生氣囉?

☞ 왜 화가 나요?
we*/hwa.ga/na.yo
為什麼生氣呢?

☞ 그 사람을 생각하면 진짜 기가 막혀.
geu/sa.ra.meul/sse*ng.ga.ka.myo*n/jin.jja/gi.ga/ma.kyo*
一想到他，就火大。

☞ 화내지 마세요.
hwa.ne*.ji/ma.se.yo
別生氣。

☞ 참는 것도 한도가 있어요.
cham.neun/go*t.do/han.do.ga/i.sso*.yo
忍耐也是有限度的。

☞ 넌 이제 죽었어.
no*n/i.je/ju.go*.sso*
你死定了。

☞ 불만이 있어요.
bul.ma.ni/i.sso*.yo
我有不滿。

☞ 너 많이 늦었네요.
no*/ma.ni/neu.jo*n.ne.yo
你遲到很久耶！

☞ 약속을 좀 지켜야지.
yak.sso.geul/jjom/ji.kyo*.ya.ji
你該遵守約定。

☞ 사과해야 할 거 아니야?
sa.gwa.he*.ya/hal/go*/a.ni.ya
你不是該道個歉嗎？

☞ 왜 문자 한 통도 없니?
we*/mun.ja/han/tong.do/o*m.ni
為什麼連封簡訊也沒有？

☞ 이봐, 거기 좀 조용히 해!
i.bwa//go*.gi/jom/jo.yong.hi/he*
喂，那裡安靜一點！

☞ 날 건드리지 마.
nal/go*n.deu.ri.ji/ma
別惹我。

☞ 날 무시하지 마.
nal/mu.si.ha.ji/ma
別看不起我。

☞ 나 지금 화났어, 말 시키지 마.
na/ji.geum/hwa.na.sso*//mal/ssi.ki.ji/ma
我現在很生氣，別跟我說話。

☞ 아직도 화나 있어요?
a.jik.do/hwa.na/i.sso*.yo
你還在生氣嗎？

☞ 그런 헛소리하지 마세요.
geu.ro*n/ho*t.sso.ri.ha.ji/ma.se.yo
別胡說八道了。

☞ 너한테 화를 내지 않았는데.
no*.han.te/hwa.reul/ne*.ji/a.nan.neun.de
我沒有對你生氣啊！

☞ 이러지 마세요. 냉정하십시오.
i.ro*.ji/ma.se.yo//ne*ng.jo*ng.ha.sip.ssi.o
別這樣，請冷靜。

失望、傷心

情境會話一

Ⓐ 나는 마음이 아파요.
na.neun/ma.eu.mi/a.pa.yo
我心好痛。

Ⓑ 무슨 일이 생겼어요?
mu.seun/i.ri/se*ng.gyo*.sso*.yo
發生什麼事嗎?

Ⓐ 어제 친구랑 싸웠어요.
o*.je/chin.gu.rang/ssa.wo.sso*.yo
昨天和朋友吵架了。

Ⓑ 슬퍼하지 마요. 내일 가서 화해하면 돼요.
seul.po*.ha.ji/ma.yo./ne*.il/ga.so*/hwa.he*.ha.myo*n/dwe*.yo
別難過,明天去向朋友和解就好了嘛!

情境會話二

Ⓐ 더 이상 희망은 없어요.
do*.i.sang/hi.mang.eun/o*p.sso*.yo
再也沒希望了。

Ⓑ 그렇게 생각하면 안 되죠. 기운 좀 내세요.
geu.ro*.ke/se*ng.ga.ka.myo*n/an/dwe.jyo//gi.un/jom/ne*.se.yo
你不能那樣想,打起精神來。

（相關例句）

☞ 그를 생각하면 가슴이 아프다.

geu.reul/sse*ng.ga.ka.myo*n/ga.seu.mi/a.peu.
da

一想到他，就心痛。

☞ 당신을 실망 시켜서 미안해요.

dang.si.neul/ssil.mang/si.kyo*.so*/mi.an.he*.
yo

讓您失望了，對不起。

☞ 난 너무 실망스러웠다.

nan/no*.mu/sil.mang.seu.ro*.wot.da

我很失望。

☞ 내 자신에 너무 실망스러워.

ne*/ja.si.ne.ge/no*.mu/sil.mang.seu.ro*.wo

我對自己很失望。

☞ 너무 슬퍼요!

no*.mu/seul.po*.yo

很難過。

☞ 영화가 너무 슬퍼요.

yo*ng.hwa.ga/no*.mu/seul.po*.yo

電影很悲傷。

☞ 슬퍼서 울고만 싶습니다.

seul.po*.sso*/ul.go.man/sip.sseum.ni.da

傷心得想哭。

☞ 저는 비참해요.

jo*.neun/bi.cham.he*.yo

我好悲慘。

☞ 잠을 자고 슬픔을 잊어버리세요.

ja.meul/jja.go/seul.peu.meul/i.jo*.bo*.ri.se.yo

好好睡一覺，忘記傷痛吧！

☞ 가슴이 찢어질 것 같아요.
ga.seu.mi/jji.jo*.jil/go*t/ga.ta.yo
心好像被撕裂一樣。

☞ 전 계속 슬픔에 젖어 있어요.
jo*n/gye.sok/seul.peu.me/jo*.jo*/i.sso*.yo
我一直沉浸在悲傷中。

☞ 그 생각을 하면 아직도 가슴이 아파요.
geu/se*ng.ga.geul/ha.myo*n/a.jik.do/ga.seu.mi/a.pa.yo
一想到，現在心還會痛。

☞ 왠지 눈물이 계속 나네요.
we*n.ji/nun.mu.ri/gye.sok/na.ne.yo
不知道為什麼眼淚一直掉。

驚訝、驚嚇

情境會話一

Ⓐ 뭐, 너 뭐라고 했어요?
mwo//no*/mwo.ra.go/he*.sso*.yo
什麼？你說什麼？

Ⓑ 난 어제 산 복권에 당첨됐어요.
nan/o*.je/san/bok.gwo.ne/dang.cho*m.dwe*.
sso*.yo
我昨天買的獎券中獎了。

Ⓐ 와, 당첨금 얼마예요?
wa//dang.cho*m.geum/o*l.ma.ye.yo
哇！獎金多少啊？

情境會話二

Ⓐ 이런 장난 하지 마요. 깜짝 놀랐잖아요.
i.ro*n/jang.nan/ha.ji/ma.yo//gam.jjak/nol.lat.
jja.na.yo
別開這種玩笑，嚇我一跳！

Ⓑ 어때요? 정말 놀랍지요?
o*.de*.yo//jo*ng.mal/nol.lap.jji.yo
怎麼樣？被嚇到了吧？

相關例句

☞ 맙소사!
map.sso.sa
我的天啊！

☞ 어머나!
o*.mo*.na
哎呀！

☞ 뭐? 당신 미쳤어요?
mwo//dang.sin/mi.cho*.sso*.yo
什麼?你瘋了嗎?

☞ 깜짝 놀랐어요.
gam.jjak/nol.la.sso*.yo
嚇了我一跳!

☞ 너때문에 정말 놀랐잖아.
no*.de*.mu.ne/jo*ng.mal/nol.lat.jja.na
你真的嚇到我了。

☞ 간 떨어질 뻔했어요.
gan/do*.ro*.jil/bo*n.he*.sso*.yo
我差點被嚇死。

☞ 아이, 깜짝이야.
a.i//gam.jja.gi.ya
嚇死了!

情境會話一

Ⓐ 안색이 안 좋아요. 무슨 걱정되는 일이라도 있어요?

an.se*.gi/an/jo.a.yo//mu.seun/go*k.jjo*ng.dwe.neun/i.ri.ra.do/i.sso*.yo

你臉色不太好耶！有什麼擔心的事嗎？

Ⓑ 우리 아이가 아직 집에 들어오지 않았어요.

u.ri/a.i.ga/a.jik/ji.be/deu.ro*.o.ji/a.na.sso*.yo

我家孩子還沒回家。

Ⓐ 너무 걱정하지 마세요. 꼭 돌아올 거예요.

no*.mu/go*k.jjo*ng.ha.ji/ma.se.yo//gok/do.ra.ol/go*.ye.yo

不要太擔心，一定會回來的。

情境會話二

Ⓐ 무슨 일로 그렇게 걱정하세요?

mu.seun/il.lo/geu.ro*.ke/go*k.jjo*ng.ha.se.yo

什麼事情那麼擔心呢？

Ⓑ 이번도 졸업하지 못할까봐 너무 걱정돼요.

i.bo*n.do/jo.ro*.pa.ji/mo.tal.ga.bwa/no*.mu/go*k.jjo*ng.dwe*.yo

我擔心這次也沒辦法畢業。

(相關例句)

☞ 저는 이제 어떻게 해야 돼요?
jo*.neun/i.je/o*.do*.ke/he*.ya/dwe*.yo
我現在該怎麼辦才好？

☞ 무슨 걱정거리가 있나요?
mu.seun/go*k.jjo*ng.go*.ri.ga/in.na.yo
有什麼擔心的事嗎？

☞ 우울해 보이네요.
u.ul.he*/bo.i.ne.yo
你看起來很憂鬱呢！

☞ 걱정할 거 없어요.
go*k.jjo*ng.hal/go*/o*p.sso*.yo
不需要擔心。

☞ 걱정할 필요 없어요.
go*k.jjo*ng.hal/pi.ryo/o*p.sso*.yo
不需要擔心。

☞ 걱정해 주셔서 고맙습니다.
go*k.jjo*ng.he*/ju.syo*.so*/go.map.sseum.ni.
da
謝謝你為我擔心。

☞ 나때문에 너무 걱정하지 마.
na.de*.mu.ne/no*.mu/go*k.jjo*ng.ha.ji/ma
不要為我擔心。

情境會話一

Ⓐ 도대체 무슨 일이에요?
do.de*.che/mu.seun/i.ri.e.yo
到底怎麼回事？

Ⓑ 우리 할머니가 어제 돌아가셨어요.
u.ri/hal.mo*.ni.ga/o*.je/do.ra.ga.syo*.sso*.yo
我奶奶昨天過世了。

Ⓐ 힘든 시간이시겠어요. 누군가가 필요하
시면 제게 기대하세요.
him.deun/si.ga.ni.si.ge.sso*.yo//nu.gun.ga.ga/
pi.ryo.ha.si.myo*n/je.ge/gi.de*.ha.se.yo
你一定很難過吧！如果你需要人倚靠，就依靠
我吧！

情境會話二

Ⓐ 당신 뭔가 조금 수상해요. 무슨 일이
생겼어요?
dang.sin/mwon.ga/jo.geum/su.sang.he*.yo./
mu.seun/i.ri/se*ng.gyo*.sso*.yo
你有點不對勁，發生什麼事嗎？

Ⓑ 그냥 기분 좀 우울해요.
geu.nyang/gi.bun/jom/u.ul.he*.yo
只是心情有點鬱悶。

相關例句

☞ 도대체 어떻게 된 거예요?
do.de*.che/o*.do*.ke/dwen/go*.ye.yo
到底怎麼回事？

☞ 다친 데 없어요?
da.chin/de/o*p.sso*.yo
沒受傷吧？

☞ 어디 아파요?
o*.di/a.pa.yo
你哪裡不舒服嗎？

☞ 오늘 잘 안 풀리는 일 있었나요?
o.neul/jjal/an/pul.li.neun/il/i.sso*n.na.yo
今天有什麼不順利的事情嗎？

☞ 심각합니까?
sim.ga.kam.ni.ga
很嚴重嗎？

☞ 어제 잘 잤어요?
o*.je/jal/jja.sso*.yo
昨天睡得好嗎？

☞ 무슨 고민이라도 있으십니까?
mu.seun/go.mi.ni.ra.do/i.sseu.sim.ni.ga
有什麼煩惱嗎？

☞ 왜 울고 있어요? 제가 도울 일이 있
어요?
we*/ul.go/i.sso*.yo//je.ga/do.ul/i.ri/i.sso*.yo
為什麼再哭呢？有我可以幫得上忙的地方嗎？

☞ 무슨 일 있었어요?
mu.seun/il/i.sso*.sso*.yo
發生什麼事情嗎？

☞ 왜 그래요?
we*/geu.re*.yo
怎麼了嗎？

☞ 긴장하지 말아요.
gin.jang.ha.ji/ma.ra.yo
別緊張。

☞ 마음 푸세요.
ma.eum/pu.se.yo
別放在心上。

☞ 힘 내세요.
him/ne*.se.yo
加油！

☞ 응원할게요.
eung.won.hal.ge.yo
我會為你加油的。

☞ 포기하지 마세요.
po.gi.ha.ji/ma.se.yo
不要放棄。

☞ 용기를 내세요.
yong.gi.reul/ne*.se.yo
拿出勇氣吧！

☞ 마음만 먹으면 뭐든 할 수 있어요.
ma.eum.man/mo*.geu.myo*n/mwo.deun/hal/
ssu/i.sso*.yo
只要下定決心，什麼都辦的到。

☞ 반드시 잘 될 거예요.
ban.deu.si/jal/dwel/go*.ye.yo
一定會很順利的。

☞ 눈물을 닦아. 안 좋은 일은 다 잊어
버려！
nun.mu.reul/da.ga//an/jo.eun/i.reun/da/i.jo*.
bo*.ryo*
擦掉眼淚吧！把不好的事情全部忘掉。

☞ 네 마음 이해해.
ne/ma.eum/i.he*.he*
我了解你的心情。

☞ 낙심하지 마세요.
nak.ssim.ha.ji/ma.se.yo
不要灰心。

情境會話一

Ⓐ 지금 참 후회돼요.
ji.geum/cham/hu.hwe.dwe*.yo
現在真後悔。

Ⓑ 무슨 일이에요?
mu.seun/i.ri.e.yo
什麼事啊？

Ⓐ 어제 남자친구랑 헤어졌어요.
o*.je/nam.ja.chin.gu.rang/he.o*.jo*.sso*.yo
昨天和男朋友分手了。

Ⓑ 이제와서 후회해도 소용없어요.
i.je.wa.so*/hu.hwe.he*.do/so.yong.o*p.sso*.yo
現在後悔也沒用了。

情境會話二

Ⓐ 제가 그에게 사과했어야 하는 건데요.
je.ga/geu.e.ge/sa.gwa.he*.sso*.ya/ha.neun/go*.n.de.yo
我應該向他道歉才是。

Ⓑ 빨리 그 친구에 가서 사과해요. 아직 늦지 않았어요.
bal.li/geu.chin.gu.e/ga.so*/sa.gwa.he*.yo//a.jik/neut.jji/a.na.sso*.yo
快去和那位朋友道歉吧！還不晚。

相關例句

☞ 일이 벌써 이렇게 되었는데, 후회하면
무슨 소용 있어?
i.ri/bo*l.sso*/i.ro*.ke/dwe.o*n.neun.de//hu.
hwe.ha.myo*n/mu.seun/so.yong/i.sso*
事情已經變成這樣了，後悔又有什麼用？

☞ 난 얼마나 후회했는지 몰라.
nan/o*l.ma.na/hu.hwe.he*n.neun.ji/mol.la
我不知道有多後悔。

☞ 후회할 거예요.
hu.hwe.hal/go*.ye.yo
你會後悔的。

☞ 난 절대로 후회하지 않아.
nan/jo*l.de*.ro/hu.hwe.ha.ji/a.na
我絕不後悔。

☞ 난 후회해 본 적이 없어.
nan/hu.hwe.he*/bon/jo*.gi/o*p.sso*
我沒有後悔過。

☞ 그때 부모님의 충고를 받아들이지 않
은 것에 대해 너무 후회됩니다.
geu.de*/bu.mo.ni.mui/chung.go.reul/ba.da.deu.
ri.ji/a.neun/go*.se/de*.he*/no*.mu/hu.hwe.
dwem.ni.da
我很後悔那時沒聽父母的勸告。

責備、吵架

情境會話一

Ⓐ 집 꼴이 왜 이렇게 엉망이에요?

jip/go.ri/we*/i.ro*.ke/o*ng.mang.i.e.yo

為什麼家裡這麼亂七八糟?

Ⓑ 요즘 너무 바빠서 집 청소하는 시간이
없어요.

yo.jeum/no*.mu/ba.ba.so*/jip/cho*ng.so.ha.
neun/si.ga.ni/o*p.sso*.yo

因為最近太忙了,沒時間打掃家裡。

Ⓐ 아무리 바빠도 쓰레기를 아무데나 버리
면 안 돼요.

a.mu.ri/ba.ba.do/sseu.re.gi.reul/a.mu.de.na/
bo*.ri.myo*n/an/dwe*.yo

再怎麼忙垃圾也不可以亂丟。

Ⓑ 알았어요. 바로 정리할게요.

a.ra.sso*.yo//ba.ro/jo*ng.ni.hal.ge.yo

知道了,我馬上整理。

情境會話二

Ⓐ 내 말 안 들려요? 빨리 나가요!

ne*/mal/an/deul.lyo*.yo//bal.li/na.ga.yo

沒聽見我講得嗎?快出去!

Ⓑ 왜 나한테 화를 내요?

we*/na.han.te/hwa.reul/ne*.yo

幹嘛對我生氣?

(相關例句)

☞ 넌 왜 이렇게 칠칠치 못하니?
no*n/we*/i.ro*.ke/chil.chil.chi/mo.ta.ni
你為什麼這麼粗心大意?

☞ 정말 꼴 같지 않아.
jo*ng.mal/gol/gat.jji/a.na
真不像樣。

☞ 진짜 너무하다.
jin.jja/no*.mu.ha.da
你太過分了!

☞ 더 이상 너를 보고 싶지 않아. 꺼져!
do*/i.sang/no*.reul/bo.go/sip.jji/a.na//go*.jo*
再也不想看到你,滾!

☞ 난 이미 충분히 말을 했어.
nan/i.mi/chung.bun.hi/ma.reul/he*.sso*
我已經說得夠多了。

☞ 너나 나나 모두 마찬가지야.
no*.na/na.na/mo.du/ma.chan.ga.ji.ya
你我都一樣。

☞ 똑바로 좀 행동해!
dok.ba.ro/jom/he*ng.dong.he*
正經一點!

☞ 볼일 없으면 좀 나가 주시죠!
bo.ril/o*p.sseu.myo*n/jom/na.ga/ju.si.jyo
沒事的話,請你離開!

☞ 정말 비겁한 녀석이야.
jo*ng.mal/bi.go*.pan/nyo*.so*.gi.ya
你真是膽小鬼。

☞ 당신이 완전히 틀렸습니다.
dang.si.ni/wan.jo*n.hi/teul.lyo*t.sseum.ni.da
你根本就錯了。

☞ 바보 같은 짓 그만 해.
ba.bo/ga.teun/jit/geu.man/he*
別再做傻事了。

☞ 당신은 자기 생각만 해요.
dang.si.neun/ja.gi/se*ng.gang.man/he*.yo
你只想到你自己。

☞ 거봐! 내가 뭐라고 했어.
go*.bwa//ne*.ga/mwo.ra.go/he*.sso*
看吧！我就說吧！

☞ 쓸데없는 소리하지 마세요.
sseul.de.o*m.neun/so.ri.ha.ji/ma.se.yo
別說廢話。

情境會話一

Ⓐ 선생님, 숙제를 다음주 제출해도 됩니까?
so*n.se*ng.nim//suk.jje.reul/da.eum.ju/je.chul.he*.do/dwem.ni.ga

老師，作業可以下星期再交嗎？

Ⓑ 안됩니다.
an.dwem.ni.da

不行。

情境會話二

Ⓐ 이번 주말에 이사할 거예요. 좀 도와 줄 수 있어요?
i.bo*n/ju.ma.re/i.sa.hal/go*.ye.yo//jom/do.wa/jul/su/i.sso*.yo

這個周末我要搬家，你可以來幫忙嗎？

Ⓑ 정말 도와 주고 싶지만 시간이 없습니다.
jo*ng.mal/do.wa/ju.go/sip.jji.man/si.ga.ni/o*p.sseum.ni.da

我真的很想去幫忙，但是我沒有時間。

Ⓐ 정말요? 그럼 다른 사람을 부탁해야 되네요.
jo*ng.ma.ryo//geu.ro*m/da.reun/sa.ra.meul/bu.ta.ke*.ya/dwe.ne.yo

真的嗎？那我得去拜託其他人。

(相關例句)

☞ 절대 안됩니다.
jo*l.de*/an.dwem.ni.da
絕對不行。

☞ 하고 싶지 않아요.
ha.go/sip.jji/a.na.yo
我不想做。

☞ 거절합니다.
go*.jo*l.ham.ni.da
我拒絕。

☞ 싫어.
si.ro*
不要！

☞ 필요 없어요.
pi.ryo/o*p.sso*.yo
不需要。

☞ 전 됐어요.
jo*n/dwe*.sso*.yo
我就不必了。

☞ 지금 바쁜데요.
ji.geum/ba.beun.de.yo
我現在很忙。

☞ 곤란한데요.
jo*n/da.reun/yak.sso.gi/i.sso*.yo
有些困難。

☞ 아니, 할일이 너무 많아서.
a.ni//ha.ri.ri/no*.mu/ma.na.so*
不了，我要做的事情很多。

☞ 저는 정말 못하겠습니다.
jo*.neun/jo*ng.mal/mo.ta.get.sseum.ni.da
我真的辦不到。

☞ 저는 그렇게 할 수 없어요.
jo*.neun/geu.ro*.ke/hal/ssu/o*p.sso*.yo
我不能那樣做。

☞ 유감스럽지만, 오늘은 안 됩니다.
yu.gam.seu.ro*p.jji.man//o.neu.reun/an/dwem.
ni.da
很遺憾，今天不行。

☞ 가고 싶지만 선약이 있습니다.
ga.go/sip.jji.man/so*.nya.gi/it.sseum.ni.da
雖然想去，但我已經有約了。

☞ 미안하지만 중요한 약속이 있습니다.
mi.an.ha.ji.man/jung.yo.han/yak.sso.gi/it.
sseum.ni.da
很抱歉，我有很重要的約會。

情境會話一

Ⓐ 참 젊어 보이시네요.
cham/jo*l.mo*/bo.i.si.ne.yo
您看來真年輕。

Ⓑ 칭찬해 주시니 고맙습니다.
ching.chan.he*/ju.si.ni/go.map.sseum.ni.da
謝謝你的誇獎。

情境會話二

Ⓐ 따님이 참 귀엽네요. 몇 살이에요?
da.ni.mi/cham/gwi.yo*m.ne.yo//myo*t/sa.ri.e.
yo
您女兒真可愛，幾歲了？

Ⓑ 금년 9살이에요.
geum.nyo*n/a.hop.ssa.ri.e.yo
今年九歲。

Ⓐ 그럼 지금 초등학교에 다니네요.
geu.ro*m/ji.geum/cho.deung.hak.gyo.e/da.ni.
ne.yo
那現在是讀小學囉！

相關例句

☞ 참 훌륭해요.
cham/hul.lyung.he*.yo
真優秀。

☞ 예뻐요.
ye.bo*.yo
漂亮。

☞ 잘 했어요.
jal/he*.sso*.yo
做得好。

☞ 아주 멋있습니다.
a.ju/mo*.sit.sseum.ni.da
你很帥。

☞ 얼굴이 많이 예뻐졌네요.
o*l.gu.ri/ma.ni/ye.bo*.jo*n.ne.yo
你變漂亮了。

☞ 정말 대단하군요.
jo*ng.mal/de*.dan.ha.gu.nyo
真了不起！

☞ 누구를 닮아서 그렇게 예뻐요?
nu.gu.reul/dal.ma.so*/geu.ro*.ke/ye.bo*.yo
你是長得像誰，那麼漂亮？

☞ 헤어스타일이 너무 아름답구나.
he.o*.seu.ta.i.ri/no*.mu/a.reum.dap.gu.na
你的髮型真好看！

☞ 우와, 뚝뚝하네요.
u.wa//dok.do.ka.ne.yo
哇，真聰明！

☞ 예의가 바르시군요.
ye.ui.ga/ba.reu.si.gu.nyo
您真有禮貌。

☞ 너무 맛있네요!
no*.mu/ma.sin.ne.yo
太好吃了！

☞ 기억력이 참 좋으시군요.
gi.o*ng.nyo*.gi/cham/jo.eu.si.gu.nyo
你記憶力真不錯。

☞ 그거 참 잘 어울립니다.
geu.go*/cham/jal/o*.ul.lim.ni.da
那跟你很配。

☞ 당신은 정말 신사군요.
dang.si.neun/jo*ng.mal/ssin.sa.gu.nyo
你真是個紳士。

情境會話一

Ⓐ 조용히 해요.

jo.yong.hi/he*.yo

安靜點！

Ⓑ 죄송합니다.

jwe.song.ham.ni.da

對不起。

情境會話二

Ⓐ 화장실 좀 다녀 올게요. 당신은 여기서 기다려요.

hwa.jang.sil/jom/da.nyo*/ol.ge.yo//dang.si.neun/yo*.gi.so*/gi.da.ryo*.yo

我去趟化妝室，你在這裡等我。

Ⓑ 알았어요.

a.ra.sso*.yo

知道了。

情境會話三

Ⓐ 이런 농담을 하지 마요.

i.ro*n/nong.da.meul/ha.ji/ma.yo

別開這種玩笑。

Ⓑ 미안해요, 당신은 화났어요?

mi.an.he*.yo//dang.si.neun/hwa.na.sso*.yo

對不起，你生氣囉？

相關例句

☞ 움직이지 마!
um.ji.gi.ji/ma
別動！

☞ 나가!
na.ga
出去！

☞ 빨리 먹어!
bal.li/mo*.go*
快吃！

☞ 들어가지 마!
deu.ro*.ga.ji/ma
別進去！

☞ 빨리 자라.
bal.li/ja.ra
快睡覺！

☞ 떠나지 마세요.
do*.na.ji/ma.se.yo
別離開！

☞ 여기서 담배를 피우지 마세요.
yo*.gi.so*/dam.be*.reul/pi.u.ji/ma.se.yo
別在這裡抽菸。

決心、決定

情境會話一

Ⓐ 난 결정했어요.
nan/gyo*l.jo*ng.he*.sso*.yo
我決定了！

Ⓑ 뭐가요?
mwo.ga.yo
什麼？

Ⓐ 내일부터 열심히 다이어트를 할거예요.
ne*.il.bu.to*/yo*l.sim.hi/da.i.o*.teu.reul/hal.
go*.ye.yo
明天開始要認真減肥了。

Ⓑ 이번에 절대 포기하지 마요.
i.bo*.ne/jo*l.de*/po.gi.ha.ji/ma.yo
這次絕對別放棄了。

情境會話二

Ⓐ 그와 결혼하기로 했어요.
geu.wa/gyo*l.hon.ha.gi.ro/he*.sso*.yo
我決定要和他結婚。

Ⓑ 정말요? 진심이에요?
jo*ng.ma.ryo//jin.si.mi.e.yo
真的嗎？你是認真的嗎？

相關例句

☞ 결심했습니다.
gyo*l.sim.he*t.sseum.ni.da
我決定了。

☞ 이번에는 절대 지지 않을 거야.
i.bo*.ne.neun/jo*l.de*/ji.ji.a.neul/go*.ya
這次我絕對不會輸。

☞ 제가 정하겠습니다.
je.ga/jo*ng.ha.get.sseum.ni.da
我來決定。

☞ 나는 영화를 보러 가기로 했다.
na.neun/yo*ng.hwa.reul/bo.ro*/ga.gi.ro/he*t.
da
我決定要去看電影。

☞ 저 혼자 결정할 수는 없습니다.
jo*/hon.ja/gyo*l.jo*ng.hal/ssu.neun/o*p.
sseum.ni.da
我無法自己決定。

☞ 약혼 날짜를 정했습니다.
ya.kon/nal.jja.reul/jjo*ng.he*t.sseum.ni.da
決定了訂婚日期。

☞ 열심히 공부하기로 했습니다.
yo*l.sim.hi/gong.bu.ha.gi.ro/he*t.sseum.ni.da
決心要用功念書。

許可

情境會話一

Ⓐ 펜 좀 빌릴 수 있을까요?
pen/jom/bil.lil/su/i.sseul.ga.yo
可以借我筆嗎?

Ⓑ 물론입니다. 가져 가세요.
mul.lo.nim.ni.da//ga.jo*/ga.se.yo
當然可以,拿去吧!

Ⓐ 고맙습니다.
go.map.sseum.ni.da
謝謝。

情境會話二

Ⓐ 여기서 놀아도 됩니까?
yo*.gi.so*/no.ra.do/dwem.ni.ga
可以在這裡玩嗎?

Ⓑ 여기서 놀 수 있지만 큰 소리를 치지 마요.
yo*.gi.so*/nol/su/it.jji.man/keun/so.ri.reul/chi.ji/ma.yo
雖然可以在這裡玩,但是不要大聲吼叫。

Ⓐ 네, 알겠습니다.
ne//al.get.sseum.ni.da
好,我知道。

相關例句

☞ 담배 좀 피워도 괜찮습니까?
dam.be*/jom/pi.wo.do/gwe*n.chan.sseum.ni.ga
可以抽菸嗎?

☞ 들어가도 돼요?
deu.ro*.ga.do/dwe*.yo
可以進去嗎？

☞ 솔직히 말해도 돼요?
sol.jji.ki/mal.he*.do/dwe*.yo
我可以老實說嗎？

☞ 한 가지 물어봐도 됩니까?
han/ga.ji/mu.ro*.bwa.do/dwem.ni.ga
我可以問個問題嗎？

☞ 지금 퇴근해도 괜찮습니까?
ji.geum/twe.geun.he*.do/gwe*n.chan.sseum.ni.ga
現在可以下班嗎？

☞ 휴일이라면 좋습니다.
hyu.i.ri.ra.myo*n/jo.sseum.ni.da
假日的話就可以。

☞ 이제 가도 되죠?
i.je/ga.do/dwe.jyo
我現在可以走了吧？

☞ 다 가져가도 돼죠?
da/ga.jo*.ga.do/dwe*.jyo
可以全部拿走吧？

☞ 여기 앉아도 괜찮을까요?
yo*.gi/an.ja.do/gwe*n.cha.neul.ga.yo
可以做在這裡嗎？

☞ 이거 사용해도 됩니까?
i.go*/sa.yong.he*.do/dwem.ni.ga
可以使用這個嗎？

☞ 제 생각을 말해도 될까요?
je/se*ng.ga.geul/mal.he*.do/dwel.ga.yo
我可以提出我的想法嗎？

☞ 한 마디 이야기해도 괜찮겠습니까?
han/ma.di/i.ya.gi.he*.do/gwe*n.chan.ket.
sseum.ni.ga
我可以講一句話嗎？

☞ 걱정하지 않아도 됩니다.
go*k.jjo*ng.ha.ji/a.na.do/dwem.ni.da
你可以不必擔心。

☞ 이것이 허용됩니까?
i.go*.si/ho*.yong.dwem.ni.ga
這被允許嗎？

情境會話一

Ⓐ 이렇게 하면 어떨까요?
i.ro*.ke/ha.myo*n/o*.do*l.ga.yo
這樣做如何？

Ⓑ 그게 절대 불가능한 거예요.
geu.ge/jo*l.de*/bul.ga.neung.han/go*.ye.yo
那是絕對不可能的。

Ⓐ 그럼 이 일을 어떻게 해결해야 된다고
생각해요?
geu.ro*m/i/i.reul/o*.do*.ke/he*.gyo*l.he*.ya/
dwen.da.go/se*ng.ga.ke*.yo
那你認為這件事怎麼解決？

情境會話二

Ⓐ 당신이 생각하기엔 어때요?
dang.si.ni/se*ng.ga.ka.gi.en/o*.de*.yo
你覺得怎麼樣？

Ⓑ 제 생각도 당신과 똑같아요.
je/se*ng.gak.do/dang.sin.gwa/dok.ga.ta.yo
我的想法跟你一樣。

相關例句

☞ 이렇게 했으면 좋겠어.
i.ro*.ke/he*.sseu.myo*n/jo.ke.sso*
就這麼辦好了。

☞ 좋아요, 우린 이렇게 하자.
jo.a.yo//u.rin/i.ro*.ke/ha.ja
好，就這麼做吧！

☞ 솔직히 말하면 저도 모르겠어요.
sol.jji.ki/mal.ha.myo*n/jo*.do/mo.reu.ge.sso*.
yo
老實説，我也不知道。

☞ 전 그 방법이 좋다고 생각해요.
jo*n/geu/bang.bo*.bi/jo.ta.go/se*ng.ga.ke*.yo
我認為那個方法不錯。

☞ 좋은지 아닌지 말해봐요.
jo.eun.ji/a.nin.ji/mal.he*.bwa.yo
你説好不好。

☞ 넌 정말 그렇게 생각해?
no*n/jo*ng.mal/geu.ro*.ke/se*ng.ga.ke*
你真的那樣想嗎？

☞ 무슨 좋은 생각이 있습니까?
mu.seun/jo.eun/se*ng.ga.gi/it.sseum.ni.ga
你有沒有什麼好主意？

情境會話一

Ⓐ 천둥소리가 너무 무서워서 잠을 잘 수 가 없어요.

cho*n.dung.so.ri.ga/no*.mu/mu.so*.wo.so*/ja. meul/jjal/ssu.ga/o*p.sso*.yo

打雷聲太可怕了，我睡不著覺。

Ⓑ 천둥소리가 뭐가 무서워요? 빨리 자요.

cho*n.dung.so.ri.ga/mwo.ga/mu.so*.wo.yo// bal.li/ja.yo

打雷有什麼可怕的？快睡覺吧！

Ⓐ 전 혼자 있는 건 싫어요. 같이 있어 줘 요.

jo*n/hon.ja/in.neun/go*n/si.ro*.yo//ga.chi/i. sso*/jwo.yo

我不要一個人，你陪我吧！

情境會話二

Ⓐ 공포영화를 좋아해요? 같이 보러 가요.

gong.po.yo*ng.hwa.reul/jjo.a.he*.yo//ga.chi/ bo.ro*/ga.yo

你喜歡恐怖電影嗎？我們一起去看吧！

Ⓑ 싫어요. 영화의 분위기를 생각만 해도 몸서리쳐져요.

si.ro*.yo//yo*ng.hwa.ui/bu.nwi.gi.reul/sse*ng. gang.man/he*.do/mom.so*.ri.cho*.jo*.yo

不要，一想到電影的氣氛，就忍不住發抖。

Ⓐ 알았어요. 그럼 액션영화를 볼까요?

a.ra.sso*.yo//geu.ro*m/e*k.ssyo*.nyo*ng.hwa.

reul/bol.ga.yo

知道了，那去看動作片，好嗎？

相關例句

☞ 겁이 나요.
go*.bi/na.yo
害怕。

☞ 무서워하지 마!
mu.so*.wo.ha.ji/ma
別害怕！

☞ 흥분하지 마세요!
heung.bun.ha.ji/ma.se.yo
不要激動！

☞ 이성을 찾아!
i.so*ng.eul/cha.ja
理智一點。

☞ 두려워요.
du.ryo*.wo.yo
我害怕。

☞ 당신은 왜 강아지도 무서워합니까?
dang.si.neun/we*/gang.a.ji.do/mu.so*.wo.ham.ni.ga
你怎麼連小狗也害怕？

☞ 지진은 정말 무섭습니다.
ji.ji.neun/jo*ng.mal/mu.so*p.sseum.ni.da
地震真的很可怕。

☞ 그 전쟁의 장면을 떠올리면 무서워집니다.
geu/jo*n.je*ng.ui/jang.myo*.neul/do*.ol.li.myo*n/mu.so*.wo.jim.ni.da
一想到那戰爭的場面就害怕。

☞ 이 공포소설을 읽으면 등골을 오싹해
집니다.

i/gong.po.so.so*.reul/il.geu.myo*n/deung.go.
reul/o.ssa.ke*.jim.ni.da

看這本恐怖小説，會讓人不寒而慄。

荒唐

情境會話一

Ⓐ 당신 한 일은 너무도 황당해요.
dang.sin/han/i.reun/no*.mu.do/hwang.dang.
he*.yo
你做的事太荒唐了。

Ⓑ 나도 어쩔 수 없어서 이런 일을 했어요.
na.do/o*.jjo*l/su/o*p.sso*.so*/i.ro*n/i.reul/
he*.sso*.yo
我也是不得已才做這種事。

Ⓐ 정말 믿어지지 않아요.
jo*ng.mal/mi.do*.ji.ji.a.na.yo
真不敢相信！

相關例句

☞ 이거 정말 황당하군요!
i.go*/jo*ng.mal/hwang.dang.ha.gu.nyo
這簡直太荒唐了！

☞ 그건 너무 황당한 해석이에요. 믿지
마세요.
geu.go*n/no*.mu/hwang.dang.han/he*.so*.gi.
e.yo//mit.jji/ma.se.yo
這完全是荒謬的解釋，不要相信。

情境會話一

Ⓐ 이번 실수에 대해서 정말 부끄럽네요.
i.bo*n/sil.su.e/de*.he*.so*/jo*ng.mal/bu.geu.ro*m.ne.yo.
對於這次的失誤，我感到很慚愧。

Ⓑ 너무 자책하지 마세요. 다음에 실수하지 않도록 잘하면 돼요.
no*.mu/ja.che*.ka.ji/ma.se.yo/da.eu.me/sil.su.ha.ji/an.to.rok/jal.ha.myo*n/dwe*.yo
不要太自責了，下次好好做別出錯就好了。

Ⓐ 기회를 한 번 더 주시겠어요?
gi.hwe.reul/han/bo*n/do*/ju.si.ge.sso*.yo
可以再給我一次機會嗎？

Ⓑ 당연하죠.
dang.yo*n.ha.jyo
當然囉！

情境會話二

Ⓐ 당신이 내 딸 돌잔치에 오지 않아서 너무 유감스러웠어요.
dang.si.ni/ne*/dal/dol.jan.chi.e/o.ji/a.na.so*/no*.mu/yu.gam.seu.ro*.wo.sso*.yo
你不能來我女兒的周歲宴席，真是太遺憾了。

Ⓑ 정말 미안합니다. 다음에 꼭 참가하겠습니다.
jo*ng.mal/mi.an.ham.ni.da//da.eu.me/gok/cham.ga.ha.get.sseum.ni.da
真抱歉，下次我一定會參加。

(相關例句)

☞ 저의 실수에 대해 반성을 하고 있습니다.

jo*.ui/sil.su.e/de*.he*/ban.so*ng.eul/ha.go/it.sseum.ni.da

對於我的過錯，我在反省。

☞ 저는 이 일에 대해 부끄럽게 생각합니다.

jo*.neun/i/i.re/de*.he*/bu.geu.ro*p.ge/se*ng.ga.kam.ni.da

我對這件事感到很慚愧。

☞ 정말 유감이에요.

jo*ng.mal/yu.ga.mi.e.yo

真遺憾。

☞ 일본 지진에 대해서 유감스럽게 생각을 합니다.

il.bon/ji.ji.ne/de*.he*.so*/yu.gam.seu.ro*p.ge/se*ng.ga.geul/ham.ni.da

對於日本的地震，我感到很遺憾。

☞ 그의 죽음에 대해서 유감을 표했습니다.

geu.ui/ju.geu.me/de*.he*.so*/yu.ga.meul/pyo.he*t.sseum.ni.da

對他的死，我表示遺憾。

☞ 부모님의 충고를 받아들이지 않은 것에 대해 너무 유감스러워요.

bu.mo.ni.mui/chung.go.reul/ba.da.deu.ri.ji/a.neun/go*.se/de*.he*/no*.mu/yu.gam.seu.ro*.wo.yo

我很遺憾沒聽父母親的勸告。

情境會話一

Ⓐ 난 네가 참 부러워.

nan/ne.ga/cham/bu.ro*.wo

我真羨慕你。

Ⓑ 뭐가?

mwo.ga

羨慕什麼？

Ⓐ 얼굴도 예쁘고 학교 성적도 좋고 집안
도 좋아.

o*l.gul.do/ye.beu.go/hak.gyo/so*ng.jo*k.do/jo.
ko/ji.ban.do/jo.a

長得漂亮，學校成績又好，家境也不錯。

Ⓑ 그게 다 운이 남보다 좋을 뿐이야.

geu.ge/da/u.ni/nam.bo.da/jo.eul/bu.ni.ya

那些都是運氣比別人好罷了。

相關例句

☞ 언제나 남만을 질투하지 말고, 스스로
노력해 보는 것이 좋습니다.

o*n.je.na/nam.ma.neul/jjil.tu.ha.ji/mal.go//seu.
seu.ro/no.ryo*.ke*/bo.neun/go*.si/jo.sseum.ni.da

別總是忌妒別人，還是自己努力一下吧！

☞ 넌 그녀를 질투하는구나.

no*n/geu.nyo*.reul/jjil.tu.ha.neun.gu.na

你忌妒她！

☞ 다른 사람을 질투해 본 적이 있어요?

da.reun/sa.ra.meul/jjil.tu.he*/bon/jo*.gi/i.sso*.yo

你忌妒過別人嗎？

情境會話一

Ⓐ 미연씨, 할 말이 있는데 시간이 있어요?
mi.yo*n.ssi//hal/ma.ri/in.neun.de/si.ga.ni/i.sso*.yo

美妍小姐，我有話要跟你說，你有時間嗎？

Ⓑ 네, 말씀하세요.
ne//mal.sseum.ha.se.yo

有，請説。

Ⓐ 지금 사귀는 사람 있어요?
ji.geum/sa.gwi.neun/sa.ram/i.sso*.yo

你現在有交往的對象嗎？

Ⓑ 없는데요.
o*m.neun.de.yo

沒有。

Ⓐ 괜찮으시면 저와 사귀어 주시겠어요?
gwe*n.cha.neu.si.myo*n/jo*.wa/sa.gwi.o*/ju.si.ge.sso*.yo

如果可以的話，可以和我交往嗎？

Ⓑ 네? 지금 대답할 수 없어요. 시간 좀 주세요.
ne//ji.geum/de*.da.pal/ssu/o*p.sso*.yo//si.gan/jom/ju.se.yo

什麼？現在我沒辦法回答你，給我點時間。

情境會話二

Ⓐ 준영오빠, 날 사랑해?
ju.nyo*ng.o.ba/nal/ssa.rang.he*

俊英哥，你愛我嗎？

• track 406

B 응, 사랑해.
eung//sa.rang.he*
恩，我愛你。

A 얼마나 사랑해?
o*l.ma.na/sa.rang.he*
有多愛我？

B 자기보다 더 사랑해.
ja.gi.bo.da/do*/sa.rang.he*
愛你勝過我自己。

（相關例句）

☞ 당신을 누구보다 사랑합니다.
dang.si.neul/nu.gu.bo.da/sa.rang.ham.ni.da
我比任何人還要愛你。

☞ 당신의 모든 걸 좋아합니다.
dang.si.nui/mo.deun/go*l/jo.a.ham.ni.da
我喜歡你的一切。

☞ 당신과 사귀고 싶습니다.
dang.sin.gwa/sa.gwi.go/sip.sseum.ni.da
我想和你交往。

☞ 넌 내 거야.
no*n/ne*/go*.ya
你是我的。

☞ 당신은 제 이상형이에요.
dang.si.neun/je/i.sang.hyo*ng.i.e.yo
你是我的理想情人。

☞ 너 없이는 살아갈 수 없어.
no*/o*p.ssi.neun/sa.ra.gal/ssu/o*p.sso*
沒有你我活不下去。

☞ 영원히 당신만 사랑할거예요.
yo*ng.won.hi/dang.sin.man/sa.rang.hal.go*.ye.
yo
我永遠只愛你一個。

☞ 내 곁에 있어 줘요.
ne*/gyo*.te/i.sso*/jwo.yo
待在我身邊吧！

☞ 당신과 함게 있고 싶어요.
dang.sin.gwa/ham.gye/it.go/si.po*.yo
我想和你在一起。

☞ 난 너밖에 없어.
nan/no*.wep.b.a.g.e/o*p.sso*
我只有你了。

☞ 손 잡아도 돼요?
son/ja.ba.do/dwe*.yo
可以牽你的手嗎？

☞ 당신은 내 인생의 전부예요.
dang.si.neun/ne*/in.se*ng.ui/jo*n.bu.ye.yo
你是我人生的全部。

☞ 당신의 모든 것을 알고 싶어요.
dang.si.nui/mo.deun/go*.seul/al.go/si.po*.yo
我想知道你的一切。

☞ 나도 당신을 사랑하지만 결혼은 할 수
없어요.
na.do/dang.si.neul/ssa.rang.ha.ji.man/gyo*l.ho.
neun/hal/ssu/o*p.sso*.yo
我愛你，但不能跟你結婚。

韓語會話萬用手冊／雅典韓研所編著.-- 初版.
--新北市 ： 雅典文化, 民 101.03
面； 公分.--（生活韓語：1）
ISBN⊙978-986-6282-55-3（平裝附光碟片）
　1. 韓語　　2. 會話
803.288　　　　　　　　　　　　　　　　100027524

生活韓語系列：1

韓語會話萬用手冊

企　編	雅典韓研所
出 版 者	雅典文化事業有限公司
登 記 證	局版北市業字第五七〇號
執行編輯	呂欣穎
編 輯 部	22103 新北市汐止區大同路三段 194 號 9 樓之 1
	TEL ／(02)86473663
	FAX ／(02)86473660
法律顧問	中天國際法律事務所 涂成樞律師、周金成律師
總 經 銷	永續圖書有限公司
	22103 新北市汐止區大同路三段 194 號 9 樓之 1
	E-mail: yungjiuh@ms45.hinet.net
	網站：www.foreverbooks.com.tw
	郵撥：18669219
	TEL ／(02)86473663
	FAX ／(02)86473660
CVS 代理	美璟文化有限公司
	電話／(02)2723-9968
	傳真／(02)2723-9668
出 版 日	2012 年 03 月

Printed Taiwan, 2012 All Rights Reserved

雅典文化 讀者回函卡

謝謝您購買這本書。
為加強對讀者的服務,請您詳細填寫本卡,寄回雅典文化
;並請務必留下您的E-mail帳號,我們會主動將最近"好
康"的促銷活動告 訴您,保證值回票價。

書　　名:韓語會話萬用手冊
購買書店:＿＿＿＿＿＿市/縣＿＿＿＿＿＿＿＿書店
姓　　名:＿＿＿＿＿＿　生　日:＿＿年＿＿月＿＿日
身分證字號:＿＿＿＿＿＿＿＿＿＿＿＿＿
電　　話:(私)＿＿＿＿＿(公)＿＿＿＿＿(手機)＿＿＿＿＿
地　　址:□□□＿＿＿＿＿＿＿＿＿＿＿＿＿＿
E - mail:＿＿＿＿＿＿＿＿＿＿＿＿＿＿＿
年　　齡:□20歲以下　□21歲~30歲　□31歲~40歲
　　　　　□41歲~50歲　□51歲以上
性　　別:□男　　□女　婚姻:□單身　□已婚
職　　業:□學生　　□大眾傳播　□自由業　□資訊業
　　　　　□金融業　□銷售業　　□服務業　□教職
　　　　　□軍警　　□製造業　　□公職　　□其他
教育程度:□高中以下(含高中)　□大專　□研究所以上
職 位 別:□負責人　□高階主管　□中級主管
　　　　　□一般職員　□專業人員
職 務 別:□管理　　□行銷　　□創意　　□人事、行政
　　　　　□財務、法務　　□生產　□工程　□其他＿＿＿
您從何得知本書消息?
　　　　□逛書店　　□報紙廣告　□親友介紹
　　　　□出版書訊　□廣告信函　□廣播節目
　　　　□電視節目　□銷售人員推薦
　　　　□其他
您通常以何種方式購書?
　　　　□逛書店　□劃撥郵購　□電話訂購　□傳真訂購　□信用卡
　　　　□團體訂購　□網路書店　□其他＿＿＿＿＿
看完本書後,您喜歡本書的理由?
　　　　□內容符合期待　□文筆流暢　□具實用性　□插圖生動
　　　　□版面、字體安排適當　　□內容充實
　　　　□其他
看完本書後,您不喜歡本書的理由?
　　　　□內容不符合期待　□文筆欠佳　□內容平平
　　　　□版面、圖片、字體不適合閱讀　　□觀念保守
　　　　□其他
您的建議:

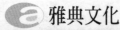